海外中国研究丛书

刘东 主编

[加]孟留喜 著
吴夏平 译

POETRY AS POWER

诗歌之力

袁枚女弟子屈秉筠（1767—1810）

Yuan Mei's Female Disciple Qu Bingyun (1767-1810)

江苏人民出版社

图书在版编目(CIP)数据

诗歌之力:袁枚女弟子屈秉筠:1767—1810/(加)孟留喜著;吴夏平译. --南京:江苏人民出版社,2020.6(2021.12重印)

(海外中国研究丛书/刘东主编)

书名原文:Poetry as Power:Yuan Mei's Female Disciple Qu Bingyun(1767—1810)

ISBN 978-7-214-22783-6

Ⅰ.①诗… Ⅱ.①孟…②吴… Ⅲ.①屈秉筠(1767—1810)—诗歌研究 Ⅳ.①I207.22

中国版本图书馆 CIP 数据核字(2020)第 056062 号

POETRY AS POWER:YUAN MEI'S FEMALE DISCIPLE QU BINGYUN (1767—1810) by Liuxi(Louis) Meng

Copyright © 2007 by Lexington Books

All rights reserved. No part of this publication may be reproduced, stored in a retrieval system, or transmitted in any form or by any means, electronic, mechanical, photocopying, recording, or otherwise without the prior permission of the publisher.

Simplified Chinese edition published by agreement with the Rowman & Littlefield Publishing Group through the Chinese Connection Agency, a division of The Yao Enterprises, LLc.

Simplified Chinese edition copyright © 2020 by Jiangsu People's Publishing House.

All rights reserved.

江苏省版权局著作权合同登记号:图字 10-2016-322 号

书　　　　名	诗歌之力
著　　　者	[加]孟留喜
译　　　者	吴夏平
责 任 编 辑	洪　扬
装 帧 设 计	陈　婕
责 任 监 制	王　娟
出 版 发 行	江苏人民出版社
地　　　址	南京市湖南路 1 号 A 楼,邮编:210009
照　　　排	江苏凤凰制版有限公司
印　　　刷	江苏凤凰通达印刷有限公司
开　　　本	652 毫米×960 毫米　1/16
印　　　张	15.00　插页 4
字　　　数	162 千字
版　　　次	2020 年 6 月第 1 版
印　　　次	2021 年 12 月第 2 次印刷
标 准 书 号	ISBN 978-7-214-22783-6
定　　　价	45.00 元

(江苏人民出版社图书凡印装错误可向承印厂调换)

序"海外中国研究丛书"

中国曾经遗忘过世界,但世界却并未因此而遗忘中国。令人嗟讶的是,20世纪60年代以后,就在中国越来越闭锁的同时,世界各国的中国研究却得到了越来越富于成果的发展。而到了中国门户重开的今天,这种发展就把国内学界逼到了如此的窘境:我们不仅必须放眼海外去认识世界,还必须放眼海外来重新认识中国;不仅必须向国内读者迻译海外的西学,还必须向他们系统地介绍海外的中学。

这个系列不可避免地会加深我们150年以来一直怀有的危机感和失落感,因为单是它的学术水准也足以提醒我们,中国文明在现时代所面对的绝不再是某个粗蛮不文的、很快就将被自己同化的、马背上的战胜者,而是一个高度发展了的、必将对自己的根本价值取向大大触动的文明。可正因为这样,借别人的眼光去获得自知之明,又正是摆在我们面前的紧迫历史使命,因为只要不跳出自家的文化圈子去透过强烈的反差反观自身,中华文明就找不到进入其现代形态的入口。

  当然,既是本着这样的目的,我们就不能只从各家学说中筛选那些我们可以或者乐于接受的东西,否则我们的"筛子"本身就可能使读者失去选择、挑剔和批判的广阔天地。我们的译介毕竟还只是初步的尝试,而我们所努力去做的,毕竟也只是和读者一起去反复思索这些奉献给大家的东西。

刘　东

代译序　袁枚女弟子屈秉筠及其《韫玉楼集》考论

近年来,清代江南闺阁诗人渐为学界关注。其中既有对个别女性作家,如随园女弟子席佩兰、归懋仪、孙云凤等人的单独研究,也有对女性诗人群体,如"三鲍"(鲍之兰、鲍之蕙、鲍之芬)、江南寒士群与闺阁诗侣①等研究。此外,文献整理方面,产生了《江南女性别集初编》②《清代闺阁诗集萃编》③等大型成果。但对袁枚女弟子屈秉筠的关注似乎不多,其中可提及者主要有孟留喜先生的《诗歌之力:袁枚女弟子屈秉筠(1767—1810)》④。由于相关文献搜集和利用等原因,孟书对屈氏家世、文集版本等方面的考证还不够确切。另外,中华书局出版《韫玉楼集》的整理本,经与清刻本对校,也发现不少问题。有鉴于此,本文结合相关文献,试

---

① 陈玉兰:《清代嘉道时期江南寒士诗群与闺阁诗侣研究》,北京:人民文学出版社,2004。
② 胡晓明、彭国忠主编:《江南女性别集初编》,合肥:黄山书社,2008。
③ 李雷主编:《清代闺阁诗集萃编》,北京:中华书局,2015。
④ Liuxi(Louis)Meng, *Poetry as Power: Yuan Mei's Female Disciple Qu Bingyun (1767—1810)*, Lanham: Rowman & Littlefield Publishing Group, Inc., 2007.

图解决以下几个问题：一是考证屈氏及丈夫赵同钰的家族谱系；二是论述屈氏与袁枚交往的具体过程，特别指出其虽入《随园十三女弟子湖楼请业图》，但实际上并未参与湖楼诗会；三是详考屈氏的文学交游，从集中所载诸家评点考察常熟性灵诗派的论诗旨趣；四是探析屈集整理和编纂过程，并细勘清刻本，指出中华书局整理本中的不确之处。

屈秉筠身世

屈秉筠（1767—1810），字宛仙，小名霈庆，江苏常熟人，擅诗词，著有《韫玉楼集》诗4卷、词1卷。① 据《重修常昭合志》卷26"屈承霖"条所载，其六世祖钦，字春麑，曾助杨彝、顾梦麟辑《四书讲旨》。高祖永清，字国士，岁贡生，治《诗》毛、郑之学。时人称屈氏"九世儒业不坠"。曾祖承霖，字启商，乾隆丙辰科（1736）进士，曾任卢龙县令、景州知州，著《习是编》《经史参同》。祖父曾发，字鲁传，号省园，举乾隆戊午（1738）乡试，曾任毕节县令，代理大定府事，精通六书、勾股之学，著《九数通考》，戴震为序，又著《万言肆雅》，于字体异同多所究辑。② 曾发弟晓发，字曙光，亦有才俊。据胡文楷《历代妇女著作考》所载《绿窗小咏》作者屈氏，"江苏常熟人，屈焕发女，席仲田妻"③，则曾发似尚有一兄弟焕发。屈氏一族多义举，承霖曾设义庄于城南门外

---

① 参考《韫玉楼集》所载赵同钰《叙略》、鲍伟《序》、孙原湘《传》、鲍份《传》、屈静堃《诗跋》、鲍印《词跋》，国家图书馆藏清嘉庆十六年（1811）刻本。
② 郑钟祥等修、庞鸿文等纂：《重修常昭合志》，卷26，台湾成文出版社有限公司2007年影印光绪三十年刻本，1659—1661页。
③ 胡文楷：《历代妇女著作考》，北京：商务印书馆，1957，303页。

莲墩浜，晓发及其子文基续成：共计义田1300余亩，其中常熟县490余亩，昭文县460余亩，花田350余亩，所收田租分赡贫族。嘉庆十五年(1810)得到朝廷题旌嘉奖。①

屈秉筠父洪基，字仲潜，国学生。屈静垒《韫玉楼诗跋》称秉筠父为叔父仲潜公，知洪基尚有兄。洪基子保均(一作宝均)，秉筠弟，曾任肇庆通判。保均子颂满，字子谦，号宙甫，生女莅湘。②

屈秉筠3岁时，母亲鲍氏亡殁，4岁时父亲去世，由祖母蒋氏和伯母曹氏抚养成人。幼时祖父"授以经史，略皆上口，即工小诗"③，今集中所存《杨柳枝》8章，为其少时所作。19岁嫁同郡赵同钰。同钰字子梁，常熟诸生，工诗与古文，与席世昌、席煜、孙原湘，并称"虞山四才子"。

赵氏系常熟望族。孟留喜先生认为赵同钰的父亲是赵贵朴。④ 此说似不确。据《重修常昭合志》卷26所载，赵森原名贵朴，字素存，号再白。贵朴曾祖廷爽，诸生。祖茂长，读书砥行，寿逾八十。父友倩，善医术。贵朴系雍正乙卯(1735)举人，著有《蔚子诗文集》《蔚子小学》。贵朴两子同翼、同翮。同翼早卒。同翮字振六，乾隆乙酉(1765)举人，尝任职于甘肃辉县和张掖。由此可知，同钰不可能是贵朴之子。贵朴弟贵栻，乾隆癸酉(1753)举

---

① 郑钟祥等修、庞鸿文等纂：《重修常昭合志》，卷17，994页。
② 施淑仪《清代闺阁诗人征略》卷6"叶婉仪"条下，称叶氏"通判常熟屈保均继室"，又云"别家有女弟宛仙"，"子宙甫女莅湘，皆善画"。同卷"季兰韵"条下，云"文学屈颂满室"，"笃于伉俪，宙甫尝携笈读书他所，笺问往来恒不绝"。上海书店1987年据1922年铅印本影印，350页。
③ 孙原湘所作《屈秉筠传》，载屈秉筠《韫玉楼集》，李雷点校，北京：中华书局，2015，2746页。按：下文所引《韫玉楼集》中文字，除特别注明外，均用此本，以便核验。
④ 孟留喜："Zhao Guipu 赵贵樸 who was likely Qu Bingyun's father-in-law"(赵贵朴可能是屈秉筠的公公)。Liuxi(Louis)Meng, *Poetry as Power：Yuan Mei's Female Disciple Qu Bingyun* (1767—1810)，p. 40.

人,尝任福宁知府。① 贵栻只有一女,名秉清,字若韫。施淑仪《清代闺阁诗人征略》卷6载赵秉清:"字若韫,江苏常熟人,知府贵栻女。"②该书同卷又载贵栻病归家贫,秉清矢志不嫁,为女塾师以助薪水。可知,同钰不仅不可能是贵朴之子,甚至与贵朴、贵栻不同支。

赵同钰应是贵鲲之子。胡文楷《历代妇女著作考》:"赵同曜,字洵娴,监生赵贵鲲女,赵同钰妹。"③《随园诗话补遗》卷8:"虞山赵氏多才,有名同钰字子梁者,疑是洵娴女士之兄。"④据此可知,同钰妹同曜,字洵娴,其父赵贵鲲,身份是监生。《韫玉楼集》中屈氏多次称赵贵珴为外姑母,又载贵珴题辞:"阿咸奇福偏修到,绝世婵娟旷代才。"⑤"阿咸"用阮籍、阮咸叔侄典故,代指侄子。屈氏称贵珴为外姑母,贵珴呼同钰为侄,则贵鲲与贵珴似同支。据胡文楷考证,赵贵珴字茗香,一字梦月,贡生赵宏漳女,附贡生曹汝鳌妻。⑥《重修常昭合志》卷26"赵嗣孝"条及卷27"赵王槐"条:嗣孝次子宏潭,字润夫。嗣孝曾叔祖琦美,是清代著名藏书家、脉望馆主人。嗣孝曾祖隆美,隆美子士功,士功子世铎、世钺,世钺子嗣孝、锡孝、永孝。嗣孝过继给伯父世铎。嗣孝长子宏诚,字晋阳,举人;次子宏漳,生女贵珴。⑦可知,贵珴乃赵宏漳女,属赵隆美一支。据此可知,贵鲲亦当属赵隆美一支。

同钰母陶氏,祖父贞一,父承勋。《韫玉楼集》载陶凌墀《题

---

① 参考郑钟祥等修、庞鸿文等纂:《重修常昭合志》,卷26,"赵森"条,1655—1657页。
② 施淑仪:《清代闺阁诗人征略》,卷6,"赵秉清"条,352页。
③ 胡文楷:《历代妇女著作考》,535页。
④ 袁枚:《随园诗话》(下册),顾学颉校点,北京:人民文学出版社,1960,770页。
⑤ 屈秉筠:《韫玉楼集》,2811页。
⑥ 胡文楷:《历代妇女著作考》,538页。
⑦ 参考郑钟祥等修、庞鸿文等纂:《重修常昭合志》,卷26,"赵孝嗣"条,1639—1641页。同书,卷27,"赵王槐"条,1671—1675页。

识》"赵甥子梁"①,则凌墀为同钰之舅。凌墀祖贞一,康熙壬辰(1712)进士,预修《明史》,父承勋。②孟留喜先生称陶氏为陶贞一之女③,当误,应是贞一孙女。

屈秉筠嫁赵同钰后,夫妇诗词唱酬,时人比之李清照和赵明诚。屈氏甚有孝道,据集中所载孙原湘《屈秉筠传》:屈氏姑病,时屈氏亦在病中。姑不能躺卧,屈氏以手撑颈,以脚抵腰,连续七昼夜,结果小腿肿消,时人皆以为"孝感"。屈氏《侍姑疾》一诗亦载其事:"竭力岂能裹子赋,孱躯转恐累姑忧。素谙食性愁多误,苦盼医方效早收。"④屈氏抚育侧室之女如同己出。《示女璧人》诗云:"侧生小女荔枝同,伴我愁中与病中。辛苦不辞将汝抚,聪明颇有阿耶风。花须趁早簪窗绿,书怕担迟课烛红。颜貌自严心自爱,簸钱斗草莫匆匆。"⑤真实记录了她对小女璧人的疼爱和教诲。

嘉庆十五年(1810)八月十九日,屈秉筠去世,享年44岁。去世前四天,她曾自作画像赞,对自己一生进行了总结和自评:"子神胡臞? 集于枯也。子颜胡愁? 气在秋也。子为谁耶? 兰之衰耶,菊之萎耶。噫! 其我祖《离骚》之遗耶?"⑥清刻本《韫玉楼集》中载其画像一幅,今可得见。据新发现的《袁枚日记》,乾隆五十

---

① 屈秉筠:《韫玉楼集》,2810 页。
② 郑钟祥等修、庞鸿文等纂:《重修常昭合志》,卷 27,1695 页。
③ 孟留喜:"Qu's mother-in-law, Madame Tao 陶, was the daughter of the Metropolitan Graduate(1773) Tao Zhenyi 陶贞一"(屈秉筠婆婆陶氏,是 1773 年进士陶贞一的女儿)。Liuxi (Louis) Meng, *Poetry as Power: Yuan Mei's Female Disciple Qu Bingyun* (1767—1810), p. 40. 按:陶贞一系康熙壬辰(1712)进士,非 1773 年。
④ 屈秉筠:《韫玉楼集》,2790 页。
⑤ 屈秉筠:《韫玉楼集》,2794 页。
⑥ 屈秉筠:《韫玉楼集》,清嘉庆十六年(1811)刻本。中华书局 2015 年版整理本删去。

九年(1794)三月初三,袁枚到常熟,孙原湘和赵同钰同来,"孙夸赵夫人屈婉秀之才貌,再回之即往一见,果窈窕,却逊席夫人一等"①。照袁枚的意思,屈秉筠相貌确实不错,但比席佩兰还是略逊一筹。

屈秉筠与袁枚的交往

《韫玉楼集》载袁枚《题识》:"宛仙为余戊午同年屈省园之女孙,甲寅三月舟过虞山,宛仙拜余于海棠花下,呈诗二卷,披阅之余,叹中郎之为有后矣。"②据此,知屈氏初识袁枚并拜其为师,在乾隆五十九年甲寅(1794)三月,屈时年28岁。此与新发现《袁枚日记》相合。本年"三月初四"条,记云:"到蒋家拜萧福,字子良。见屈婉仙、王秀珍,已上灯矣。"③

屈秉筠第二次与袁枚相见,在嘉庆元年丙辰(1796)冬十一月。屈氏《随园先生命题十二女弟子图》第一首自注:"先生选刊十三女弟子诗,余亦得与其列。"④《十三女弟子图》,全称《十三女弟子湖楼请业图》。乾隆庚戌(1790)及壬子(1792)年,袁枚与众女弟子先后两次雅集于西湖宝石山庄湖楼,诗会后请尤诏、汪恭合写《请业图》。此图原作于乾隆末期,根据袁枚两次题跋时间(前跋题"嘉庆元年二月花朝日",即二月初一,后跋题"清明前三日"),该图最终完成于嘉庆元年(1796)二月。原作未见,今存有民国十八年(1929)上海神州国光社版长卷,藏国家图书馆。国图藏本载席佩兰诗五首,后题款云:"嘉庆丙辰(1796)仲冬,随园夫

---

①③ 王英志:《手抄本袁枚日记(七)》,《古典文学知识》2010年第1期,157页。
② 屈秉筠:《韫玉楼集》,2810页。
④ 屈秉筠:《韫玉楼集》,2768页。

子来虞,出《湖楼请业图》命题。仙舟解维甚促,走笔以应,自愧写作俱劣,莫能藏拙也。弟子席佩兰呈稿。"①席佩兰,常熟人,袁枚女弟子,孙原湘妻,曾与屈秉筠结为姊妹。据此可知袁枚此次到达常熟的时间在嘉庆元年丙辰(1796)冬十一月,这也正是《题图》诗二首的写作时间,屈氏时年30岁。

《请业图》中有屈秉筠画像,袁枚跋:"隅坐于几旁者,虞山屈宛仙也。"据前文,屈秉筠初识袁枚在一七九四年,而第一次湖楼诗会在一七九〇年,可知屈秉筠并未参与诗会。这说明此图并非完全写实,屈氏是后来加上去的。同样情况也发生在席佩兰身上。席虽列入图中,但她正式拜袁枚为师在一七九四年,晚于湖楼诗会四年。此正可作屈诗"披图殊意外,身已在蓬瀛"②的注脚。

屈集又有《长至前五日,蒙随园先生见过,并拜红菱之赐,赋诗称谢》两首,亦作于此时。诗题中"长至",即冬至,与席佩兰题画诗落款"仲冬",时间正好相合。该题第二首中"转眼鹿鸣重赴宴,木樨香里盼仙槎"两句之下,屈自注:"先生约于戊午八月重赴鹿鸣后,再游虞山。"③袁枚逝于嘉庆二年(1797)十一月,在此次相会后第二年冬天。戊午为嘉庆三年(1798),再游虞山之约未能成行。据此,可知此次相会是最后一次。本次相见,袁枚出《请业图》命屈秉筠题诗,并出示新刻《随园女弟子诗选》,嘱其"续呈近著备选"④。

---

① 参考王英志:《袁枚集外文〈十三女弟子湖楼请业图〉二跋考——兼订正其两次湖楼诗会时间的误记》,《中国典籍与文化》,2008年第1期,72—78页。刘源:《随园女弟子考论》,南京师范大学2013年硕士论文,77—85页。
② 屈秉筠:《韫玉楼集》,2768页。
③ 屈秉筠:《韫玉楼集》,2771页。
④ 屈秉筠:《韫玉楼集》,2771页。

《韫玉楼诗》卷1和卷2存录随园评点11处,从中可知屈氏对性灵诗学的师法和传承。袁枚主张诗歌应抒写真性情,反对无病呻吟和矫揉造作,艺术表现力求自然圆转,条畅灵动。其评屈诗,正体现了这样的特点。如评《哭陆蕙缥》,"情真语至,一字一泪"①。"情真语至"是性灵诗学的一贯主张。情真,是指无俗气之"情"与纯粹之"真",不虚伪,不造作。评《消夏词》第三首,称其"是闺中人读书心事"②,诗中"预扫花阴为晒书",正是真情的自然流露。再如评《绿珠》,称其"所包得者广"③,是说该诗有讽世之情,别具识见。

欲抒"情真",非"语至"不可。语至,是指诗歌艺术表现的自然妥帖。即袁枚经常强调的,诗歌须圆美流转。其评《题温如诗卷》"流丽如弹丸脱手"④,评《柳枝辞》"'更何如'三字灵宛"⑤,正是这种诗歌主张的表达。诗歌欲婉转,必须求之于诗法上的巧妙。诗歌不宜直露,需用曲笔。比如写雨,不必写下雨过程,应从侧面入手,述雨之神理。写秋露,应紧扣秋露特点,但又不能过于质直。袁评《春日雨》"一起风致嫣然"⑥,评《秋露》"句句是秋露神理"⑦,即此之谓。再如评《九九消寒曲》"却从对面拍合"⑧,也是着眼于表达的巧妙。

袁枚对屈秉筠的影响,不仅表征于屈氏诗作,也体现在其诗论中。屈氏论诗,与袁枚一脉相承。屈氏认为:"诗之为道,以不

---

① 屈秉筠:《韫玉楼集》,2768页。
② 屈秉筠:《韫玉楼集》,2762页。
③ 屈秉筠:《韫玉楼集》,2752页。
④ 屈秉筠:《韫玉楼集》,2756页。
⑤ 屈秉筠:《韫玉楼集》,2749页。
⑥ 屈秉筠:《韫玉楼集》,2752页。
⑦ 屈秉筠:《韫玉楼集》,2750页。
⑧ 屈秉筠:《韫玉楼集》,2759页。

着议论,自抒情感为工。"①又说:"言情必先练识,练识必先立志。"②诗人必须先立"摆落世事"之志,胸中无半点尘俗之气,方可有识。以此为根本,才能言抒情之事。这样就理顺了"志""识""情"三者的关系,对诗歌"言志""缘情"理论,有独到见解。所抒之情,须是发自肺腑,天然本真,亦即"吐弃尘芽,发露天根,碧云独往,素春无痕"③之情。此情自然生发,非生吞活剥能得。在诗法取径上,屈氏努力师法唐人,认为李商隐是最好的老师,因其诗"志隐""辞曲",特别是《无题诗》,婉而多讽,深得风人之旨。这一点,与性灵诗学的取向也是相通的。

由以上所述,可知袁枚对屈秉筠影响之深。遗憾的是,其师奉袁枚时间太短。袁去世时,屈方31岁,此后十余年的诗歌之路,无由亲炙。

屈秉筠的文学交游

屈秉筠的文学交游,据《韫玉楼集》所载,大致可分家庭内外两种。家庭内的交游人物,主要有外家鲍伟、鲍份、鲍印、堂姊静堃、弟妇钱温如、弟继室叶婉仪、侄妇季兰韵、侄女屈曼仙等人。夫族则有赵同钰、姑母贵珴、小姑秉清、若冰、洵娴等人。家庭外的交游人物,主要有吴蔚光、席世昌、孙原湘、席佩兰、归懋仪、季瑞贞、骆绮兰、徐恭、张玉珍、张蘩、沈罗云、王梅卿、谢翠霞、言彩凤、李餐花、蒋蜀馨等人。以下略作考述。

鲍伟,屈氏舅,为《韫玉楼集》作序,称"宛仙子者,余之所自出

---

①②③屈秉筠:《韫玉楼集》,2746页。

也",赞其诗"化工在手,独得仙心"①。

鲍份,屈氏舅,撰《屈秉筠传》,称"我之自出也",末署"鲍份叔野",集中载"朱冶"评点12处,"叔野""朱冶"当为一人。

鲍印,字尊古,屈氏姨母,所作《韫玉楼词跋》称"女甥屈宛仙"②。集中载其题辞1首,哀辞2首,评点12处。鲍印著有《藏翰楼诗藁》1卷、词1卷。胡文楷考其为邵鲍风妻。③ 按:鲍风是邵广融字,鲍印为其继室。广融祖籍安徽休宁,举乾隆六十年(1795)乡试,历主游文、清溪、正修书院讲席。④

屈静堃,字婉清,号凌客,秉筠堂姊,著有《留余书屋诗文集》。施淑仪《清代闺阁诗人征略》卷6有传。胡文楷考其为俞照妻。⑤俞照,常熟人,字镜寰,号朗亭。⑥ 集中载静堃《韫玉楼诗跋》1篇,哀辞12章。秉筠有《和婉清家姊落花韵》《怀婉清姊》《寄怀婉清姊》《寄婉清姊》等诗。

钱温如,屈保均之妻。集中载《咏菊和弟妇钱温如》《别温如归》《题温如诗卷》等诗13首。据《哭温如》"说到弄璋成两恨"⑦,知温如因娩早亡。

叶婉仪,字苕芳,江苏长洲人,叶涵斋女,屈保均继室。施淑仪《清代闺阁诗人征略》卷6有传。集中有《赠弟妇叶苕芳》《寿苕芳》《和秀囊书屋赏菊诗韵寄苕芳》《题苕芳小影》等诗。

季兰韵,字湘娟,屈颂满妻,施淑仪《清代闺阁诗人征略》卷6

---

① 屈秉筠:《韫玉楼集》,2745页。
② 屈秉筠:《韫玉楼集》,2809页。
③ 胡文楷:《历代妇女著作考》,579页。
④ 郑钟祥等修、庞鸿文等纂:《重修常昭合志》,卷27,1730页。
⑤ 胡文楷:《历代妇女著作考》,303页。
⑥ 郑钟祥等修、庞鸿文等纂:《重修常昭合志》,卷27,1711—1712页。
⑦ 屈秉筠:《韫玉楼集》,2760页。

有传。所著《楚畹阁集》12卷,道光二十七年丁未(1847)与屈宙甫遗稿同刻,称《墨花仙馆合刻》,后有姚福增跋。①

屈曼仙,秉筠侄女,孙原湘子香棠妻。《挽再侄女曼仙》原注:"曼仙适孙子香棠,生一子而夭。由是哀思得疾,卒于母家。"②《题孙香棠诗卷叠前韵》原注:"道华次子。"③道华是席佩兰字。集中另有《题香棠诗卷》等诗。

赵贵珑,字茗香,一字梦月,宏漳女,著有《茗香居诗草》。④集中载其题辞1首,评点13处。屈氏作《外姑母茗香夫人以诗见赠奖誉过深赋此呈谢》等诗。

赵秉清,字若韫,赵贵栻女,著有《寄生馆焚余稿》,赵翼序,邵渊耀跋。⑤施淑仪《清代闺阁诗人征略》卷6有传。集中载其题辞2首。屈氏有《写兰赠若韫姑》等诗,《更漏子》(若韫姑书来)等词。

赵若冰,同钰妹。集中有《与若冰姑夜话》《即事赠若冰次子梁韵》《月夜喜若冰过》《若冰索写兰菊便面》《若冰招同看枫舟中成咏》《若冰归宁留宿不果子梁有诗感而和之余情殊缱绻也》《夏夕同若冰》等诗。

赵同曜,字洵娴,同钰妹,邵广融妻,著有《停云楼稿》《月桂轩诗稿》。⑥集中有《立秋日邀洵娴姑夜话》等诗。《哭洵娴》原注"以戊申六月廿七日亡"⑦,知其因娩亡于乾隆五十三年戊申

---

① 胡文楷:《历代妇女著作考》,301页。
② 屈秉筠:《韫玉楼集》,2787页。
③ 屈秉筠:《韫玉楼集》,2770页。
④ 胡文楷:《历代妇女著作考》,538页。
⑤ 胡文楷:《历代妇女著作考》,536页。
⑥ 胡文楷:《历代妇女著作考》,535页。
⑦ 屈秉筠:《韫玉楼集》,2758页。

(1788)。

吴蔚光,字悊甫,号竹桥,其先休宁,寄籍昭文。乾隆庚子(1780)进士,留心著述,工古文,兼长骈体,而于诗词尤推作手。生平爱才好士,后进以诗文来谒者,获佳句妙语,逢人诵不绝口。① 尝为《韫玉楼集》作序,集中载其评点 92 处。

孙原湘,字子潇,昭文人,席佩兰之夫,袁枚弟子。乾隆乙卯、乙丑,乡试、会试均以第二人中式,历主玉山、毓文、紫琅、娄东、游文书院讲席,以诗文雄长词坛者垂 30 余年,著有《天真阁诗文集》54 卷。② 集中载其所撰《传》1 篇,评点 73 处。

席蕊珠,字月襟,一字韵芬,小名瑞芝,号佩兰、道华、浣云,席宝箴孙女,孙原湘妻,袁枚女弟子,著有《傍杏楼调琴草》《长真阁诗集》。③ 施淑仪《清代诗人征略》卷 6 有传。集中载其题辞 1 篇,评点 43 处。二人交往诗多达数十首。

席世昌,字子侃,与赵同钰、席煜、孙原湘并称"虞山四才子"。《清史稿·艺文志一》载其《席氏读说文记》15 卷。集中载其题识《调寄洞仙歌》1 首,评点 17 处。

归懋仪,字佩珊,常熟人,巡道归朝煦女,上海李学璜妻。著有《绣余续草》5 卷,《再续草》《三续草》《四续草》各 1 卷,《五续草》不分卷,又《听雪词》1 卷,《绣余余草尺牍诗余》等。与其母李一铭诗合刻为《二余草》。④ 施淑仪《清代闺阁诗人征略》卷 6 有传。集中载其题辞 1 首,评点 13 处。屈氏有《即事和归佩珊夫人懋仪韵》《兰皋觅句图为佩珊题》等诗。

---

① 郑钟祥等修、庞鸿文等纂:《重修常昭合志》,卷 27,1706—1707 页。
② 郑钟祥等修、庞鸿文等纂:《重修常昭合志》,卷 27,1733 页。
③ 胡文楷:《历代妇女著作考》,360 页。
④ 胡文楷:《历代妇女著作考》,553 页。

季瑞贞,字静玉,县丞景燮妻,著有《绣余诗稿》,或作《绣余诗钞》。① 集中载其题辞 2 首。屈氏有《题季静玉绣余诗稿》等诗。

骆绮兰,字佩香,号秋亭,江苏句容人,龚世治妻,著有《听秋轩诗集》。施淑仪《清代闺阁诗人征略》卷 6 有传。屈氏有《勾曲女士骆佩香听秋轩图》等诗。

徐恭,字蕣仙。集中载其题辞 2 首。屈氏有《写竹赠蕣仙伯姒夫人》等诗。

张玉珍,字蓝生,华亭人,太仓孝子金瑚妻,著有《晚香居词》。施淑仪《清代闺阁诗人征略》卷 6 有传。屈氏有《张蓝生夫人玉珍晚香词钞》等诗。

张燮,字子和,号荛友,江苏常熟人,乾隆五十八年(1793)进士,著有《味经书屋集》。② 集中载其评点 5 处。屈氏有《张子和农部继室吴宜人全家北行于袁江舟次感怪风得疾而死因作诗以哀之》等诗。

陈文述,字谱香,号碧城外史、颐道居士等,浙江钱塘人,嘉庆时举人,曾官昭文等知县,著有《碧城诗馆诗钞》《颐道堂集》等。集中载其《序》1 篇,评点 2 处。

嘉庆元年丙辰(1796),屈秉筠招集谢翠霞、言彩凤、鲍尊古、屈婉清、叶茗芳、李餐花、归佩珊、赵若冰、蒋蜀馨、陶蔆卿、席佩兰,12 人宴于韫玉楼,命画工以古装写今貌,号《蕊宫花史图》。12 人中,除上述已考者外,谢翠霞见于《画兰赠谢翠霞夫人》诗。李餐花见于《画兰赠李餐英夫人》诗,"餐英""餐花"或为同一人。

屈秉筠的文学交游方式,酬唱之外,最常见的是评点。集中

---

① 胡文楷:《历代妇女著作考》,301 页。
② 郑钟祥等修、庞鸿文等纂:《重修常昭合志》,卷 27,1726 页。

所载评点,按数量排序,依次是吴蔚光、孙原湘、席佩兰、屈静垞、席世昌、赵贵珞、归懋仪、鲍印、鲍份、张燮、陈文述。这些人多与袁枚有往来。例如,吴蔚光系袁枚好友,《随园诗话》载其事多达8次。孙原湘是袁枚第一大弟子,时人称其诗歌"以才气写性灵,能以韵胜"①。席佩兰则是随园第一大女弟子。其他如归懋仪、鲍印等人,亦入随园女弟子行列,作品入选《随园女弟子诗选》。这样一来,其论诗自然与性灵诗学相契合,主要有以下几方面特点:

其一,重真情。诸人多称扬屈诗"一往情深""心迹双清""感慨不浅""痴情亦是韵事""心香不灭""无一字怨恨""犹觉情深""语语至性"②,体现性灵诗派的价值取向。这与屈秉筠为人处世有关。屈氏心地善良,善于处理家庭内外的各种关系,往往能推己及人,又能由人及物,深得忠恕之道。比如,她虽患肝病,常作遣病之诗,但从未怨天尤人。又比如,她因病不能生育,但抚育侧室之女如同己出。

其二,重兴味。性灵诗派虽然强调诗歌要抒真情,但也注重诗的兴味。评语称屈诗"不着一字,尽得风流""有事外远致""天然凑泊""兴托遥深""兴来神来之作""酝酿缠绵,味外之味""婉转玲珑"③云云,既体现性灵诗派论诗旨趣,从中也可以看到其诗论渊源。比如"兴来神来",是用唐代殷璠《河岳英灵集》中语,"风流"等语则来自司空图的诗论。此外,受皎然、严羽等人的影响也很明显。

---

① 赵尔巽等:《清史稿》(第 44 册),卷 485,《法式善传》,北京:中华书局,1977,13402 页。
② 屈秉筠:《韫玉楼集》,2754、2757、2762、2765、2769、2770、2773、2791 页。
③ 屈秉筠:《韫玉楼集》,2756、2759、2764、2766、2771、2772、2776 页。

其三，重清雅。雅与俗相对，清与浊相对。诗的清雅，就是要摆落尘俗，具有高品格、高境界。诸人评屈诗，往往称其"通体清丽""清绝""格高、调高、意高""境妙、事妙、诗妙""清冷之境，妙笔写出""清雅温丽""隶事雅切"①等。清雅，包涵诗歌立意高远、用语温婉等多层意思，要做到这一点很不容易。这与诗人之秀慧品格及长期诗歌实践有关。

其四，重巧思。意思是诗歌要奇巧新颖。屈诗之题材和体裁均为常见，并无奇特之处，但在命意、布局、用语等方面却能特标新异、翻空出奇。评者多称其诗"巧绝""工巧而不觉""隽绝""巧思浚发""巧切""隽而新""奇而变""工而切"②。奇思妙想、作法多样，体现屈氏的才思和情致，与她具有识见、敏感多思有关。

以上是诸家所论的共通点，具体到个人，又各有特色。其中吴蔚光、孙原湘、席佩兰三人所评，特色最为明显。吴蔚光侧重诗歌作法，包括篇章布局、句法和字法。比如论布局和结构，往往用"说一边，能使两边都到""起用托笔，结用透笔，俱见作法""正喻夹写""对面着笔法"③等语评价。在句法方面，吴氏注意联与联、句与句之间的关系，同时又注意炼句，尤其重视结句。在炼字上，他常指出屈诗的奇巧，比如评《冬夜坐雨》"'殷''脆'二字炼甚"④；评《供花词和子梁》其二"用'雷同'字巧结处，命意最高"⑤；评《自感》"结句'莫'字是决词，又是疑词"⑥。孙原湘则在句法和字法之外，特别注意诗歌的整体意境，往往概之以"别出一境""空

---

① 屈秉筠：《韫玉楼集》，2750、2750、2761、2762、2763、2792、2799 页。
② 屈秉筠：《韫玉楼集》，2749、2753、2756、2769、2770、2781、2783、2787 页。
③ 屈秉筠：《韫玉楼集》，2754、2755、2785、2786 页。
④ 屈秉筠：《韫玉楼集》，2764 页。
⑤ 屈秉筠：《韫玉楼集》，2775 页。
⑥ 屈秉筠：《韫玉楼集》，2785 页。

中传神""神光离合""神妙独到"①等语。此外,他又注意到屈氏的诗学渊源,如诗学太白、少陵、义山,词学少游、清真、白石、漱玉等。席佩兰评论有两个特点:一是关注咏物、题画诗中人与物的合一。如评《乙卯七夕》其一"自是君身有仙骨"②;评《荷花》其二"为荷花写照,即为夫人写照"③;评《落花双蝶》"诗中有人在"④;评《梅》"比拟切当,亦作者自道也"⑤。二是善用比喻评诗。屈诗物中寓人,席评之以张璪画松。如评《谢道华饷佛手柑》"如张璪画松,双管齐下"⑥,评《咏菊》又称"张璪画松手"⑦。评《人日》则云:"清和圆转,如落花依风,流莺绕树。"⑧这些评语,体现席佩兰的鲜明个性。

诸家所评,一方面体现常熟性灵诗派共通的论诗旨趣,另一方面,各人关注内容和评论风格之异,又反映出他们与屈秉筠交往立场及密切程度的不同。

《韫玉楼集》版本

据《韫玉楼集》所载赵同钰《叙略》,屈氏去世次年,亦即嘉庆十六年(1811),赵同钰整理屈集并付梓。屈氏生前曾多次整理诗稿,考之如下:

第一次整理。《韫玉楼集》载袁枚题识:"宛仙为余戊午同年

---

① 屈秉筠:《韫玉楼集》,2750、2751、2773、2786 页。
② 屈秉筠:《韫玉楼集》,2769 页。
③ 屈秉筠:《韫玉楼集》,2780 页。
④ 屈秉筠:《韫玉楼集》,2788 页。
⑤ 屈秉筠:《韫玉楼集》,2798 页。
⑥ 屈秉筠:《韫玉楼集》,2772 页。
⑦ 屈秉筠:《韫玉楼集》,2773 页。
⑧ 屈秉筠:《韫玉楼集》,2797 页。

屈君省园之女孙,甲寅三月舟过虞山,宛仙拜余于海棠花下,呈诗二卷。披阅之余,叹中郎为有后矣。"①甲寅为乾隆五十九年(1794),屈时28岁。此次集诗两卷,当收录28岁前作品。

第二次整理。《韫玉楼集》载吴蔚光《序》:"道华《长真阁集》既尝为序之矣。比者宛仙,属于旧史,仆之愿也,仆之荣也",末署"嘉庆三年长至后五日"②。此次编集,可能受到席佩兰编《长真阁集》的影响。此外,可能与应袁枚选诗的要求有关。《长至前五日,蒙随园先生见过,并拜红绫之赐,赋诗呈谢》"诗刊新本搜余草"句下原注:"先生以女弟子诗中,筠诗独少,命续呈近著备选。"③但袁枚逝于嘉庆二年(1797)冬,此次所编之集,估计尚未及见。

第三次整理。《韫玉楼集》所载鲍伟《序》:"阂裒所作诗为一编示予",末署"嘉庆岁庚申小春月"④。庚申即嘉庆五年(1800),屈氏34岁。

赵同钰在屈氏生前自编基础上重加整理,编成《韫玉楼集》。所做工作主要有:

1. 增加了《韫玉楼词钞》,将《韫玉楼集》厘定为诗4卷,词1卷。即如鲍印《词跋》所言:"其既殁之明年,茂才裒其遗诗而刻之,既又裒其诗余若干首。"⑤

2. 补充序、传。集中原有吴蔚光、鲍伟《序》,此次增加了陈文述《序》。此外,增加了屈氏去世后孙原湘及鲍份所作《传》。

---

① 屈秉筠:《韫玉楼集》,2810页。
② 屈秉筠:《韫玉楼集》,2743页。
③ 屈秉筠:《韫玉楼集》,2771页。
④ 屈秉筠:《韫玉楼集》,2745页。
⑤ 屈秉筠:《韫玉楼集》,2809页。

3. 收录哀辞。其中鲍印 2 首,屈静垄 10 首,赵同钰 4 首。

4. 增加了部分题识。陶凌墀题识:"鹤去琼楼,佳咏空存香茗。"①归懋仪题识:"死去留诗在,生时苦病遭。"②显然都是屈氏去世后所作。

5. 增加了屈静垄所撰《诗跋》,鲍印所撰《词跋》。

6. 赵同钰自撰《韫玉楼集叙略》。据赵同钰《亡妇集中有落梅之作感而和之》所附孙原湘跋中之"辛未七月",知本集最后编定时间,当在嘉庆十六年(1811)七月左右。

《韫玉楼集》刊刻成书后,《清史稿》曾著录:"《蕴玉楼集》四卷,屈秉筠撰。"③此外,《苏州府志》亦有著录。其版本,主要有以下数种。

(一)嘉庆十六年集芙蓉室刻本

国家图书馆藏《韫玉楼集》,书名上题"嘉庆辛未岁镌",下题"集芙蓉室藏板",卷 4 末署"常熟刘光德局镌"。辛未即嘉庆十六年(1811),知其刻成于本年。此处之集芙蓉室,屈集中两次提到:一是《新葺集芙蓉室因题》,一是《集芙蓉室早起》(三首)。前题中有"若要缝裳岂敢辞"④,后题第三首中有"为有人催染翰先"⑤,知集芙蓉室为常熟本地编书刻书之所。据考证,集芙蓉室是常熟屈家书坊。坊名取自屈原《离骚》"制芰荷以为衣兮,集芙蓉以为裳"。集芙蓉室主要用以自辑自刻。屈氏曾祖承霖曾自辑刻《习

---

① 屈秉筠:《韫玉楼集》,2810 页。
② 屈秉筠:《韫玉楼集》,2811 页。
③ 赵尔巽等:《清史稿》(第 15 册),卷 148,4400 页。
④ 屈秉筠:《韫玉楼集》,2791 页。
⑤ 屈秉筠:《韫玉楼集》,2791 页。

字篇》,祖曾发曾自撰刻《万言肄雅》《数学精详》等。①

  清刻本版式为半页9行、行18字、小字双行同、黑口、左右双边、单鱼尾。国图藏本总目、吴蔚光《序》之下钤"铁琴铜剑楼""古里瞿氏"两方印,知曾为瞿氏收藏。总目原文如下:"叙略一页,像赞一页,吴序三页,陈序二页,鲍序二页,题词五页,孙传三页,鲍传四页,哀辞二页,落梅诗二页,韫玉楼诗第一卷二十三页,韫玉楼诗第二卷页同,韫玉楼诗第三卷页同,韫玉楼诗第四卷页同,韫玉楼词钞一卷十八页,诗跋二页,词跋二页。"据胡文楷《历代妇女著作考》,常熟瞿氏还藏有季韵兰手钞本,评语较刻本为多。②

  国家图书馆另藏《韫玉楼集》2册,收录屈秉筠诗歌一、二两卷。与集芙蓉室刻本相较,该书缺诗集三、四两卷,亦无词、诗跋、词跋。其中第一册收录至卷一《潘玉奴》,第二册开篇接续。但其书名、刊刻时间、所用藏板,宛仙夫人像赞、序、题词、传、哀辞的页数,以及卷一、卷二诗歌题目和次序,均与集芙蓉室刻本相同。值得注意的是,这个本子原有的"韫玉楼集总目"一页不存。从现存装订线部分残留此页书根来看,系人为割裂,或为书贾射利所为。根据这些信息,推测此书系用原藏板翻刻,装订册数当为4—5册,国图所藏2册为其中之一部分。

(二) 徐乃昌刻《韫玉楼词》选本

  光绪二十一年至二十二年(1895—1896),徐乃昌刻《小檀栾室汇刻闺秀词》,其中《韫玉楼词》系《韫玉楼词钞》之选本。其版式为半页11行、行21字、白口、双鱼尾,版心题"韫玉楼词"。该

---

① 曹培根:《常熟出版史概论》,《吴中学刊》1997年第3期,13页。
② 胡文楷:《历代妇女著作考》,302页。按:"季韵兰"或当作"季兰韵"。季兰韵为屈秉筠侄妇。

选本共 4 页,选词 15 首,分别是《韫玉楼词钞》中的第 1、6、8、11、12、13、14、16、21、22、24、31、34、37、51 首,二者排列次序相同。其中《醉太平》词序中"竹桥"改为"吴竹桥",《金缕曲》序中"原韵"误作"元均"。

(三) 中华书局整理本

中华书局出版的《清代闺阁诗集萃编》(2015),收录 80 位女诗人作品,有《韫玉楼集》。"整理说明"称"此次整理是据嘉庆十六年刻本为底本校点"。考之清刻本,以下数处或可正补。

1. 文字漏误。整理本 2742 页《述略》作《叙略》。《述略》原文"遂为钱塘袁随园",整理本脱"钱塘"二字。原文"命女奴舁诸火",整理本"舁"作"□",可补。2808 页"离为四卷","离"原作"厘"。2752 页《潘玉奴》、2753 页《绝句》、2755 页《七夕》、2759 页《九九消寒曲》其五、2754 页《寄婉清姊》其二、2804 页《浪淘沙》(秋月),此 6 首作品评点者原作"未冶",整理本均作"菽冶"。2753 页《为紫绥夫人题扇》"画中佳句乌栏写","乌栏"误作"鸟栏"。2776 页《城南李家池观荷遇小雨而返》其二,评点者"子侃"误作"子倡"。2783 页《吴竹桥太史闭户著书图》"嵇康"误作"稽康"。2805 页《鹊桥仙》(闰六月七夕)评点者"尊古"误作"奠古"。

2. 标点不确。整理本 2746 页孙原湘《序》中"祖毕节令,曾发以算学,见称当世",当断为"祖毕节令曾发,以算学见称当世"。按:屈秉筠祖父名曾发,字鲁传,号省园。同页孙《序》"如是七昼夜,不食亦不倦,胫水涔涔流,肿良已",当作"胫水涔涔,流肿良已"。2809 页鲍印《词跋》"将付之梓,人以余素知宛仙",当作"将付之梓人"。

3. "整理说明"中屈秉筠享年 44 岁误作 43 岁(2731 页)。

按:鲍份《传》明载屈氏"卒于嘉庆十有五年之八月十九日,春秋四十有四"①。鲍印《哀辞》亦称:"伤心何敢怨天公,顿悟楞严色是空,四十四年如泡影,重泉有札寄难通。"②

整理本因体例所限,清刻本所录席佩兰所题宛仙夫人画像,屈氏自作画像赞,以及鲍印、屈静堃、赵同钰所作哀辞,孙原湘所撰跋文均被删去。这些文献,对研究屈秉筠也具有较重要的史料价值。

---

① 屈秉筠:《韫玉楼集》,2748页。
② 屈秉筠:《韫玉楼集》,清嘉庆十六年(1811)刻本。

目　录

屈秉筠简谱　1

致谢　1

引论　屈秉筠的创作与诗才　1
  来自常熟的知名诗人　2
  屈秉筠诗集及作品传存　5
  乔多罗、库珀、方法和目标　9

第1章　时代、家乡及家庭背景　16
  清代中期：见闻中的女性　16
  常熟：文化发展的领先者　25
  屈氏：显赫的家族和她的童年教育　29

第2章　家庭变成文学之网　35
  贤惠的家庭主妇　36
  与家人的诗歌联动　42
  屈氏家庭诗歌圈　49

第3章 袁枚女弟子群中的活跃分子 57
　　袁枚对女性文学教育的促推 58
　　袁枚女弟子群及其诗会 64
　　袁枚诗教中的自然思想 70
　　屈秉筠与袁枚的交往 74
　　屈秉筠与袁枚其他弟子及追随者的交往 78

第4章 女性诗歌话语共同体 87
　　袁枚对屈诗的评论 88
　　同门女弟子对屈诗的评论 98
　　屈秉筠个人的批评主张 110

第5章 家庭诗 117
　　疾病美学：自我形象 117
　　日常生活美学 125
　　同家庭成员的艺术联系 130
　　"基于家庭的自然"之和谐 136

第6章 关系诗 145
　　不同场景的叙述 145
　　情绪和感情渠道 150
　　社交作品 152

结语 诗歌之力 161
　　女性诗歌之力 161
　　女性的体验是艺术发生之源 166

附录 袁枚女弟子简表 182

参考文献 190

译后记 199

屈秉筠简谱

一七六七年　出生于江苏常熟

一七六九年　2岁,母亲去世

一七七〇年　3岁,父亲去世

一七七三年　6岁,开始跟随祖父读书

一七八五年　18岁,结婚

一七九四年　27岁,拜袁枚为师

一七九六年　29岁,诗歌被选入袁枚编选的《随园女弟子诗选》

一七九八年　31岁,成为虞山知名女诗人

一八一〇年　43岁[①],因肝病去世

一八一一年　《韫玉楼集》刊刻

[①] 译者按:原著以西方计算年岁的方法,计为"43岁"。按中国传统计算法,则当为44岁。

致 谢

本书在我的博士论文基础上修改而成。感谢论文指导小组施吉瑞(Jerry D. Schmidt)博士、欧大年(Daniel L. Overmyer)博士、莫斯托(Joshua S. Mostow)博士。施吉瑞博士指导并帮助我改进对此问题的研究,从他那里学到了很多知识和方法。欧大年博士提供了许多洞见卓识,莫斯托博士指引我进入女性研究领域。特别感谢孙康宜(Kang-i Sun Chang)撰写的博士论文外审评语,这份评语成为我论文的修改指南,本书也吸纳了她的大量精辟见解。

同时,我还想向魏爱莲(Ellen Widmer)博士、曼素恩(Susan Mann)博士、罗溥洛(Paul Ropp)博士、费侠莉(Charlotte Furth)博士、高彦颐(Dorothy Ko)博士、苏源熙(Haun Saussy)博士表达谢意。1999年6月,当我准备从事这项研究时,他们通过解答问题的方式提供了大量建议和宝贵信息。2002年在华盛顿举办的亚洲研究协会的年会中,我与曼素恩、魏爱莲、方秀洁(Grace Fong)就18—19世纪中国女性话语共同体问题进行了讨论,获益良多。曼素恩对拙文提出了许多有益建议,帮助我重新思考相关问题，这些问题在本书中都有讨论。会议结束后，方秀洁博士还继续与我讨论毕业论文，她的积极评价深深地鼓励了我。

另外，我还想感谢我的女儿Carissa。2001年，女儿即将出生，我正全身心投入毕业论文写作。女儿出生时，毕业论文初稿也正好完成。

最后，要感谢中央华盛顿大学批准2004年暑期研究计划，由此我开始了本书的出版工作。

引论　屈秉筠的创作与诗才

女性文学很可能是中国文学源头之一。尽管创作于周朝（前1020—前249）的《诗经》只有305篇，但这早期诗歌亦有女性的贡献①。其中部分诗歌女性化的语言表达很明显，因此被认为是女性所作②。

尽管受父权制及男性中心文化排挤，中国妇女仍然不断地以各种方式进行文学创作，宣告中国女性文学的存在。中国历史上每个朝代都有出色的女作家，在代表各时代最高文学成就的总集，如《文选》《乐府诗集》《全上古三代秦汉三国六朝文》《玉台新咏》《全唐诗》《全宋词》《全元散曲》③中，就有不少女性作家。

---

① 例如，汉代毛苌在《诗小序》中指出，《葛覃》《卷耳》是后妃所作（王先谦《诗三家义集疏》，北京：中华书局，1987，16页，23页）。《泉水》《竹竿》是卫女所作（王先谦，190页，299页）。汉代申培认为《关雎》是周王后所作（王先谦，4—5页），《苤苢》是蔡人之妻作（王先谦，47页），《汝坟》是周南大夫之妻作（王先谦，56—57页），《行露》是申人之女作（王先谦，89—90页），《日月》是卫宣公之夫人作（王先谦，143页），《载驰》是许穆公之夫人作（王先谦，257页），《大车》是息君之夫人作。褚斌杰发现在早期史书中有女性创作的记载，例如《左传》（闵公二年）记载了许穆公夫人在逃难途中作《载驰》（杨伯峻《春秋左传注》，北京：中华书局，1981，266—267页）。参见褚斌杰《中国文学史纲要（先秦秦汉文学）》，北京：北京大学出版社，1986，49页。

② 谢晋青：《诗经之女性的研究》，上海：商务印书馆，1925。该书指出 85 首诗与女性有关，其中大多数为女性所作。

③ 萧统编：《文选》，香港：商务印书馆，1936。郭茂倩编：《乐府诗集》，北京：中华书局，1979。严可均编：《全上古三代秦汉三国六朝文》，北京：中华书局，1965。吴兆宜：《玉台新咏笺注》，北京：中华书局，1985。彭定求等编：《全唐诗》，北京：中华书局，1960。唐圭璋编：《全宋词》，北京：中华书局，1965。隋树森编：《全元散曲》，北京：中华书局，1964。

从16世纪末开始,随着女性教育的扩散,女性文学进入黄金时代,但在18世纪末开始衰退①。依据胡文楷所考,在17—19世纪,有超过3500位女作家出版文集,超过此前所有朝代女作家总数的17倍。② 在此期间,女作家的创作涉及诗、词、戏曲、弹词、散文、小说和文学批评③等多种文体。许多女性或按家庭地域、或依相同追求结社,目的均为积极投身于文学创作。

本书主角屈秉筠,是一位来自江南女性文学圈的诗人。在中国女性文学创作的黄金时代,那里云集了大量女作家,屈秉筠的诗歌生活根植于江南鼎盛时期。因此,屈氏是有代表性的。在中国妇女文学之外,近距离地看待屈秉筠作为诗人的发展和创作,读者能更好地理解17—19世纪女性作家剧增现象以及她们的文学世界。

来自常熟的知名诗人

屈秉筠,字宛仙,号协兰,小名霭庆,在18世纪知名的女性文学群体"袁枚女弟子"中扮演着重要角色。其夫赵同钰(字良伯,号茂才、子梁),曾评价其诗歌生活:

> 幼承家学,长益工诗。归余二十余年,中馈之余不废研

---

① 参考本书第1章。
② 胡文楷:《历代妇女著作考》,上海:上海古籍出版社,1985。
③ 孙康宜、苏源熙主编:《中国传统女性作家:诗歌与诗评选集》,斯坦福:斯坦福大学出版社,1999。华玮:《明清妇女之戏曲创作与批评》,台北:"中央研究院"中国文哲研究所,2003。华玮等编:《明清妇女戏曲集》,台北:"中央研究院"中国文哲研究所,2003。"明清妇女著作"数据库,麦吉尔大学与哈佛大学图书馆燕京学社图书分馆合作成果,参见http://digital.library.mcgill.ca/mingqing/english(2005年10月)。

削,戚党知之,咸属婢媪以笺素乞书。往往流播,遂为钱塘袁随园、同邑吴竹桥两先生赏。叹弗获终秘,然非其意也。自后索题咏者日不暇给(赵同钰《韫玉楼集述略》)。

上述文字指出,屈秉筠幼年即爱好诗歌,成年后擅长写诗,并因此经常应人之请作诗。她的诗在亲戚邻里传播,并逐渐超越亲戚邻里,为其在更广泛的读者群中赢得声誉。在本地著名文人吴蔚光和影响力极大的文学家袁枚大加赞赏后,越来越多的人,不论男女,贵族还是平民,官员还是学者,都开始希望得到她的诗作。①

屈秉筠把诗歌作为日常生活的一部分,创作也是为了日常所用。她经常将诗歌当作娱己娱人的方式,有时用诗歌替代散文书信,送给她的至亲。她也把写诗当成日记记录她的家庭生活,在卧病时写诗甚至成为一种治疗方式。虽然为了实用而作诗,但屈氏还是将其视为文学创造,经常苦心经营、费尽心力获取创作灵感。从各种材料看,一次又一次地,屈氏因痴迷诗歌创作而废寝。她曾写道:"梦觉苦吟人独坐,问时相近四更天。"②(《韫玉楼诗》卷2③)

刺激诗歌创作的因素可能是多样的,但于屈氏而言,内在动因,或者正如袁枚所说的"性灵",才是其创作背后的原始动力。当处于创作幻想中,她常常误碎砚台。而且她也想通过写作缓解病痛,但当沉迷于写作时其身体状况就更糟。有时因为她的沉迷,写诗转而成为无法摆脱的精神和身体疾苦,正如其

---

① 参见本书第6章中的"题辞"。
② "更"是中国古代夜晚的计时单位。每更大约为2小时。四更相当于凌晨1点至3点。
③ 译者按:书中引《韫玉楼诗》较多,后文仅注明所引卷数。

诗中所说:"不因病久悲身世,只悔生来带性灵。"(卷3)她也许后悔与生俱来的"性灵",尽管如此,她仍然爱诗,爱读诗,爱写诗。

　　就我们所知,其诗作包括律诗和词两种形式。从掌握诗词格律的能力来看,屈秉筠虽不能说更优秀,但至少达到了同时代男性诗人的水平。据说屈氏有"三绝"①,意思是说,在优秀的诗才之外,她还擅长书法和绘画。屈氏最擅小楷,如其诗中所言"十三行帖贪模晋"(卷2)②。屈氏虽然婚前并未学习过绘画,但之后很快学会并且工于水墨花鸟。她将自己的画作汇编成册,馈赠众多的亲友和求画者。

　　从一七九四年第一次与袁枚相识开始,在生命后20年中,她一直闻名于常熟。一八〇五年她写给嫁入赵家小妾的诗句"十载先劳识我名"(卷4),展示了这个过程。依据前述赵同钰所记,屈秉筠成年后的诗歌生活可分成两个阶段:

　　(1)第一阶段始于一七八五年,此年她嫁给了赵同钰,终于一七九三年。在这约八年中,除操持家务外,屈氏全身心投入诗歌创作,并与包括婆家和娘家在内的家庭诗歌圈子互动,为其成为地方知名女诗人打下了基础。

　　(2)第二阶段始于一七九四年,此年她成为袁枚女弟子,直至一八一〇年她43岁时去世。加入袁门女弟子群后,屈氏成为职业诗人,常与师友切磋诗艺。当其诗名在常熟及更远的地方流传开来时,其诗歌创作达到了顶峰。

---

① 孙原湘:《天真阁集》,卷54。
② 《十三行帖》是王献之用小楷写的《洛神赋》,之后成为学书者的典范之作。

屈秉筠诗集及作品传存

研究屈秉筠的原始文献是她的《韫玉楼集》①,一八一一年编刻,包括她成年时期所作诗词528首。令人惊奇的是,集子中还保存了349条袁枚等当时诗人、评论家以及屈氏亲友对诗词内容和作者的评论。

集子编成后并未广泛为人所知,这导致了研究屈秉筠的人很少。一七九五至一七九六年,袁枚首次将屈诗选入《随园十三女弟子诗选》②。几个月后,他又将屈诗选入另一部包括28位女弟子在内的选集。不幸的是,第一部选本至今未被发现,而第二部选本亦即《随园女弟子诗选》③,屈秉筠同另外八位女诗人一样,仅有存目而无作品。一八三一年,女性诗人学者完颜恽珠编成《国朝闺秀正始集》④,其中收录一首题为《残菊》的诗,作者为屈秉筠,但《韫玉楼集》中并无此诗。一八九六年徐乃昌编成《小檀栾室汇刻百家闺秀词》,收录一系列女性词集,其中选录了题为屈秉筠《韫玉楼词》的15首词。从所选作品均可见于《韫玉楼集》,以及词集题名相同来看,《韫玉楼集》很可能是徐乃昌选词的原始材料。雷瑨编订的《闺秀词话》(1915)也提到了屈氏《金缕曲》⑤,此词既见于徐乃昌选本亦见于《韫玉楼集》,但雷瑨很可能将前者作为其直接材料来源。陈香编《清代女诗人

---

① 屈秉筠《韫玉楼集》包括《韫玉楼诗》和《韫玉楼词钞》,集芙蓉室刻于1811年。
② 参见本书第3章。
③ 袁枚选编:《随园女弟子诗选》,刻于1796年。参看标点本《袁枚全集》。
④ 完颜恽珠编:《国朝闺秀正始集》,卷12,红香馆1831年刻本。
⑤ 雷瑨:《闺秀词话》,上海扫叶山房1915年刻本。

选集》(1977)①,选录了屈秉筠《述志篇》(二首),此两首作品未见于《韫玉楼集》。一九九九年,美国学者孙康宜和苏源熙所编《中国传统女性作家:诗歌与诗评选集》(Woman Writers of Tratitonal China: An Anthology of Poetry and Criticism)讨论了屈秉筠。该书中屈秉筠的编选者是余国藩(C. Yu),他选择并翻译了5首词,所据应为徐乃昌选本。他撰写了一段关于屈秉筠的简要介绍,开头提到:"屈秉筠是袁枚的弟子,资料并不丰富。"(见该书490页)

《韫玉楼集》著录于《重修常昭合志》②《历代妇女著作考》③《清人别集总目》④等文献。尽管各地所藏版本有异,但徐乃昌选本可能是选文水平最高者。一九九九年夏,我在北京大学图书馆偶然发现一个本子,那时我正在中国从事有关袁枚女弟子的研究工作⑤。

屈集中作品依时编排,主要收录她成年后的作品,从18岁出嫁到43岁去世。⑥ 因此,《韫玉楼集》是屈氏一生中最重要的25年间所有创作近乎完整的诗集。但其中并未收录屈氏幼时作品,这些作品可能数量不少而且不乏上乘之作。同时,自其诗名闻于乡里后,屈氏常应他人之请作诗,这些作品在诗集结集刻印时亦

---

① 陈香:《清代女诗人选集》,台北:商务印书馆,1977,122—123页。
② 《重修常昭合志》,3039页。
③ 胡文楷:《历代妇女著作考》。
④ 李灵年、杨忠等编:《清人别集总目》,合肥:安徽教育出版社,2002。据此书,屈秉筠《韫玉楼集》分藏于南京、上海、北京等地图书馆。但是,我曾在北京大学图书馆找到一个屈集本子,该书并未被《清人别集总目》提及。
⑤ 《韫玉楼集》是北京大学图书馆所藏珍品,依据相关保护规则不能复印。我付费后被允许整本拍照。
⑥ 虽然八首《柳枝辞》写作时间不确定,但这些作品为《韫玉楼诗》第一组诗,因此很可能是屈秉筠少时所作,正如集中所载孙原湘《屈秉筠传》所言:"所传《柳枝辞》十五章,盖髫龀时作也。"

未能收录。因此屈氏作品必定有相当数量的散佚,以各种方式在其他文献中流传。这样就能解释完颜恽珠和陈香所编选本收录《韫玉楼集》之外作品的现象。

《韫玉楼集》存录大量关于屈秉筠及其作品的评论,胪列如下:

(1) 序文

《韫玉楼集》三篇序文的作者分别为吴蔚光、陈文述(1775—1845)、鲍伟(字凌客)。

(2) 题辞

11篇题辞的作者分别是袁枚、陶凌墀(字约斋)、席世昌(卒于1808年,字子侃、稚泉,1795年举人)、邵渊耀(字环林)、席佩兰(1762—1826,字道华、韵芬、浣云)、赵贵娥(字茗香、梦月)、徐恭(字蓀仙)、赵秉清(字若韫)、归懋仪(约1762—约1832,字佩珊、兰皋)、季瑞贞(字静玉)、鲍印(字尊古)。

(3) 传记

两篇传记的作者是孙原湘(1760—1829,字子潇,1805年进士)和鲍份(字叔野)。

(4) 哀辞

三篇哀辞为鲍印、屈静堃(字婉清)、赵同钰所撰。

(5) 跋

两篇跋文分别由屈静堃和鲍印撰写。

(6) 述略

赵同钰撰写。

(7) 诗歌和作及评论

《韫玉楼集》中有赵同钰所撰读亡妻诗感而和作一首,另有孙原湘为此和作所撰跋文一篇。

(8) 评点

集中有325条有关诗作的个人评点,出自13人:吴蔚光(92条)、孙原湘(73条)、席佩兰(43条)、鲍伟(28条)、席世昌(17条)、归懋仪(13条)、鲍印(12条)、未冶①(12条)、袁枚(11条)、赵贵珴(8条)、筠樵②(6条)、张燮(卒于1808年,字子和,5条)、岚风③(3条)、陈文述(2条)。

(9) 画像

席佩兰所绘屈秉筠像。

以上评论是由当时著名诗人、批评家、屈氏的追随者以及她的亲友撰写的。这些评论提供了有关屈氏个人及其创作的丰富信息。尤其是提供了屈秉筠与其他诗人联系沟通的原初形态,为理解屈秉筠提供了有效模式。

《韫玉楼集》能保存至今非常偶然。自唐代始,女作家们临终焚稿已成风习④。在屈秉筠那个时代,很多妇女依然深困于这种传统女性教育:"良家闺阁,内言且不可闻。"⑤故而坚守临终焚稿。屈秉筠在肝病恶化后的临终之际,她首先将其画作——多为花鸟画——送给她的家人,如兄弟、姊妹、堂兄弟、侄子侄女等。她在去世前,令婢女将诗稿收集后全部焚烧。婢女照做时,幸好其夫赵同钰及时回家。赵从婢女手中夺下诗稿藏起来,告诉屈氏已焚烧。一年后,赵同钰编好集子并刊刻。其《韫玉楼集述

---

① 未知。译者按:"未冶"当为"朩冶"。鲍份字叔野,《韫玉楼集》中常作"叔野"或"朩冶"。
② 未知。
③ 未知。
④ 康正果认为,女性焚稿从唐代始。参见《风骚与艳情》,郑州:河南人民出版社,1988,326页。
⑤ 叶瑛:《文史通义校注》,北京:中华书局,1983,537页。

略》云：

> 忍痛缀辑，离为四卷，词一卷，付诸梓人。知非君之意也，亦聊以释余之悲尔。①

乔多罗、库珀、方法和目标

对于屈秉筠其人其诗的研究方法和目标基于两个假设：(1) 依据南希·乔多罗(Nancy Chodorow)有关女性性别认同的理论，屈秉筠与他人的相互关联在其诗歌研习的集会及作为诗人进行创作的过程中发挥了重要作用。(2) 依据玛丽莲·库珀(Marilyn M. Cooper)提出的写作作为一种机制，既是社会活动也是个人行为的理论，屈秉筠与其话语共同体中的其他成员的互动关系，促使其诗歌观念和写作技巧的形成。

南希·乔多罗的理论：有关女性的性别认同

南希·乔多罗是精神分析家、女权主义者，在其《母性再生产：精神分析与性别社会学》(*The Reproduction of Mothering: Psychoanalysis and the Sociology of Gender*)②一书中指出，群体认同感是女性最显著的特征之一：身份敏感、相互依赖和群居是女性身份认同的关键因素。女性通常会分享与其他女性的身份共同感，而不是将自己视为独一无二的。

乔多罗认为，母性再生产是社会组织和性别再生产的关键和

---

① 本书所有引自《韫玉楼集》的诗歌和评论文字，均参考此版本。
② 南希·乔多罗：《母性再生产：精神分析与性别社会学》，加利福尼亚：伯克利与洛杉矶，加利福尼亚大学出版社，1978。

持续因素。她说,母性包括生育和照顾孩子,是性别分工中为数不多的普遍和持久因素之一。然而,事实上母性的生育和生理需求随着历史发展越来越不明显,但其角色还具有心理和思想意义。乔多罗利用女性和男性人格发展的精神分析进行研究,证明女性的母性再生产是周期性的:作为母亲的女性生下女儿,涵容母性的女儿渴望成为母亲。这些涵容和需求根植并育发于母女关系本身。相反,若母亲生下儿子,儿子的抚育能力和需求被系统地限制和压抑,这是因为男性要为将来必须参与缺乏家庭角色情感的家庭之外的工作和公共生活做好准备。"在性别与家庭分工中,作为母亲的女性要比男性更多地涉入人际情感关系,这就导致了女儿和儿子心理能力上的分化,由此形成性别和家庭分工的再生产。"(见该书7页)

乔多罗指出,妇女的母性在与儿女成长过程的关系体验中产生了不对称,这导致男女在个性、能力以及情感方面的关键性不同。女性的个性较少依赖于内心克制,更多倾向于外部关系的保持和延续。从保持与母亲"前恋母情结"式的接触开始,成长中的女孩在不断与他人交往中逐渐定义和体验自己。她们的自我体验更为灵活,有时也范定自我边界。男孩的自我定义则有明确的独立性,有更强烈的自我界限和分化感。普通女性的自我意识与外界相联,而一般男性的自我意识则将自我与外界隔离开来(见该书149页)。依据人格精神的典范分析,俄狄浦斯情结展示了个性发展分化以及男女性格结构中的亲情维度。女孩不会从母亲变成父亲,但会将父亲纳入她的原始冲动世界。她将自己定义为三角关系中的一员——她、母亲、父亲——这意味女性的内心理冲动世界要比男性更复杂,尽管大多数女性脱离于俄狄浦斯式的性欲上的异性恋,异性恋爱和情感承诺也不那么排他性地建立起来。相对于俄狄浦斯对母亲和其他女性的至高无上和排他性的情感依赖而言,一般男性更倾向于将此情感保留于次要位置(见该书167—168页)。

从俄狄浦斯情结及其分解来看,女性的内心理冲动世界要比男性更复杂,女性专注于持续的关系,男性则不然。男性人格在否定关系及联系上被定义,而女性人格则包含了基本关系中的自我定义。交际能力和专注在女性的发展中得到扩展,而在男性的发展中被制约。这意味着男孩在为参与非关系域作准备,而女孩则更潜在地倾向于参与关系域(见该书170页)。

依据乔多罗的理论,我认为屈秉筠的关系认同意识,贯穿于她的个体认同,对其性格发展和文学追求产生重要作用。

玛丽莲·库珀的理论:写作是一种社交活动

玛丽莲·库珀认为,写作不仅仅是思想或者是将孤立的作者与孤立的读者联系起来的活动,而且还是社会群体生活以及彼此互动的方式之一。①

库珀和她的同事米迦勒·霍兹曼(Michael Holzman)汇编了一系列有关论证写作是社会行为的文章②。在其《写作生态学》(*The Ecology of Writing*)(收录于前述论文集)一文中,库珀指出写作不是生产,而是过程,是一种传递认知活动的过程,被看作是安静革命的过程。这种想法始于一九八二年,很快就形诸文字。但根据这个观念,由认知模式预设的理想作家是脱离社会的,因而她称之为"孤独的作者"。孤独作者的写作,独自面向个

---

① 玛丽莲·库珀、米迦勒·霍兹曼:《写作是社会行为》(*Writing as Social Action*),博因顿:库克,1989,第8—9章。
② 玛丽莲·库珀、米迦勒·霍兹曼:《写作是社会行为》。

人头脑中的隐私,并以之表达情感、传递信息、劝说他人像自己一样观察事物。她将自己的写作视为文本生产过程中的目标导向工作。库珀指出,后结构主义文学理论反映了这种观念。例如,斯坦利·费什(Stanley Fish)认为读者是被解释策略引导的,此种策略源于作者解释性群体的架构。在这篇论文中,费什的解释性策略并未被提及,但它们是作者与读者心理预设的一部分,只有通过解释这种心理预设,我们才能揭示作者与读者是如何交流的(见该书2—3页)。

库珀还指出,语言和文本并非简单的个人发现和交流信息的工具,而是依赖于社会结构和过程的社会活动,不仅体现于他们的阐释中,而且也体现在结构阶段。基于此种认识,她提出写作生态模式,其要义为写作是个人不断建构各种社会性构造系统的活动;作家通过写作,将其与思想、目的、交际、文化规范、文本形式等系统联系起来。

(1) 思想是作家理解世界,将个人经验和观察转化为知识的工具。从这个角度看,思想是交往的结果,无论是面对面还是通过文本联系。

(2) 目的是作家调节行为的工具。目的由相互作用而产生,个人目的适应群体目的。事实上,个体冲动或需要只有在被他人认可时才能成为目的。

(3) 交际是作家调节彼此之间联系的手段。亲密关系和权力制度是作家与他人互动的两个决定性要素。

(4) 文化规范是作家建构互为成员的更大群体的工具。个人与群体总不相同,这就意味着作家的角色扮演具有源于事实的特殊性。

(5) 文本形式是作家交流的手段。与此同时,文本形式既是保持传统的宝藏,也是革新形式的工具。

库珀指出,作家与上述系统密不可分。个体作家作品的特点决定系统中其他作家作品的特点,同时前者又被后者决定。每一个系统都是具体的,它们之间的互动关联成为写作的一部分。每一个系统都是可被研究的结构。每个作家都必须参与其中——每位作家和每次写作实例,都能详述其激发和补充的思想范畴,以及刺激写作和完成作品的目的。在这些系统中,作家不会将观众内化为精神结构,而要面对真实的读者。作家把自己的作品提供给同事阅读并回应,以此学习使用适应观众式的写作。观众不仅评判作品,而且也激励写作(见该书 2—13 页)。

事实上,库珀将写作分为两种模式——一种是个体认知过程,另一种是社会互动过程。她将第二种写作模式形容为话语共同体中的真实图景。正如弗里德(Freed)和布罗德海德(Broadhead)所言,库珀尝试"描述话语共同体以及共同体与群体之间相互作用和改变的对立"(见该书 155 页)。

结合乔多罗有关女性关系认同的理论,我认为屈秉筠的写作属于库珀写作模式的第二种,亦即一种社会互动过程,其中一部分是屈氏与其话语共同体成员之间的互动。

从乔多罗和库珀的理论看,我认为屈秉筠的身份认同感是她寻求与他人联系的内在动力,而写作作为一种社会互动过程则是她与话语共同体成员之间互动的外在动力。这二者共同作用,激发屈秉筠与他人互联互动,互联互动又激发了她的诗歌创作。

从关系与社会的角度来看,乔多罗和库珀的理论为屈秉筠研究提供了富有启示性的门径。有人会说中国社会是一个传统的以群体为导向的社会,无论男女都在寻求与他人的关联。的确,中国文人倾向于结社并视"写作为社会活动"。但在帝国晚期,女性作家数量剧增,她们比男性作家更趋向于结社。例如,袁枚拥有一批数量众多的男弟子①,但他们都单独与袁枚联系,迄今尚无任何文献证明他们像女弟子一样结社。在对宋以降姻亲关系及女性社交网络的研究中,柏文莉(Beverly Bossler)指出,男性姻亲关系的安排属于"策略",意味着他们出于经济和政治目的而联姻。女性在参与激活这种关系中起着桥梁作用,意思是女性是情感和情谊联系的基础。"事实上,在起初阶段,女性通常是促进姻亲关系的媒介。"②

历史学家高彦颐令人信服地指出,17世纪中国妇女在建立关系网络上有浓厚兴趣。她从文化角度对女性社交网络进行考察,论述了形形色色的女性群体及其主要方面。③ 通过考察屈秉筠在诗歌生活中与他人互联互动的角色,尤其是她的诗歌写作过程,本书试图从文学层面揭示妇女为建构女性社交网络所作的努力,以及这种互联互动为其文学追求带来的灵感。

研究目标

依据上述设想,拟从互联互动的角度考察屈秉筠,以实现解决下列问题的目标:(1)屈秉筠是如何成为一名才华横溢的诗人的?(2)屈氏的诗歌世界及其特点是什么?(3)在中国女性文学

---

① 据当代中国学者王英志研究,从1742年开始,袁枚招收了30个男弟子。参考王英志:《性灵派研究》,沈阳:辽宁大学出版社,1998,228页。
② 柏文莉:《一日为女终生为女:宋代以降的姻亲关系及女性人际网络》("A Daughter All Her Life": Affinal Relations and Women's Networks in Song and Late Imperial China),载于《晚期中华帝国》(*Late Imperial China*)第21卷,第1期(2000年7月)。
③ 高彦颐:《闺塾师:明末清初江南的才女文化》(*Teachers of the Inner Chambers: Women and Culture in Seventeenth-Century China*),斯坦福、加利福尼亚:斯坦福大学出版社,1994。

发展进程中,屈秉筠的诗歌生活具有哪些新特征和创造性?

首先,调查有关屈秉筠及其诗歌活动的各种关系,目的是揭示其从事诗歌创作的过程。第1章"时代、家乡及家庭背景",追溯屈秉筠所处时代的政治、经济、文化等方面的状况,其家乡在文化生态方面的主导作用,其祖先的学术和文学成就,以及她的童年教育,以展示其诗歌活动与适宜的时代环境、地域及家庭背景之间的关系。第2章"家庭变成文学之网",通过考证屈秉筠在娘家和婆家经常性的诗歌活动,以阐述其诗歌写作与家庭文化氛围之间的关系。

其次,考察其与不同话语共同体成员之间的文学互动,以阐释其诗歌观念和创作。第2章主要考察屈秉筠与家庭诗歌圈子的互动。此外,第3章"袁枚女弟子群中的活跃分子",将着眼于屈氏与袁枚及其他女弟子的互联互动。第4章"女性诗歌话语共同体",通过屈氏与袁枚女弟子群其他成员之间鲜活的诗歌互动,揭示屈氏诗歌观念、写作技巧以及诗歌特点的形成。

第三,在女性社交网络互联互动的框架之下,以及在中国女性文学发展历程之中审视屈秉筠的诗歌创作。第5章"家庭诗",分析与屈氏日常生活及家庭圈子有关的诗歌。第6章"关系诗",着眼于与其社交网络有关的诗歌。最后,结语"诗歌之力",总结屈秉筠的成就与影响,并从中国文学和女性文学发展史来评价其文学价值。

第1章 时代、家乡及家庭背景

在童年时代,屈秉筠写了一组15首题为《柳枝辞》①的诗歌,这表明她在诗歌生活早期即精通短章并被广泛传读。多年后,这些作品被收入她主要作于成年时期并流传的诗集中,诗人袁枚、吴蔚光、鲍伟在阅读时,仍然表现出极大兴趣。在这些诗歌中,屈氏把自己比作优雅的柳枝,含蓄地表达了她那敏感的自我欣赏。现在看来,柳叶的成长也可看作屈氏诗才不断发展的象征:正如婀娜多姿的柳叶需要天气、土壤、园艺及其特性的综合作用一样,屈秉筠的诗才也是在良好的时代环境、地域及家庭背景中养成的。

清代中期:见闻中的女性

屈秉筠生活于康雍乾盛世(1683—1775)末期②,中国经济充满活力,城市文化繁荣。与此同时,由于清代统治者对意识形态的严格控制,知识分子忙于从事经典"考据"以及"非政治性"和"非思想性"问题的研究。其中就包括如贞节观和女性文学教育等女性问题。因此,经济和政治都允许女性比之前要更有见闻。

---

① 第5章所引第一和第二两首,是另一组《柳枝辞》8首中的2首。
② 韦庆远、叶显恩:《清代全史》,沈阳:辽宁人民出版社,1991,卷5,1页。

另外,极具影响力的袁枚蔑视传统,主张诗歌更适合于女性而非男性,并且公开教育一大批女性习作诗歌。

经济复苏促进城市文化和女性文学繁荣

清朝的建立促进了手工业发展。清代中期,特别是乾隆时期(1736—1795),国家商品经济快速发展,全国性的贸易市场逐步成型。棉纺织业、缫丝业、陶瓷业、竹木加工、茶、纸、糖、盐生产,铁、铜、铅冶炼等发展迅猛。① 与此同时,以水运为主要方式的交通运输网络不断扩大,包括超5.5万千米的内河水路,以及近1000千米的沿海航线。贸易市场从5个区域市场中心辐射至全国:北京辐射华北,汉口辐射华中,杭州辐射江南,广州辐射华南,福州辐射沿海地区。

随着手工业和商品经济发展,城市化也在加速。一七三七年以后,清政府开始支持采矿工业,矿业资源开发迅速蔓延全国,城市化更为真实。大量农民离开家乡前往矿场寻找工作。例如,在中国西南部,采矿业发展尤为迅猛,数百万农民到银、铜、铅等矿业谋职。一个普通的矿场能容纳千余农民,有些矿场工人的数量甚至达到七八万人。② 因此,移民导致了城市化和消费主义的生长。

屈秉筠家乡常熟处于长江下游,是一个早在晚明时期已经高度商业化和城市化的地区。在18世纪,这里见证了棉花种植和养蚕业的快速增长以及纺织工业的飞速发展。纺织成为许多家庭中男女的主业。例如,在无锡,"不分男女,全织布纺花,别无他

---

① 韦庆远、叶显恩,40页。
② 韦庆远、叶显恩,12—15页。

务"①。妇女在纺织工业中发挥重要作用,地位也随之提高。正如曼素恩所言:"在清代全盛时期经济上升的江南地区,妇女是家庭生产和消费模式的中心,迅猛的经济变化立即引起对妇女在生产和消费中地位的关注。"②

城市化导致城市文化兴起,城市文学艺术被生产也被需要。由于大众需求,非正统文学如地方戏曲在城市地区繁荣。学者郑振铎强调性地指出,其所搜集的12000种乾隆时期的戏曲,"还不过存十一于千百而已"③。女性文学是繁荣于此时的非正统文学的类型之一。胡文楷为此种潮流提供了证据,其《历代妇女著作考》共考得女性作家4097人,其中清代3643人,只有341人在清之前。清代女诗人,据说大半与屈秉筠同时代。陈伯海指出:"康熙末年乾隆年间的妇女作品竟然居大半。"④

胡书是一部很重要的著作,它表明女性文学贯穿于中国历史,尤其是清中叶女性作家剧增的事实。但是,读者也应意识到,胡著亦非完整记录,就像郑振铎所搜集的戏曲不完整一样。许多署名的女性文集被漏收,此外,大量女性作家基于各种原因(例如,临终焚稿)未留下文集。例如,胡书中未提及的常熟女作家就包括邵琬章《话月楼遗稿》、高索《天香吟稿》、王荪《绿水唱酬集》⑤。另一个例子是胡书将袁枚选编的《随园女弟子诗选》作为材料来源,但书中却遗漏了该选本提到的28位女弟子中的5位。

---

① 韦庆远、叶显恩,41页。
② 曼素恩:《缀珍录:18世纪及其前后的中国妇女》(*Precious Records: Women in China's Long Eighteenth Century*),斯坦福:斯坦福大学出版社,1997,32页。
③ 郑振铎:《中国俗文学史》,北京:商务印书馆,1939,408页。
④ 陈伯海:《近四百年中国文学思潮史》,上海:东方出版中心,1997,285页。
⑤ 这些集子著录于《重修常昭合志》,但未见存。按体例,这些诗集都应载于胡书,因为胡书著录了不少已佚集子。

上述胡书著录不完整的例子,表明清代女性作品远超该书所载。

经过写作能力检测,妇女更加意识到她们在文学发展中的作用,开始将一己体验当作自发性的艺术源泉,并将她们个人主题、风格及语言引入古典文学。比如屈秉筠的诗伴之一席佩兰,反对那些认为女性愚钝、无文学创作才华的看法:

> 世俗见迂拒,谓妇宜守拙。
> 余曰理不明,究于理多缺。
> 请观周南诗,谁非淑女笔?①

席佩兰认为女性同样具有诗歌写作素质,通常并非独属男性。她认为,从早期诗史如《诗经·周南》所展示的妇女在诗歌领域的卓越成就来看,她们在当代也能在此领域获得成功。因此,她在与男性竞争中非常积极,甚至比同时代诗人,包括男女,更为优秀。②

严格的思想控制促使知识分子兴趣转向妇女问题

清代统治者严格控制国家思想和文化活动,对真实或想象

---

① 席佩兰:《长真阁诗集》,上海:扫叶山房,1920年刻本,卷4。
② 其实席佩兰误解了袁枚"推尊本朝第一"的意思。"余女弟子虽二十余人,而如蕊珠之博雅,金纤纤之领解,席佩兰之推尊本朝第一,皆闺中三大知己也。"(《袁枚全集》(第3册),《随园诗话补遗》,808页)"席佩兰之推尊本朝第一"是一种含糊的表述,既可以理解为"席佩兰被认为",也可以理解为"席佩兰认为(他人)"为"本朝第一"。但席佩兰认为袁枚推其为"第一",因此,她写道"以诗寿随园先生,蒙束缯之报,且以诗冠本朝一语相勖"(席佩兰《长真阁诗集》,卷3)。其实席佩兰曾称袁枚"诗文冠本朝":"官无内外推前辈,集有诗文冠本朝。"(席佩兰,卷3)席佩兰可能已经不记得这两句了,但正因为她推袁枚为"本朝第一",故而袁枚也将其视为"闺中三大知己"之一。后来不少学者的看法与席佩兰相似,如恒安石(Arthur W. Hummel)认为:"她以画兰闻名。作为袁枚弟子,袁氏曾称其为本朝最好的女诗人。"参见恒安石:《中国清代杰出人物》(*The Eminent Chinese of the Ch'ing Period*),华盛顿:美国政府出版办公室,1944,686页。

中的反清施以高压。乾隆朝的60年中,有30多起"文字狱",犯罪的官员、学者以及他们的家人都被处决。乾隆皇帝敕令书籍检查,目的是搜索并破坏威胁其统治的任何可能。结果2435种书籍被销毁,402种被部分毁坏,大量书籍被篡改。只有3470种书籍幸免于难,被编入《四库全书》。① 在那个时代,迫于死亡威胁,知识分子不敢接触政治和思想问题。起而代之,他们潜心于朝廷鼓励的经史"考据"。整个乾隆朝,义理衰而考据盛。②

由于"考据",知识分子有机会重新检讨经史,并用他们的眼光评判当代社会和文化现象,由此使得社会批评成为可能。对《礼》《易》《诗》及史籍的研究,引起对妇女贞洁的论辩及女性教育的思考。

学者们对于女性问题的讨论和思考推动了平等,也推动了对有关女性在知识领域的自我意识和个性主义思潮,以及对文学和艺术创造的关注。这种思潮始于晚明,似乎并未被视为反满思想而被残酷的政治高压阻挡。例如,以郑燮(1693—1765)为代表的"扬州八怪",是一群行为反常的艺术家和诗人,作品怪异、反对传统、鼓吹思想独立,但从未受到非难。在自传中,郑燮自豪于闻名清代三朝,自谓:"板桥康熙秀才③,雍正壬子(1732)举人,乾隆丙辰(1736)进士。"④他甚至用此作为字画题款。其诗《偶然作》大胆激励知识分子遗弃权威:

---

① 萧萐父、许苏民:《明清启蒙学术流变》,沈阳:辽宁教育出版社,1995,635页。
② 参见陈伯海关于此问题的详细论述,261—277页。
③ 本书所用官名,主要参考贺凯(Charles Hucker)《中国古代官名词典》(A Dictionary of Official Titles in Imperial China),斯坦福:斯坦福大学出版社,1985。
④ 郑板桥:《板桥自叙》,卞孝萱编《郑板桥全集》,济南:齐鲁书社,1985,241页。

> 英雄何必读书史？直据血性为文章。
> 不仙不佛不贤圣，笔墨之外有主张。①

中国文化反对独立思考由来已久，正如中国知识分子所信从的孔子之言："述而不作，信而好古。"②替代他们个人话语创造，知识分子倾向于发现他们想说但经典已有之成说，往往引经以述己。但郑燮希望知识分子遗弃所有权威——儒（贤圣）、道（仙）、佛——独立思考并提出一己之主张。另一位倡导个性解放、支持独立人格的是屈秉筠的老师袁枚。袁枚肯定人的情感和欲望是社会生活的主要方面："天下之所以丛丛然望治于圣人，圣人之所以殷殷然治天下者，何哉？无他，情欲而已矣。"③这在传统中是被要求控制的。作为学者，袁枚激励知识分子在知识领域"废道统之说"④。作为诗人，他希望诗歌脱离除情感和欲望之外的一切桎梏。他反对"文章亦报国"⑤的说法，批判宋儒的文学教化说："宋儒硁硁然将政事文学言语一绳捆束，驱而尽纳诸德行一门。"⑥袁枚也反对"（诗）必关系人伦日用"⑦，主张文学应有自身价值，应独立于其他事物之外。

于妇女问题的论争而言，自我意识和个性解放有助于推动男女平等。清朝以现有的儒家思想作为国家意识形态，通过强调贞洁和每年授予数以千计的节妇以荣誉来强化儒家思想的家庭伦理价值。但通过经典研习，一些学者就支持再婚和反对缠足形成

---

① 卞孝萱编：《郑板桥全集》，35页。
② 赵聪：《论语详释》，台北：华联出版社，1960，129页。
③ 袁枚：《清说》，《袁枚全集》（第2册），《小仓山房文集》，374页。
④ 袁枚：《策秀才文五道》，《袁枚全集》（第2册），《小仓山房文集》，417页。
⑤ 袁枚：《再答陶观察书》，《袁枚全集》（第2册），《小仓山房文集》，269页。
⑥ 袁枚：《答朱石君尚书书》，《袁枚全集》（第5册），《小仓山房尺牍》，181页。
⑦ 袁枚：《答沈大宗伯论诗书》，《袁枚全集》（第2册），《小仓山房文集》，284页。

共识,主张女性无需依附于男性。

学者汪中(1744—1794)撰文讨论妇女再嫁和贞洁问题,其中一篇题为《女子许嫁而婿死从死及守志议》。在此文中,汪中引用《礼记》,质疑未婚夫亡后妇女必须自尽的行为,指出夫丧不再嫁有违古礼。他认为,即使父母去世,子女也应节哀。《礼记》规定子女在父母去世后应守灵三日、守丧三年。① 该书还提出身体发肤受之父母,不应以尽孝为由而伤害身体。② 汪氏认为:"先王之恶人以死伤生也,故为之丧礼以节之。其有不胜丧而死者,礼之所不许也。"③之后汪中将此规定用于丧夫之女性:妇女自尽,有违《礼记》中的礼法。俞正燮(1775—1840)是明清时期最杰出的学者之一,同样也反对对女性的不公行为,提倡男女平等。他反对男性买妾以煽动嫉恨的行为:"夫妻之道,言致一也。夫买妾而妻不妒,则是恝也。恝则家道坏矣。"④余氏所谓夫妻"言致一也",包含男女平等思想。他讲一步用古礼来解释:"古礼夫妇合

---

① 《礼记》要求父母去世后需停尸三日,以有充足的时间待其复生。但为了使子女不至于悲痛过度,同时也限定了时间:"死三日后殓……以俟其生……孝子之心亦益衰矣,是故圣人为之断决以三日之为礼制也。"孙希旦:《礼记集解》,北京:中华书局,1989,1352页。至于为何要守丧三年,《礼记》解释亦为节制人之情感:"创钜者其日久,痛甚者其日迟。三年者称情而立文,所以为至痛极也……然而遂之,则是无穷也。故先王焉为之立中制节。"(《礼记·三年问》,卷55),译文采自理雅各(James Legge)所译《礼记》,新海德公园、纽约:大学图书,1967,392页。
② 《礼记》引曾子之言:"身也者父母之遗体也,行父母之遗体,敢不敬乎?""父母全而生之,子全而归之,可谓孝矣。不污其体,不辱其身,可谓全矣。"《礼记·祭义》译文采自理雅各,226页,229页。
③ 汪中:《女子许嫁而婿死从死及守志议》,《述学·内篇》,卷1,版本不详,1815。
④ 俞正燮:《妒非女子恶德论》,《癸巳类稿》(1833),卷13,上海:商务印书馆,1957年再版,497页。

体,同尊卑。"①由于夫妻双方都是"言致一也"的平等部分,余氏断定"是女再嫁与男再娶者等"②。知名学者型文人刘大櫆(1698—1780)和著名小说家李汝珍(1763—1830)也参与到论争中。刘大櫆不认可将夫妇比作君臣,他认为不像君臣依靠忠诚建立关系,夫妻则因爱而结合。为表忠心,臣子可以自尽,但对婚前从未见过未婚夫的女性而言,在其未婚夫死后不应自尽。③ 作为小说家,李汝珍通过小说《镜花缘》这种不同方式来表达看法。《镜花缘》创造了一个非凡世界,女性同男性一样具有知识能力。她们读书、写作,参加科举考试,一旦成功则选任为官;男人不允许买妾,有时还必须分担家务。

　　随着女性写作的繁荣,女性教育问题上升为论争的另一个重要主题。袁枚及其追随者积极推动女性创作,使论争更为炽热。袁枚主动支持女性文学教育,公开招收了一大批女弟子以研习诗歌并刻印女弟子诗集。以袁枚为榜样,王昶(1724—1806)、王文治(1730—1802)、郭麐(卒于1831)、陈文述(1775—1845)和任兆麟(约1776—1823)等人,也开始为女性群体讲授诗歌。陈文述还像袁枚一样,编刻了13位女弟子诗选《碧城仙馆女弟子诗》。④ 女性是否应该写诗?许多知名学者和作家都参与到这场讨论中。姚鼐(1732—1815)是认为女子写诗有益于社会的学者之一:"儒者或言文章吟咏非女子所宜,余以为不然。言而为天下善,于男

---

① 俞正燮:《节妇说》,《癸巳类稿》,卷13,再版,493页。俞氏依据《礼记·昏义》《礼记》,卷58),指出:"妇至,婿揖妇而入,共牢而食,合卺而酳,所以合体,同尊卑,以亲之也。"译文采自理雅各,429—430页。
② 理雅各,494页。
③ 刘大櫆:《汪烈女传》,《刘大櫆集》,卷6,上海:上海古籍出版社,1990,202—203页。
④ 陆草:《论清代女诗人的群体性特征》,《中州学刊》1993年第3期,79页。

子宜也,于女子亦宜也。"① 俞樾虽反对袁枚的女性文学教育,但以一种较为克制的方式表达个人意见:"余素不以袁枚广收女弟子为然。"② 但是,一些儒家学者严厉批判袁枚,评其为"佚荡"③,其中包括著名的历史学家章学诚(1737—1801)。章学诚赞同独立思考,例如,他曾说"道"虽存于经,但"六经皆史",因而人们当于日常而非经文中求"道"。④ 然而,章学诚是其时批评袁枚最为严厉者,尝著长文《妇学》驳斥袁枚,指责他蛊惑女子:

> 近有无耻妄人,以风流自命,蛊惑士女,大抵以优伶杂剧所演才子佳人惑人。大江以南,名门大家闺阁多为所诱,征诗刻稿,标榜声名,无复男女之嫌,殆忘其身之雌矣。此等闺娃,妇学不修,岂有真才实学可取?⑤

章学诚以"蛊惑士女"问罪袁枚,就像两个世纪前对李贽招收两名女弟子的诋毁一样⑥。尽管章氏也认可女性和男性一样具有天赋,但他并不认为文学适于女性学习。在文章中,他梳理了中国"妇学"史,主张女性应该坚守传统"妇学"中的德、言、容、功。他释"妇言"为女性应学习《诗经》和《礼记》,而非以己之言作诗。他说"妇人文字,非其职业",又说"虽文藻出于天娴,而范思不逾闺外"。⑦

----

① 姚鼐:《惜抱轩诗文集》,卷 8,上海:上海古籍出版社,1992,121 页。
② 俞樾:《春在堂全书》,台北:中国文献出版社,1968,3045 页。
③ 《说元室述闻》,《袁枚全集》(第 8 册),附录三《袁枚评论资料》,26 页。
④ 章学诚《原道中》:"儒家者流,守其六经,以为是特载道之书耳。夫天下岂有离器言道离形存影者哉? 彼舍天下事物人伦日用,而守六经以言道,则固不可言夫道也。"叶瑛:《文史通义校注》,北京:中华书局,1983,132 页。
⑤ 叶瑛,538 页。
⑥ 参考第 3 章第一部分关于李贽的论述。
⑦ 叶瑛,532—533 页。

章学诚对袁枚的批评,使有关女性文学教育问题的论争更加白热化,妇女问题愈加凸显。①

常熟:文化发展的领先者

屈秉筠生于地处长江下游常熟的一个贵族家庭。这是文化发达地区之一——九个核心县域——此地区在 18 世纪以"浙西学派"闻名,产生了清代 40％的女作家。② 与常熟紧邻的苏州、常州和太仓,也盛产女作家,女性文化活动丰富。

周朝(前 11 世纪—前 256)晚期,今日被称为常熟的地方当时属于吴国。汉(前 206—220)置"虞乡",晋(265—420)将虞乡从吴县中分出,设立海虞县。五四一年此地始称常熟。一七二六年,常熟东部被划为新地区称为"昭文"。新地区之所以称"昭文",是因为梁太子萧统(501—531)曾于此处编纂《昭明文选》,此书后来成为中国历史上影响最大的文学选集之一。常熟和昭文从此分成两个行政区,直至一九一二年昭文又并入常熟。

常熟位于长江下游南岸,气候温暖、风景如画、四季常青、水路密布。虞山,又称乌目山,位于常熟西北部,山不大,仅高 262

---

① 有关章学诚与袁枚的论争,参见曼素恩《章学诚(1738—1801)的"妇学":中国女性文化史的开篇之作》["Fu Xue"(Women's Learning) by Zhang Xuecheng(1738—1801):China's First History of Women's Culture],《晚期中华帝国》第 3 卷第 1 期(6 月),40—62 页。孙康宜:《明清妇女诗人与"才德"观念》(Ming-Qing Women Poets and the Notion of "Talent" and "Morality"),胡志德(Theodore Huters)、王国斌(R. Bin Wong)、余宝琳(Pauline Yu)主编:《中国历史的文化与国家:习俗、冲突与批判》(Culture & State in Chinese History: Conventions, Accommodations, and Critiques),斯坦福大学出版社,1997。
② 参考曼素恩在"清代女作家的空间分布"(the Spatial Distribution of Women Writers in Qing Times)中的估算,见《缀珍录》,229—232 页。

25

米,长9千米,方圆20千米,但被当地文人视为常熟的象征。文人们自豪地称自己为"虞山土著",这与著名的历史符号和文化遗产有关。据说,虞山因虞仲而得名,他是周太王(前11世纪)次子,统治此山周边地区,卒后葬于此地。虞山是虞仲坟墓所在地。另外,这里还有几处历史文化遗址,包括言偃(前506—前443)墓。言偃为常熟本地人,是孔子唯一的南方弟子。此外还有桃源,桃源是中国文化中理想社会的象征。陶渊明在《桃花源记》中描绘了他的伊甸园,这种社会理想渊源于儒、道二家。①

　　常熟盛产历史文化名人,有许多历史文化遗产,诸如闻名于世的艺术家黄公望(1269—1354)、周之冕(约1521—1600)、王翚(1632—1717)、吴历(1632—1718)、严澂(1547—1625)、诗人冯班(1602—1671)、钱谦益(1582—1664)和柳如是(1618—1664)。此地还有历史悠久的学习传统。自元朝始,为研习经学、史学、哲学、文学而创办书院,从元至清声誉最高的是义学书院、虞山书院和东湖书院。清代兴建了更多书院,如亭林书院、养贤书院、思文书院、正修书院、游文书院、学爱精庐、琴川课院。与此同时,许多常熟的私人藏书楼和藏书闻名全国,如脉望馆、绛云楼、汲古阁、也是园、爱日精庐、稽瑞楼及晚清四大私人藏书楼之一的铁琴铜剑楼,因此常熟士人要比其他地区的人有更多学习机会,常熟人在科举考试中占优势。从科举制度确立(670)到屈秉筠出生前一年(1766),常熟共产生了416位进士,其中有6位状元、3位榜

---

① 陶潜(365—427)《桃花源记》。参考闵福德(John Minford)、刘绍铭(Joseph S. M. Lau)选译《中国古典文学选集》(第1卷:先秦至唐)[*An Anthology of Translations: Classical Chinese Literature* (Volume I: *From Antiquity to the Tang Dynasty*)],纽约:哥伦比亚大学出版社,2002,515页。

眼、4位探花。他们中的一些人在朝廷担任文化和教育方面的官职。①

常熟贵族家庭的年轻女性在出阁前也能接受教育,并被鼓励写诗、练习书法和绘画,婚后大多数女性在忙完家务后继续创作。曼素恩依据胡文楷一九五七年的考证进行统计,在籍贯可知的清代女作家 3181 人中,70.9% 来自长江下游地区,人口仅占满族之外全国的 17%。常熟一地就有刊刻个人文集的女作家 106 位,占全国总数的 30%。②

如钟慧玲所述,女性文学繁荣的主要原因之一是文人们的热情鼓励。清朝初期,有影响力的诗人和评论家钱谦益、吴伟业(1609—1671)、毛奇龄(1623—1716)和王世祯(1634—1711)积极推动女性文学发展。③ 例如,钱谦益是常熟人,其妾柳氏(吴江人,与钱谦益居于常熟,字如是,号河东君、蘼芜君),是一代名妓,天才诗人、画家,支持女性创作尤为强烈。钱谦益编纂《列朝诗集》时决定收录女诗人,柳如是帮助挑选了 119 位女作家。钱谦益还常以诗歌,如对王微(约 1600—1647)、杨宛(约 1600—1647),或诗集序,如对黄媛介(1618—1685)、吴绡(17 世纪中叶)等形式来评论女诗人。柳如是与女诗人的接触更为频繁,常与她们交换诗稿,如黄媛介和王端淑(1621—约 1706)。

钱谦益和柳如是卒后都葬于常熟,因而两人对本地女性文学产生特殊影响。许多女性将柳如是视为才华和品格的偶像。屈秉筠非常崇敬钱谦益和柳如是,她为柳写作了至少有五首诗,尚存于其诗集,其中四首组诗为纪念重修柳如是之墓而作。据说著

---

① 常熟文化网 http://www.cswh.net,2005 年 9 月 9 日。
② 参见曼素恩《缀珍录》,232 页。
③ 钟慧玲:《清代女诗人研究》,台北:里仁书局,2000,54—55 页。

名诗人陈文述喜寻古迹,尤其关注才女遗踪。他发起了一系列重修才女墓的行动,希望通过树碑来纪念她们。① 陈文述还去常熟拜谒钱、柳之墓,捐资重修柳如是之墓。柳墓重修后,屈秉筠与其诗伴席佩兰、谢翠霞,各写四首以纪念。屈诗题为《重修河东君墓纪事四首和道华韵》,以下是第一、二两首中摘出的两联,以及第三首诗:

> 当年琴语悦相如,巾带风流晋谒余。

> 草长荃蘼土尽香,词人争吊柳枝娘。

> 绿窗劝死语殷勤,抵得文山生祭文。
> 慷慨殉君无白发,从容报主有青裙。

第一联中"琴语"暗指柳氏的音乐和诗歌才华。第二联中"柳枝娘"代指柳氏,因其柳姓。第一联回忆昔日轶事,二十岁时柳氏已为名妓,曾登门拜访钱谦益。她以美貌和才华赢得钱的倾慕并纳为妾。第二联描绘众多男女到墓前吊唁,暗示柳氏极高的文学成就及在后世强大的诗歌影响。第三首诗叙述与其气节有关的两件事。据说,在明清易代之际,柳氏曾劝告钱谦益不要归顺清朝,应像其他政治家和文人一样以身殉国,她也会以死追随。可是钱谦益并没有听从她的建议。最后一句"青裙"是指女性殉情,或指对丈夫或情人之爱的回报。据说,钱谦益去世两年后,柳氏为保护钱家产业自尽,死后葬于虞山脚下钱墓之西。屈诗高度颂扬了柳氏的气节和才华,从中可知这对伴侣,尤其是柳氏对常熟女性

---

① 钟慧玲,230 页。

文学的巨大影响。

屈氏：显赫的家族和她的童年教育

归乡高裔,虞麓名闺。①

"虞麓名闺"

屈氏是一个有着悠久而显赫的"道德文章"传统的家族。屈氏家族公认的祖先——屈原(前340—前277),屈秉筠自豪地称其为"吾祖",是中国历史上最杰出的诗人,他的《离骚》创造了中国诗史上的骚体诗。屈原的正直和对国家的忠诚影响着一代又一代中国人。据常熟和昭文方志所载,至屈秉筠高祖时,"九世儒业不坠"②。由此可知,至屈秉筠时,屈氏家族至少连续有13代读书人。高祖至屈秉筠的世系有据可考,如下表所示:

屈永清,字国士,屈秉筠高祖	贡生,长于"《诗》序"③,"疏节直肠""不为委曲之行"④。
屈承霖,字启商	进士(1736),曾任卢龙县令、景州知州,著书三种⑤。
屈曾发,字鲁传,号省园	举人(1738),留存著作三种⑥。
屈洪基,字仲潜,屈秉筠父亲	以博学、和善、仁孝闻名。

---

① 鲍份:《屈秉筠传》,见于《韫玉楼集》。"归"(今湖北秭归)是屈原的家乡。
② 《重修常昭合志》,1658—1659页。
③ 此处"序文"是指《诗经》之序。
④ 《重修常昭合志》,1658—1659页。
⑤ 屈承霖的著作《经史参同》《习是编》《景州志》载于《重修常昭合志》3034页,原书未详。
⑥ 《九数通考》13卷,《万言肄雅》《毕阳讲义》,载于《重修常昭合志》3034页,原书未详。

屈家以学问和道德闻名于常熟,据方志所载,他们的善举遍布书院教育、社会赈济、政府管理、家族事务等,其例如下:

屈永清曾祖屈坦之,多次救济家乡百姓使其免受饥饿,常礼遇族人而申斥恶棍。据说,一日坦之与学者和官员同座,其中一士人作卑诎状,坦之非常生气,斥责说:"名家子乃为此态耶?"屈坦之并不认为文人比官僚低下。一六四四年明朝覆亡,坦之75岁。当他听到这个消息,马上推开碗筷,绝食七日而卒。①

屈秉筠祖父屈曾发,任职开州时大力推动书院发展。他资助兴建东皋书院,选士肄业,督促开课,亲自讲授,又从苏州购买书籍扩充藏书。后来任毕节令时亦如此。他以对百姓仁慈和对恶棍严厉而具名望。毕节是贵州、云南、四川三省交汇处,需要很多驿马。在屈曾发到来之前,征收民马偿值太低,当地百姓负担沉重。屈曾发将匹马偿值从原来的1钱银提高到4钱,这使当地人乐意提供驿马。② 据说当地土酋安照,兄死后欲强迫其嫂同居并霸占财产。屈曾发闻知此事,惩罚安照,奖励其嫂拒绝委身的行为。安照又因奸淫为村民所伤,曾发带领部下平息了此事。③

屈秉筠父亲屈洪基非常孝顺,幼时每日照顾生病的母亲,祈求以己之命而延母之年。成年后,他常低价粜米以接济穷人,甚至有时把钱放在米袋子里面,有时把米放在人家门口而不收钱。④

据方志记载,屈氏家族有一个非常大的义举,曾为穷人捐建义田,由四代人持续完成。屈秉筠曾祖父屈承霖首倡此事,捐田

---

① 《重修常昭合志》,1775—1776 页。
② 《重修常昭合志》,1660—1661 页。
③ 《重修常昭合志》,1660—1661 页。
④ 《重修常昭合志》,2133—2134 页。

100亩。① 接下来的两代人,屈晓发(1798年举人)和屈文基,继续捐田以扩大义田规模。屈秉笏堂兄屈廷镇(字上衡,举人)捐出600亩,完成了这个义举。当地人评价屈家善行:"一门好义,四代同心。"②

屈母鲍氏家族,亦是常熟书香门第。至屈母出生时,鲍家已三代为儒。屈秉笏外祖父和他的两个兄弟都是学者,以文为生。其外祖鲍捷勋(字元侣,号铭山),出身廪生,以诗书画为人所知,著有《养木居诗集》③。捷勋之兄晋高(字亦陶,号柳村),廪贡生,曾预修省志。捷勋之弟溁(字深之)著有《黔游一得》和《诗古文集》④。

屈母鲍氏这一代中为学者更多。其兄弟鲍伟、鲍份和鲍佽(字心恬,诸生),妹妹鲍印都是有成就的学者诗人。鲍伟,出身为廪贡生,是一个正直好古的人,著有《蕉雨楼诗集》⑤。鲍份,贡生,精通《文苑英华》《太平御览》,还是一位书法家。他沉迷于诗酒,终生未参加科举考试,也无任何官衔,著有《未学堂集》⑥。鲍佽,精通古文,擅长写作。袁枚惊异于他的古文,赞其可与古代最优秀散文作家之一的荀子(前313—前238)相媲美。鲍佽还长于诗和汉隶,著有《不作堂诗古文集》⑦。

屈家与鲍家为世交,从屈承霖为鲍捷勋撰写墓志铭、鲍夫人嫁给屈洪基来看,两家相交至少已有四代。上文对屈氏家族连续

---

① 亩是面积单位,一亩约为0.165英亩。
② 《重修常昭合志》,2134—2135页。
③ 该集载于《重修常昭合志》2040页,原书未见。
④ 此二书载于《重修常昭合志》2041页,原书未详。
⑤ 该集载于《重修常昭合志》2041页,原书未详。
⑥ 《未学堂集》8卷,刊刻于1839年,现存上海图书馆。
⑦ 该书载于《重修常昭合志》2041页,原书未详。

13代简述,表明屈家对于学问和品质代代相传的强烈愿望。正如曼素恩所观察的,在清代,父母通常与女儿保持着亲密关系,"家学"则男女都要传承。① 屈家和鲍家的家族历史,将使屈秉筠成为渊博正直之人,并激励她去学习。

童年时代的教育

屈秉筠生活在一个由曾祖、祖父、父母和兄弟姐妹组成的大家庭,伯父、姑母和孩子们也都住在一起。她刚学会走路时,母亲鲍夫人就开始教她女性礼仪。再大一点,父母开始教她文学知识并严格教导她学习古典中的女德。据说,屈秉筠非常聪明,往往能举一反三,"授色知心"(鲍份《屈秉筠传》)。

不幸的是,母亲在一七六九年去世,当时她只有两岁,不久父亲也去世了。屈秉筠和弟弟保均,由祖父曾发和祖母蒋氏抚养成人。根据后来亲人口述及屈秉筠自叙,父母去世时她年纪那么小,但已懂得悲伤,懂得感激祖父母对她的照料。长大后她回忆他们,曾于诗中说:"恩重每思孤露日,感深岂为肃霜天。"(卷4)祖母蒋氏和伯母曹氏,照顾她的日常生活并教其女德和女红。祖父是一位博学之人,负责教她文学。毋庸置疑,祖父对她有更直接和深远的影响。

如前文所论,屈曾发特异于"道德文章"。他是一个奇才,"少负干略"②。一七三八年,他在南京与袁枚一起参加乡试成为举人,但为尽人子之责,放弃了会试,而随父至景州,佐理公务。在父亲卸任后,屈曾发陪同返乡,并协助完成营造工程。因为父亲

---

① 曼素恩:《缀珍录》,101页。
② 《重修常昭合志》,1160页。

是屈氏家族中最有学问者,长期的陪伴使曾发也成为博学之人,尤精算学。戴震(1724—1777),18世纪中国著名思想家,精通天文、地理、算学、历史、经学和语言学,曾为屈曾发的《九数通考》13卷作序。曾发也精通经学,曾著《万言肄雅》,并于一七七九年刊刻。在尽孝之后,他60岁时才赴任毕节县令。

据考,屈秉筠6岁时祖父开始教她经学、先秦哲学、历史和文学。屈氏"能通大义,兼工吟咏"(参见屈静埜《韫玉楼诗跋》)。祖父也教她书法,但并不要求过多练习楷书。祖母蒋氏教读班昭《女诫》,并和伯母曹氏一起,训练女红,如烹饪、刺绣、琴艺等。

屈秉筠和堂姊屈静埜一起长大,静埜后来也成为一位有成就的诗人。二人同年出生,静埜略大一些。她们在家中互相砥砺,生活之余又共享诗歌爱好。作为同伴,俩小女孩在文化和女红的学习中不相上下,正如屈秉筠在《怀婉清姊》一诗中所写的那样。她们有时也分韵题诗,一如屈静埜在《哀辞》中所说:"刻香分韵忆当年,静夜论诗每比肩。"(屈静埜《哀辞》十二章其二)每当她们被五颜六色的鲜花激发,往往迫不及待地以诗表达心迹,正如屈秉筠所回忆的:"想见一帘新绿底,梳头才罢便吟诗。"(卷1)

屈静埜曾称屈秉筠于经史之外,"兼工吟咏,女红针黹,靡弗精敏"(屈静埜《韫玉楼诗跋》)。总之,屈秉筠未出阁前,已被教育成为贵族家庭中的佳妇和诗人。

屈秉筠生活的"盛世",最大程度地为文学发展提供了优良的社会、经济、文化环境,其诗才孕育于优秀的家族历史文化。以下两个事实尤为值得注意:第一,屈氏幼年失怙,与其他家庭成员一起生活,直接导致她很早就与广泛的家庭网络产生联系;第二,她从祖父那里接受了童年教育，使其能够继承家学并与优秀的家族文化产生联系。这两方面促使她在性格发展早期就萌发了女性的关系认同意识。更为重要的是，屈氏在与他人交往过程中，学会了写诗，同时也学会了以诗歌来建立人际关系，从而培育了她的诗歌技能和诗歌个性。

第2章 家庭变成文学之网

屈秉筠18岁时嫁给赵同钰①,成为赵家主妇。

在传统中国家庭,新妇需要面对几种潜在难处的关系:婆媳、姑嫂、妯娌,可能还有妻妾关系。因此,所有女德教育文本都包含如何处理这些关系的内容。吕坤在其《闺范》中告诫:"异性而处人骨肉之间,拘衅起争。"②至于最难处理的妻妾关系,吕坤说:"况夫非舜,嫡妾非同胞之亲,无英皇③之贤,而欲其志同行,不亦难乎?"

除妯娌关系外,屈秉筠也面对着这些潜在难处的关系。更糟糕的是,她有两个致命弱点使其易受婆家嫌弃。首先,她不能生育。不育在传统中被认为是大过,被列为"七出之罪"④的第二条。另一个致命弱点是她长期肝病缠身,常常不能操持家务,包括侍奉婆婆。

在屈秉筠那个时代,虽然写诗被视为仕女圈中的时尚,但据孙康宜观察,对于这一时期多数受教育的女性来说,"婚姻成了继

---

① 本书按照西法来计算年龄,与中国计算方式不同。依据中国计算年纪的方法,小孩出生时就已经1岁了,之后每过一个阴历年则增加1岁。因此,即使出生在阴历十二月的月尾,哪怕出生才几天,下个月他将为2岁。据此,屈秉筠出嫁时19岁。
② 张福清:《女诫:女性的枷锁》,北京:中央民族大学出版社,1996,79页。
③ 娥皇和女英传说是舜帝的妃子,她们互相尊重相处融洽,与丈夫生活和睦愉快。
④ 其他几条为:不顺父母、淫、妒、有恶疾、口多言、窃盗。参看张福清,59页。

续文学创作的绊脚石",以至于很多女性厌恶并尽力摆脱婚姻。许多女性诗人婚后不得不放弃文学爱好,一些人则在寡居后才继续诗歌写作。①

然而,屈秉筠以一种独特方式解决了作为已婚女诗人的难题。她没有将诗歌创作与家庭生活对立起来,相反,利用诗歌优势来处理复杂的家庭关系。由于屈秉筠与其他亲戚共同生活远超直系亲属,从幼时起她已学会用诗与他人建立关系,不只把诗歌创作当作个人尝试,而视其为"社会行为",不仅是单纯的智力活动,更是日常生活的一部分。屈氏用诗歌记录日常生活并将每位家庭成员置于诗中,因此,她将家庭变成了文学网络。此网络由生活在一起的所有家人共同构成,包括婆家和娘家那些不识字的小妾和仆人在内。

贤惠的家庭主妇

屈秉筠一七八五年嫁入赵家。赵家是常熟有名的望族,数代多人为进士和举人。赵贵朴很可能是屈秉筠的公公②,其兄弟贵鲲、贵栻都是举人。屈秉筠的婆婆陶夫人,是进士陶贞一之女。陶氏有四兄弟,其中两人为举人,均以学术成就和道德为人所知。③

屈秉筠的婆家也很富有,这从她丈夫赵同钰的三个奢侈爱

---

① 孙康宜:《明清女诗人与"双性同体"文化》(Ming-Qing Women Poets and Culture Androgyny),陈鹏翔(Penghsiang Chen)主编:《中国文学中的女性主义与女性特征》(Feminism/Femininity in Chinese Literature),荷兰阿姆斯特丹:罗多波,2002。
② 据方志所载,屈秉筠丈夫的父辈有赵贵朴、赵贵鲲、赵贵栻三人,贵鲲、贵栻是赵同钰堂妹同曜和秉清的父亲,因此,贵朴应是同钰之父。
③ 《重修常昭合志》,1695页。

好,收集名砚、建造居室、宴请宾客可知。赵同钰收藏了不少产于广东端溪的端砚,他将其中最好的9方砚台取名为"九客",又将另外13方称为"十三宾",并给每一方取名,其中一方价值百亩田产的砚台被称为"百亩"①,另一方价值相同的被称作"琅玕"。②赵同钰对建造和装饰宅院也很痴迷。他设计修建了几座楼阁,如韫玉楼、邻浑阁、鸥波馆,以及几处南郊的别墅。以下是屈秉筠所居韫玉楼的剪影:

> 楼广七楹,两楹居西之最。不廊而敞,非危自明。缭以红栏,间以绮疏。绘栋霞飞,雕题景耀。粉壁霜皓,湘帘水澄。陈设图书彝鼎,为夫人唱酬之所。素琴高张,纹楸在局,炉烟鸟案,杂花扣弦。内则为卧所,穹而稍曲,疏寮翳之。但闻幽香袭人,如兰如棋,盖心可得而会,目不可得而睹。③

屈秉筠非常喜欢这个地方。她在这里度过了大部分时光,并以此楼作为诗集题名。同时,她还写了几首与此楼有关的诗歌,如《韫玉楼坐雪》(卷1)、《韫玉楼灯夕》(卷1)、《韫玉楼赏月联句》(卷2)、《南楼令·自题韫玉楼》(《韫玉楼词钞》)。

在财富和知识上,赵、屈二人非常般配。就像《红楼梦》中的林黛玉,屈秉筠是一位有才但又身体柔弱的女性,很可能幼年时期身体状况就不佳,这从她早年所作《柳枝辞》可见。她一生遭受肝病折磨。在大多数家庭都希望新妇健康能生育的情况下,何以赵同钰愿意接受这样一位体弱多病的新娘呢? 一种可能是屈氏家族的名望,通过与屈氏联姻,赵家可与常熟更多望族建立联盟。

---

① 一亩约为0.16英亩。
②《重修常昭合志》,2049页。
③ 孙原湘:《天真阁集》,卷52。

另一种可能是,正如曼素恩在《缀珍录》所指出的:由于重男轻女,导致男女性别比例失衡,18世纪婚姻市场中的可婚女性严重不足。① 屈家对这桩婚姻也很满意,因为赵同钰能分享屈秉筠的诗才,同时赵家也很富足。屈静埜曾与堂兄讨论这桩婚姻:"以妹才华清妙,复获佳偶,此福真神仙不让矣。"(屈静埜《韫玉楼诗跋》)

赵家也是个大家族,赵贵朴与他两位兄弟贵鲲和贵栻,以传统方式共同居住在一个大宅院中。屈秉筠作为家庭主妇所在的赵贵朴这一支,至少由十口人组成:屈秉筠的公婆贵朴和陶氏,屈秉筠丈夫和他的两个小妾,小姑子赵若冰,她丈夫和小妾春芜所生的女儿,厨娘张次玉和女儿陆安和,还有屈秉筠自己。

关于屈秉筠事迹的记载本就不多,有些还不符合事实。以下通过对相关信息的更正,以表明屈氏嫁入赵家后,自始至终不是作为诗人,而是作为一位家庭主妇尽职尽责地操持家务。

戴维·霍克思(David Hawkes)在论述屈秉筠有关家庭事务的表现时说:"(屈氏)是一个柔弱而又有洁癖的女性,厌恶操持家务。"② 没有任何证据可以证明霍克思的结论,但却有许多事例表明屈秉筠是一位称职的家庭主妇。屈氏出身于以道德学问为传统的精英家庭,这为她从事家务劳动作了准备。她在夫家投入大量时间和精力处理家务,赢得了赵家和亲戚们的称赞,正如屈静埜所说:"躬亲操作不自骄逸,佐理家政井井有条,中外推孝贤矣。"(屈静埜《韫玉楼诗跋》)

如那时中国多数媳妇一样,屈在结婚的头几年和丈夫相处的时间并不多,而是陪伴婆婆和其他女性亲属。她服侍婆婆非常用

---

① 参见曼素恩,12页。
② 戴维·霍克思:《席佩兰》(Hsi P'ei-lan),《亚洲专刊》(*Asia Major*)第7卷,1959,119页。

心,不让厨娘做饭,而是亲自下厨。虽然屈氏疾病缠身,但以特殊厨艺取悦婆婆,照顾她,做一切令她高兴的事情。最后屈秉筠赢得了婆婆的赞赏,陶夫人之兄陶凌墀说:"亲郿竞誉其贤,先姊尤称其孝。"(陶凌墀《题识》)一次,婆婆染上了皮肤病,晚上无法入睡,屈氏也正病痛缠身,"肿胫如股",如孙原湘在屈氏集序所记。但屈秉筠"以足揩腰际而以首承项",七日不食亦不倦。她承受着极大痛苦,胫水浐流,虚弱的身体在持续操劳中耗竭。人们深为感动,称其为孝顺儿媳。①

屈氏天生善良、细心、可爱,因此与家里每个人都能和谐相处。尽管她不能生育,但抚养了两个孩子,一个是她的侄子屈颂满(1726—1816,字子谦,号宙甫、寅甫),另一个是赵同钰和小妾所生之女。在后半生中,屈氏尽力陪伴小女,常称赞她和同钰一样聪明。

在操持家务时,屈秉筠把烹饪和刺绣当作在诗、画、书法、音乐之外的两种艺术追求。据孙原湘记载,她的刺绣与画作风格相同,以针代笔,以丝作画。一次,老师吴蔚光请她在书包上绣上自己珍爱的梅花。接到任务后,屈氏先画出梅花样式,然后再刺绣,这样就比画看起来更像画。她视厨艺为诗艺,不断发明新的食谱。如前所述,其夫赵同钰好宴请宾客,为此她经常下厨。孙原湘是这对夫妻宴会中的常客,据其所记,屈秉筠有时会做一些客人闻所未闻的珍肴:

> 子梁招宴临滓阁,食单奇隽。羹有玉齑、玉糁(记问)。浆有云英、沆瀣、天花。粥有水芝、蓬莱、蜜合。酪有八丹,雪

---

① 孙原湘:《天真阁集》,卷50。

乳。汤有凤髓益肺、玉燕雪卵。皆宛仙夫人手制也。①

孙原湘还在一首长诗中将屈氏厨艺比作诗艺,称其二者兼擅。以下为原诗节录:

> 欲忆频年宴此屋,一回一变无重复。
>
> 恰似文章妙手成,不留一字陈言熟。②

另一件事是屈秉筠为丈夫买妾,完颜恽珠《国朝闺秀正始集》中的记载是错误的:"宛仙爱洁,归赵后即出奁具,为夫置两妾,悉以家事委之。"③事实是屈秉筠用嫁妆买了一个妾,而非两个,安排给她一些家庭细务而已。如上所述,屈氏是一个尽职尽责的妻子,亲自操持家务,即便家中已有一位厨娘。显然,她买妾不是为了逃避家务,而是另有原因。

想获知原因有一条线索。一七九六年,也就是屈秉筠和屈保均继室叶婉仪(字苕芳)29岁那一年,屈秉筠写了两首诗庆贺她们的生日。在写给自己的那首诗中,屈提到了自己的婚姻生活,"十年清福病中来"。在庆贺叶婉仪的诗中,说叶氏有四个孩子,而自己没有子女,并表达了对叶的羡慕:"艳情清福两能消。"比较这两句诗,发现屈秉筠哀怨自己没有"艳情"可以享受。这就暗示了性,因为她大多数时间是体弱多病的。但另一方面,赵同钰如此渴望性,无法忍受屈秉筠,这在第18首④中有暗示。因此,屈秉筠想通过买妾来使他满足。让其他女性进入丈夫的卧室,这对一个女人来说是一个非常艰难的决定。而且,像林黛玉一样,屈

---

① 孙原湘:《天真阁集》,卷12。
② 孙原湘:《天真阁集》,卷12。
③ 完颜恽珠:《国朝闺秀正始集》,卷12。
④ 译者按:书中所引第几首,是指本书第5和第6章中标注次序的引文。例如,此处"第18首",是指第5章所引《减字木兰花·为子梁买姬有赠》。

秉筠具有女性的敏感,也渴望着"艳情"。这在她的"七夕"主题诗中是常见的,每年所作"七夕"诗都表达了她内心深处对爱的渴望。

婚后第十年,并非如完颜恽珠所猜测的"归赵后即",屈秉筠为赵同钰买了第一个妾。她在《买婢以春芜名之》(卷2)中提到此事,此诗约作于她30岁左右。如诗题所言,屈秉筠买来的这个女子不是合法妾室,而是以仆人身份进入赵家。据诗中"典得金钗为买春"一句来看,此诗当与第18首为同时所作。第18首说子梁早起"寻春",此诗称"买春"。"寻春"是指寻求性,"买春"是指购买性。由于家中已有一位厨娘,若因家务劳动需要,赵家已能满足。依靠妻子典当妆奁来购买仆人,通常是一个家族衰落的象征。但是,如果妻子典当嫁妆给丈夫买妾,其夫往往感到很有尊严,而妻子也会被视为有德行之人。

大约在春芜到赵家后的第九年,屈秉筠丈夫自己也纳了一个妾,而非屈氏所买。第二个妾名徐小淑(字莲卿),在屈秉筠37岁时(1805)进入赵家,不久成为屈氏闺中知己。徐小淑是江苏昆山人。赵同钰认识小淑时她才15岁,同外家住在常熟,是同钰妹妹的邻居。同钰为其美貌吸引,打算娶为妾,但遭到她舅舅的反对。之后小淑向同钰妹学习刺绣,后者劝她嫁给同钰:"以卿纤弱,为贫家妇,岂胜操作。诚得佳婿,即屈身为络秀,计亦良得。"徐氏甚以为是。同钰妹马上告知其兄。同钰向小淑外祖母提请婚事,最后将小淑娶入赵家。①

屈秉筠很快接纳了徐小淑,虽然明知同钰倾心于徐氏。她甚至还给徐氏起字为"莲卿","莲"与"怜"谐音,"卿"指"你","怜卿"

---

① 孙原湘:《天真阁集》,卷20。

意即"爱你"。进入赵家后,小淑遵守礼法并听命于屈氏,但寡言少笑,人称"冷美人"。小淑对屈秉筠非常尊敬,因为自幼就知道屈是诗人。两个女人成了好伙伴,一起度过了很多美好时光。

与家人的诗歌联动

作为家庭中的女主人,屈秉筠既是家务的管理者也是执行者,密切关注家庭中的每一位成员。她的诗歌交流几乎涉及家庭生活的每个方面和所有成员。对屈氏来说,诗歌成了管理家务的方式;对家庭而言,诗歌则成为每个人日常生活的一部分。

与丈夫志趣相投

如孙康宜所言,清代有很多才子佳人式的理想婚姻。[1] 例如,屈秉筠很多女性伙伴,如席佩兰、金逸、吴琼仙,都与丈夫互享着知识和精神陪伴。屈秉筠也是如此,与丈夫赵同钰志趣相投。

赵同钰是才子,擅长诗歌和古文创作,著有《临泽阁集》。[2] 本地人将他和席世昌、席煜(字远常,1801年进士)、孙原湘并称"虞山四才子"。尽管袁枚对赵同钰了解不多,但却赞其"诗善言情",评其《对镜》中一联为"超绝"。[3] 袁枚在诗论中也提到赵同

---

[1] 孙康宜:《明清女诗人与"双性同体"文化》。
[2] 赵同钰:《临泽阁集》,清抄本,藏中国社会科学院图书馆。
[3] 《袁枚全集》(第3册),《随园诗话补遗》,卷8,第19条,744页;卷8,第22条,746页。

钰的诗,并将其诗选入《续同人集》。① 我们知道,袁枚在随园宴集江南名士时,正在金陵参加乡试的赵同钰也被邀请。宴会中文人们即兴赋诗并互赠诗稿,赵同钰收到不少赠诗,即席酬和,四座惊叹。但他科举考试多次失利,除任教谕外,一生未尝担任其他官职。②

作为丈夫,赵同钰在屈秉筠的婚姻生活中意义重大。他们的婚姻关系属于高彦颐所说的"志趣相投型","是一对知识兼容的结合体,彼此尊重相互影响"③。亲友誉为"琴鸣瑟应"。有人甚至比为李清照(1084—约1155)和赵明诚,他们在中国文化史上以志趣相投著名。但屈秉筠谦虚地婉拒了这种比附。④

他们结婚的头几年,夫妻二人相处的时间并不多,因为屈秉筠要照顾婆婆,而赵同钰则忙于准备科考。赵母去世后,同钰倦于科考,无意仕途,此时夫妻二人在一起的时间更多,虽然同钰已有妾室。亲友都称他们是"文字相知"(邵渊耀《题识》)。屈静埜评价赵同钰:"妹夫子梁负逸才,有声誉。"并指出诗歌之于二人的意义:"琴鸣瑟应⑤,雍雍静好。绿窗唱和,漱玉镂冰,是以诗益工。"(屈静埜《韫玉楼诗跋》)

赵同钰纳妾后,屈秉筠与他相处变得困难了。丈夫纳妾是女性面对的普遍性问题,孙康宜认为"自古以来就是中国妇女担心

---

① 袁枚诗话中提到诗歌有《题若冰妹小照》《山塘》《采菱》《消夏》《对镜》《咏白牡丹》。参《袁枚全集》(第3册),《随园诗话补遗》,卷8,第19条,744页;卷8,第22条,746页。选入《续同人集》的诗歌有《呈随园夫子》《寿简斋夫子》,参《袁枚全集》(第6册),《续同人集》,245页。袁枚将这些诗归入"闺秀类",可能他认为赵同钰受其女弟子屈秉筠影响。
② 然而,据孙原湘所记,赵同钰本无意仕途。参《天真阁集》,卷13。
③ 高彦颐:《闺塾师》,179页。
④ 孙原湘:《天真阁集》,卷50。
⑤ 琴和瑟是中国弦乐器。

而又不可抗拒的命运"①。面对这一事实,中国妇女要么像晚明多数"贤妻"那样努力克制,要么像徐灿(1610—1677)那样,在遭受嫉妒、失落、反抗无望的心理折磨后,用诗歌倾诉哀怨。但屈秉筠不必忍耐也无需怨恨,因为她以诗歌就此问题与丈夫进行了良好沟通。如前所述,在屈秉筠无法忍受时,她写诗催促赵同钰寻找婚外之"春",但与此同时,又在"七夕"传统主题诗歌中反复表达对丈夫的爱恋。

赵同钰有了妾后,屈秉筠作为丈夫性伴侣的义务就减弱了,因此她可以和赵同钰建立一种本质上的平等关系。这对夫妻享受着身体和灵魂的亲密以及知识的融洽。他们每年都要更换几次住所。夏天住在南郊的庄园;为了欣赏秋景,接下来他们会搬到邻浑阁;冬天则返回韫玉楼。夫妻二人谈论古诗和他们自己的创作。他们以诗自娱,或者传达二人之间的微妙情愫。据屈秉筠所作有关夫妻二人生活的诗歌,可知诗是使他们快乐的关键因素。例如,第17—20首,所写为其共同生活的一些片段,反映了他们的志趣相投在很多方面都与其他夫妇不同。这对夫妻不仅分享知识兴趣,而且还以诗歌就生活中的各方面进行交流。

屈秉筠去世后,赵同钰痛彻肺腑,在不同场合经常回忆他们像知己那样互享诗趣的快乐。他写道:"寂寞更堪孤馆上。"(赵同钰《亡妇集中有落梅之作感而和之》其四)对于赵同钰的悲痛,孙原湘评论说,过去男子常痛心于女子美貌的逝去,却从未有过因女子才华消逝而痛心的。②

---

① 孙康宜:《柳如是与徐灿:女性还是女权主义?》(Liu Shih and Hsü Ts'an: Feminine or Feminist?),余宝琳(Pauline Yu)编:《中国宋词之声》(Voices of the Song Lyric in China),伯克利:加利福尼亚大学出版社,1994。
② 孙原湘:《天真阁集》,卷50。

以诗交往众人

屈秉筠给每个人写诗,包括婆婆、丈夫的小妾、婢女等。她的诗起着桥梁功用,使其人际关系跨越代际和社会阶层而和睦融洽。

有一次婆婆患了严重的口腔溃疡,屈秉筠在病榻边细心照料,看着婆婆遭受不能进食的痛苦,很是忧心,甚至因为自己也在病中无法全力照顾而感到愧疚。《侍姑疾》(第21首)描述了她的担忧和自责,婆婆也一定会从诗中得到慰藉。在照顾丈夫和春芜所生小女时,曾作《示女璧人》(第22首),以母亲的口吻表达对小女的关爱,这不仅使女孩高兴,而且也取悦了赵同钰和春芜。屈氏还用诗歌描画全部家人以愉悦他们,如《辛酉除夕》(第23首),记录了除夕之夜一家人其乐融融的场景。作为儿媳,屈氏在家庭成员中发挥媒介作用,使每个人快乐。诗歌助其达到目标。她的诗歌交流使家庭和谐,如陶凌墀所言:"朱瑟调弦,和莱子婆娑之乐。"(陶凌墀《题识》)

屈秉筠成功地将两个不识字的妾也纳入她的诗歌网络,这是非凡之举。对屈氏来说,中国女性最难处理的妻妾关系,成了再简单不过的事情。

优雅、体贴、温顺的春芜虽为满足赵同钰而买,但她一直把自己当作屈秉筠的丫鬟。据第26首所载,屈秉筠为她取名春芜,这是一种听起来富有诗意和文化底蕴的植物名字,来自屈原作品。屈秉筠在写诗时,会让春芜准备笔、墨和纸,初稿写成后总念给春芜听。偶尔也会和春芜谈论诗歌,并鼓励她读诗和写诗。在第26首诗中,她对春芜说:"风雅未尝无汝分,墨香花气染通身。"

屈秉筠与赵同钰第二个妾徐小淑一起度过了不少时光。每天早上6点钟,屈秉筠让徐氏和她一起打坐,白天则与徐在闺房或房屋周围活动。夜晚,二人一起坐谈,然后写诗记录她们的谈话。在第25首诗中,屈氏叙述了她们一段风雅而愉悦的论诗对话。屈、徐二人成为知己。据载,屈秉筠去世后,小淑悲痛不已。当被要求成为继室以替代屈秉筠时,徐氏对同钰说:"暂摄不敢辞,然君宜继室。妾终侍夫人地下耳。"①第二年,徐氏产下一子后,为完成心愿绝食而死。

屈秉筠也用诗歌与婢女沟通,比如厨娘张次玉和她的女儿陆安和(字蕙缥)。在《张次玉夫人调羹小影》(卷1)中,称赞张的厨艺。而《张次玉夫人寒闺图》(卷3)一诗,则赞美张的容貌,将其比作西晋才女左棻。由这些诗歌,可见屈秉筠以诗交于厨娘的努力。但屈秉筠与张次玉女儿陆安和的故事更为感人。陆安和八岁时经常出入于屈家,偶尔还住上几天。屈秉筠喜欢这个小女孩,并教她作诗。她们享受着教与学的快乐,经常一起呆到深夜,老师与诗的弟子习诗。屈曾在诗中描述她们共处的时光:"每向红窗伴咏诗","心灵只认我为师"(卷2)。弟子非常崇敬师傅,在师傅指导下学习唐诗。早慧的安和,很快就能从唐诗中选出自己钟爱的句子并编成诗册。但她身体羸弱,14岁时大病一场。多日未闻音讯,忽然一天,屈氏收到安和的包裹,里面装着一张自画像和唐诗集句册子。她马上意识到安和的身体非常糟糕,为此异常焦虑。果然,一个月后,听到弟子安和去世的消息。屈秉筠伤恸不已,为此作诗两首。其一为《哭蕙缥》,袁枚曾评其为"真挚自然"。安和下葬时,又作《蕙缥葬日,子梁为诗往奠其墓,潸然和之》(卷4)。屈氏因失去安和而伤心多年。她的思念如此之深,

---

① 孙原湘:《天真阁集》,卷20。

以至于经常在一些特殊场景回想起来。例如,在画君子兰时,因此花又称蕙,与安和字中的"蕙"字相同,立刻想起安和,即赋《写蕙有感蕙缥》(卷3)。

和赵家姊妹结为诗友

嫁入赵家后,屈秉筠马上与赵家姊妹结为诗友并成为知己,其中赵若冰和赵同曜与她最为亲近。

赵若冰是屈秉筠的小姑子。她活泼可爱、坦诚率真,诗画兼工。赵同钰非常喜欢她,曾在诗中描绘她小时候的样子。袁枚喜读此诗并将其选入诗话:

> 忆得深闺未嫁年,阿兄把卷妹随肩。
> 小红刚报酴醾放,草草梳妆到最先。①

因二人有共同的诗歌爱好,屈与若冰结为知己。第42首记录了一七八五年她刚嫁到赵家不久,深秋夜间与若冰论诗之事。《秋暮携若冰三桥放棹》则描绘了她们外出寻找诗兴的场景。《韫玉楼集》中另外10余首作品,记载了她们的共同生活,以及相聚的喜悦和离别的惆怅。如《洞仙歌·迟若冰不至》表达了屈对若冰暂回婆家而未归的深深思念。

赵同曜(字洵娴)是赵贵鲲(监生)的女儿,是与屈秉筠最亲近的另一位赵家女性。同曜自幼开始学习经学、佛学和文学,并有自己的见解。在当代诗人中她最喜欢袁枚,认为他知识渊博、识见深邃。② 她自幼习诗并创作,著有《停云楼集》和《月桂轩诗稿》

---

① 《袁枚全集》(第3册),《随园诗话补遗》,卷8,第19条,744页。
② 清代学者蒋敦复将赵同曜列入《随园轶事·随园女弟子姓氏谱》,参《袁枚全集》(第8册),《随园轶事》,100—104页。但没有其他证据可以证明这个结论。

一卷。① 袁枚将其《咏七夕》《咏镜》《菊》选入诗话。② 但袁枚误解了她与赵同钰的关系:"有名同钰字子梁者,疑是泂娴女士之兄。"③这与屈诗所记"独秀亭亭弟妹无,高唐珍惜比明珠"(卷1)相矛盾,她应是独生女。

嫁入赵家不久,屈秉筠就与赵同曜结拜为姐妹。二人趣味相投,常一起论诗,如《立秋日邀泂娴姑夜话》(第41首)记录了她们的夜谈。二人交流诗歌看法,并写诗互相回应,长达三年以上。赵同曜嫁给邵广融(举人)后,虽居同地,但她们见面的机会越来越少。她们仍然渴望互相切磋,于是吩咐婢女传递新作,藉以传达友情和有关诗歌的想法。赵同曜在婚后头年即诞一子,公公和婆婆为此非常高兴。可是1788年9月27日,公婆正准备以传统的"喜饼喜汤"来庆贺孩子出生,同曜却因难产去世。屈秉筠闻知此事,伤恸欲绝,作挽诗《哭泂娴》以托哀思。

屈秉筠和赵家另一位姐妹赵秉清也是好友。她是赵贵栻的女儿,贵栻曾任福建福宁县令,为官清廉,以至俸禄难以养家。

赵秉清以诗才和孝顺闻名乡里。所撰《寄生馆焚余稿》,著名诗人赵翼(1727—1814)为之作序,并在不同场合多次提及④。秉清对孝顺的虔诚是独一无二的。她9岁时读《战国策》,当读到齐国女子婴儿子,为侍奉父母终身不嫁时,下定决心效法,发誓也终身不嫁,在家照顾父母。她甚至"割股奉母"。当父亲生病时,她

---

① 这两种诗集载于《重修常昭合志》,3038页,但原书未见。
②《袁枚全集》(第3册),《随园诗话补遗》,卷8,第16条,743页。
③《袁枚全集》(第3册),《随园诗话补遗》,卷8,第19条,744页。
④《寄生馆焚余稿》(1卷),刻于1885年,今藏南京、天津、常熟图书馆。记载赵秉清的文献有完颜恽珠《国朝闺秀正始集》、施淑仪《清代闺阁诗人征略》(台北:明文书局,1985)、胡文楷《历代妇女著作考》。

祈祷上苍愿以己之身代父受疾。据方志记载，为补贴家用，她曾在女子学堂做教师，而这通常是父亲应承担的责任。父母去世后，她试图自尽，但被舅舅救下。之后她便一直吃素，又绣佛像一尊，整日跪拜，祈求保佑另一世界的父母。一八〇七年，她因孝行，受到朝廷嘉奖。①

从有限的关于屈秉筠与赵秉清相交的材料，可知屈崇敬赵的品行，赵也欣赏屈的诗才。屈集中《写兰赠若蕴姑》(第46首)，称赞赵的品格，记录了她们的友情。作为回报，赵秉清至少也写作了三首诗，以表达对屈诗才的钦羡。以下是其中之一，"兰心"象征纯洁，"三绝"指其诗、画和书法：

展读君诗字字清，兰心一寸是天生。
扫眉才子兼三绝，秋水澄鲜雪月明。(赵秉清《题辞》)

屈氏家庭诗歌圈

屈秉筠将写诗当作家庭生活方式的一种，以诗与每个家庭成员交流，处理几乎所有家庭事务。她用诗歌交流的方式建立起包括婆家和娘家共25人在内的家庭文学网络，跨越了代际和社会阶层(参考第2章第1节)。

屈氏婆家成员

袁枚曾说："虞山赵氏多才。"②上述事实印证了这个说法。

---

① 参看《重修常昭合志》，2686页；施淑仪《清代闺阁诗人征略》，卷6。根据这些文献记载，赵秉清去世时70岁。
② 《袁枚全集》(第3册)，《随园诗话补遗》，卷8，第19条，744页。

诗歌之力

在屈秉筠到来之前,赵家已拥有很多有才华的诗人,男女皆有。在女性中,赵同钰叔祖母王夫人,就是当地有名的诗人。她是博学之人,自幼跟随父亲研习经学,长大嫁入赵家后,在教导儿女之余创作了不少诗歌(那时赵家无力送孩子入学)。正因为如此,王夫人将自己的诗集题为《课余草》(2卷)①。显然,屈秉筠要在婆家寻找志同道合的朋友并不困难。

屈秉筠在赵家的诗友圈包括14人,除她自己外,还有赵同钰、陶夫人、赵若冰、赵同曜、赵秉清、春芜、徐小淑、张次玉、陆安和、春芜所生小女,这些人前文已述及。此外尚有赵贵珧、陶菱卿、陶凌墀和邵渊耀,这些人将在下文论述。

赵贵珧(字茗香、梦月)是赵宏漳(字润夫,贡生)②之女,嫁与曹汝鳖(附贡生)。她是一位卓有成就的诗人,著有《茗香居诗草》。③ 屈秉筠和赵贵珧常互相唱和,彼此评点。贵珧评点了屈秉筠8首诗,并在《题识》中以诗的形式对屈诗作了整体性评价,均载于《韫玉楼集》。为感激赵贵珧阅读和评点其作品,屈秉筠作诗回报,《外姑母茗香夫人以诗见赠,奖誉过深,赋此呈谢》中有一联说:"亲赐瑶华绝妙章,愧无才思可相当。"此外,屈还赞誉赵的诗才和书法,"诗主唐音消绮丽,书模晋楷出清苍"(卷1)。

陶菱卿是赵同钰表妹,有时也到赵家串门。自嫁给孙原湘的长侄后④,陶就和屈秉筠、席佩兰成为朋友,并参与了由屈和席发起的十二女子诗会(诗会详情参见第3章)。一七九九年前,屈还

---

① 此集见载于《重修常昭合志》,2307页,但原书未见。
② 《重修常昭合志》,1640页。
③ 此集胡文楷书中曾提及,但原书未找到。
④ 席佩兰称陶菱卿为"长媳"(席佩兰《长真阁诗集》,卷5)。但她唯一的儿子孙香棠所娶女子名曼仙,可能陶菱卿是孙原湘长侄媳。

未见过陶,但已听闻其美貌;见过陶后,对其举止印象深刻,正如屈诗所言:"周旋礼数都离俗,谈吐风华更出尘。"(卷3)陶和屈初次见面后就结为诗友。可是陶氏年纪轻轻就难产而死,屈为此作《题菱卿遗照》(二首)。

在屈秉筠的诗友圈中,陶凌埠和邵渊耀属于赵家男性亲戚。陶凌埠是赵同钰舅舅,他为屈秉筠诗集撰写了题识,赞其品性优良,对婆婆孝顺,对丈夫关爱。他认为本乎性情和别具识见是屈诗的主要特色。很显然,陶是屈诗读者,似乎对她了解颇多。渊耀是同钰外甥,也为《韫玉楼集》撰写了题辞,表达了对屈氏诗画才华的仰慕,并称赞夫妇二人志同道合。

屈氏娘家成员

如柏文莉所言,在中国古代,尽管受夫权思想影响,已婚女性虽"属于"丈夫的家庭,但与娘家亲属的关系不断扩大,在她一生中非常重要,"中国的女儿一辈子都是女儿"①。对屈秉筠来说,除了血缘关系,诗歌也是她与娘家的精神维系。屈秉筠婚后,屈氏家族也发生了许多变化:屈秉筠和屈静堃出嫁,同时钱珍嫁入屈家。钱珍去世后,叶婉仪成了屈家的第二任媳妇,屈秉筠健在时她已生了四个孩子。因与弟弟关系亲密,屈秉筠由此也建立起与弟媳钱珍、叶婉仪以及其他长辈和晚辈的密切关系。

(1) 钱珍

钱珍(字温如),江苏常州人,是屈保均的第一任妻子。她14岁时嫁入屈家,两年后难产去世。钱氏出身于书香门第,其父曾任观察史。她接受了良好的教育,自幼便精于诗歌创作。据说,

---

① 柏文莉:《一日为女终生为女:宋代以降的姻亲关系及女性人际网络》。

钱氏聪颖过人,才思敏捷。胡文楷《历代妇女著作考》著录其《小玉兰遗稿》,但此书迄今尚未被发现。

由于父母去世太早,屈秉筠和弟弟保均在缺少双亲之爱中成长。屈秉筠像母亲一般爱护保均,并将此爱延及弟媳。钱氏嫁过来后不久,她们就结拜为姐妹。屈氏常回娘家与钱氏聊天,正如《冬夜与温如》(第40首)诗中所记。姐妹俩还常一起出游、以诗为戏,这在屈氏另一诗《舟行联句》(第59首)中有记录。一七八六年秋,在钱氏启程回娘家之前,屈作《别温如归》倾诉离愁。作为诗人,姐妹俩互为听众和评论者。在《题温如诗卷》(第52首)中,屈以"冰雪净""脆吟声"形容钱诗清新婉转。

一七八九年三月初,钱珍刚从娘家返回,立即邀请屈秉筠来家小坐。因为生病,直到三月十五,屈秉筠才去钱珍那里。屈返回婆家后的第三天,钱珍因难产去世。在一组10首《哭温如》(卷1)中,屈秉筠表达了没能早来看望钱珍的深深悔恨和哀伤。屈仔细阅读钱氏遗作①,用工整的小楷抄写钱氏诗集。集中第一首是歌咏桃花的,桃花通常象征"红颜薄命"。反复阅读此诗,屈氏感到十分惊奇,认为应是钱氏早死的征兆。

(2)叶婉仪

叶婉仪,出生于江苏吴县的一个士人之家,钱氏去世后成为屈保均继室。她至少生育了四个孩子,儿子颂满、羽满,女儿如兰、梦蟾。叶既是诗人也是画家。非常巧合,叶与屈同年同日生。嫁入屈家后不久,二人也结拜为姐妹。她们之间的诗画交流引起

---

① 屈秉筠很可能是《小玉兰遗稿》的编订者。但在这些诗中,屈秉筠只提到她将钱氏诗稿封入绣花盒中以便妥善保管。

同时代人的钦羡,《墨林今话》记载:"(屈秉筠与叶苕芳)互相商権,时称闺中胜友。"①但此书并未解释何以叶屈二人被称作"闺中胜友"。《韫玉楼集》提供了她们诗画交流的一些细节,其中一首说"几曾把酒斗诗才"(卷2),另一首《和绣囊书屋赏菊诗韵寄苕芳》(卷2)则展示了二人经常联句的场景。她们互赠礼物也载之以诗,例如,屈秉筠《以菱花鉴荷花砚赠苕芳各副以诗》(第43首)、《雪后苕芳以雪爪②见赏》(卷3)、《苕芳折梅赠余供瓶,报之以诗》(卷4)皆是此类。

诗人和画家,常将诗画融为一体。一次,她们从李白(701—762)诗句中获得灵感,姐妹俩合作一画。赵同钰视其为二人友谊的象征,称此画为"兰苕合影"。"兰苕"暗指屈和叶,"兰"和"苕"各为二者字号中的一个字。屈秉筠对这种解读很满意,写诗以记,其序如下:

> 苕芳与余合绘一图,采李青莲诗"双珠出海底,俱是聊城珍"之意。子梁改为兰苕合影,诗以记之。(卷3)

另一件类似的事情与席佩兰有关。一次,屈和叶合作绘制了两株仙草,请席佩兰题名。席佩兰和屈秉筠各记一诗,席诗题为《宛仙画兰一枝,苕芳补菊一丛,嘱余题其名》③,屈诗题作《苕芳合写兰菊》(卷3)。

屈为叶作诗多首,如《题苕芳小影》(卷3),《寿苕芳:与余同岁同日》(卷2),《赠弟媳叶苕芳》(第45首),高度评价了叶的品

---

① 施淑仪:《清代闺阁诗人征略》,卷6。《墨林今话》作者将屈秉筠误认为叶婉仪的妹妹。
② "雪爪"是指白鸟之爪。
③ 席佩兰:《长真阁诗集》,卷5。

格。在诗友关系之外,屈也感激于叶对屈保均的照顾以及为屈家生养了四个孩子。

(3) 屈静堃

屈秉筠与屈静堃从童年至成年早期,一直是亲密伙伴。在她们20岁之前,屈氏嫁入赵家,屈静堃则成为候选中书俞照(字镜寰,号朗亭)的妻子。像屈秉筠一样,屈静堃婚后继续文学追求,成为一位有成就的诗人,著有《留余书屋诗文集》。①

尽管婚后二人同住虞山,但相聚不多,特别是屈静堃公公俞廷伯(字新甫、号懋园,进士)迁任安徽霍山县令②,静堃随夫移居后,二人见面就更难了。如屈秉筠所言,此后以"诗筒"彼此联系,互诉深情,交换想法。《韫玉楼集》存录不少有关屈静堃的诗歌,如《寄怀婉清姊》(第51首)、《和婉清家姊落花韵》。屈静堃阅读并评论这些诗,曾说:"乙卯(1795)余省亲北沛,妹寄我便面,赋诗示意,离惊别绪,情见乎词。"(屈静堃《韫玉楼诗跋》)二人甫一见面,必定论诗,正如屈静堃后来回忆的:"每遇归宁日,与余促坐联床,谈诗达旦。"(屈静堃《韫玉楼诗跋》)她们如此痴迷于诗!

(4) 屈保均

屈保均(字贻石),是屈秉筠唯一的亲兄弟。父母去世后,他们由祖父母抚养长大。《礼记·内则》记载,在九岁前,兄弟姐妹可放在一起教育。③ 很有可能,在较长一段时间内,姐弟俩一起受教于博学的祖父。学习内容主要是经学,包括《诗经》,因而姐弟二人都对诗歌产生了兴趣。

---

① 此集见载于胡文楷《历代妇女著作考》,但原书未见。
② 《重修常昭合志》,1711—1713页。
③ 参见孙希旦《礼记集解》,754—773页。

屈保均是屈氏家族学问和道德的继承人。他曾任肇庆通判，但由于某些原因，长期担任潮州同知。在潮州，他大力倡导读经，重建书院。据载，他采用宋代最著名白鹿洞书院的制度来管理当地书院。保均是一位清官，从不接受贿赂，曾拒绝了澄海当地卸任和在任官员出于个人私利目的而贿赂的数千两黄金。保均去世于任上，由于家无余财，家人不得不卖掉他的书画以筹集资金，才把灵柩运送回来。①

（5）屈颂满和季兰韵

屈颂满是屈秉筠的侄子，屈保均的长子。在他小时候，屈秉筠把他带到家中抚养了数年，视如己出。她很早就开始对颂满进行教育，培养诗画兴趣。屈颂满长大后成为一位出色的诗人和画家，著有《墨花仙馆遗稿》②。季兰韵（字湘娟）是屈颂满的妻子，所著《楚畹阁集》12卷，曾与屈颂满的集子同刊。

（6）鲍印、鲍伟和鲍份

鲍印、鲍伟和鲍份都是屈秉筠母亲鲍氏的同辈人。鲍印是屈秉筠的姨母，也是袁枚女弟子（屈秉筠和鲍印的诗歌关系，将在第3和第4章详述）。鲍伟和鲍份是屈氏舅舅（他们的个人情况参见第1章），二人都在家庭范围内与屈的诗歌写作产生关联。作为屈诗的读者和批评者，鲍伟曾为《韫玉楼集》撰序，对屈诗多有评论。鲍份为屈氏撰写的传记亦收录于集中。

在帝国晚期，才女不大受家庭欢迎。方秀洁所论18世纪女诗人贺双卿（约1730年代），清高多才，但命途多舛。她常遭受丈

---

① 《重修常昭合志》，2134页。
② 屈颂满：《墨花仙馆遗稿》，墨花仙馆刊刻于1847年，现藏于中国国家图书馆和常熟市图书馆。

夫和婆婆的责骂殴打,还有邻居的嘲笑。① 据魏爱莲研究,17世纪早期一个名叫小青的无依无靠的小妾,写得一手好诗,但却早逝,"妒妻的迫害为其重要死因"②。贺双卿和小青都未因诗才受益,反而由此引起婆家嫉妒而受罪。许权,清代著名女诗人,尽管有文才,但却遭受婆家虐待,她在诗中感叹:"寄语人间痴女儿,宁为其拙毋为巧!"③ 上述例子似乎证明了"才女薄命"的传统说法。

然而,尽管屈秉筠面临前述各种麻烦和弱点,但她却成为赵家喜欢的儿媳,也是屈家永远的女儿。在与家庭其他成员写诗、互相阅读和评点的过程中,彼此交流内心感受,消除了心理距离,她的弱点也被忽视了。她于婆家和娘家而言,都是有魅力和亲和力的,因为她将他们融入了自己的文学网络。

屈秉筠的家庭诗歌圈,既是她个人的文学网络,也是她的一系列社交网络。二者的合力使得屈秉筠更有力量。通过与家庭诗歌圈的联系互动,屈氏变得更为积极,不断增加诗歌创作动力。因此,其诗歌观念开始形成,诗艺也得以提高。在成为袁枚女弟子之前,家庭诗歌圈建立起她的"诗歌—社会"网络,培育了诗才,为日后走向有成就的专业诗人之路奠定了基础。

---

① 方秀洁:《十八世纪理想女性的解构与建构:〈西青散记〉与贺双卿的故事》(De/Constructing a Female Ideal in the Eighteenth Century: 'Random Records of West-Green' and the Story of Shuangqing)。魏爱莲、孙康宜主编:《中华帝国晚期的女性作家》(*Writing Women in Late Imperial China*),斯坦福:斯坦福大学出版社,1997。
② 魏爱莲:《小青的文学遗产与妇女作家的地位》(Xiaoqing's Literary Legacy and the Place of the Woman Writer),《晚期中华帝国》第13卷,第1期(1992年6月)。
③ 罗溥洛:《爱情、读写与悲恸:中华帝国晚期女性作品主题》(Love, Literacy, and Laments: themes of woman writers in late imperial China),《妇女历史评论》(*Women's History Review*)第2期(1993)。

第3章 袁枚女弟子群中的活跃分子

在构建家庭文学网络之外,屈秉筠还寻求与外界文学圈的联系,以便进一步发展她的文学关系。她最突出的成就是加入袁枚女弟子群。

一七九四年三月,屈秉筠正式拜师袁枚,成为他的女弟子。袁枚在阅读屈氏见面时呈送的诗稿后,记录了此事:

> 宛仙为余戊午同年①屈君省园之女孙。甲寅三月,舟过虞山,宛仙拜余于海棠花下,呈诗二卷。

屈氏密友、袁枚最为得意的女弟子席佩兰,曾写诗庆贺,诗题为《闻宛仙亦以弟子礼见随园,喜极奉简》。②

虞山著名文人吴蔚光很可能是将屈秉筠推荐给袁枚的人。吴蔚光向袁枚推荐了当地最优秀的诗人,使他们成为袁的弟子或朋友。他很欣赏屈秉筠的诗,也曾教其写诗。举荐者也可能是席佩兰,一年前她已成为袁枚女弟子。此外,屈与袁相识,本身也有很好的契机,正如袁所记,屈的祖父和他是"同年",二人一起参加戊午(1738)乡试,同时中举。在古代,"同年"关系相当于兄弟。

---

① "同年"或"年兄弟"是指在同一年一起通过科举考试者。
② 席佩兰:《长真阁诗集》,卷3。

袁枚对女性文学教育的促推

袁枚以其独特个性及诗歌成就,被认为是清代最杰出的诗人之一。他提出"性灵"理论,倡导文学自我表达,广受诗坛欢迎。其诗以率真、独到以及对传统的创造性运用而使读者印象深刻。更引人注目的是,他晚年致力于女性文学教育。虽然袁并非第一个招收女弟子者,但他却是在中国历史上,首位公开与一群年轻女性保持联系并教她们作诗的人,这是反儒家传统的大胆行为。

袁枚比其他人更倾力于女性文学教育,这直接引起了文学是否应成为女性教育内容、男性是否应教导女性的争论。由于曼素恩已从儒家学者章学诚的角度,孙康宜也从"女才"与"女德"的视角,对论争进行了深入研究,因此,本书仅从袁枚这个层面对论争作进一步探讨,并将其限于女性教育问题。

女性的文学教育

在中国古代,女性被禁止参加官方任何形式的教育。她们唯一能够接受到的,是家中以儒家道德和文学常识为内容的教育。东汉以前,只有《礼记·内则》提到女性教育。《内则》强调男女分工,男主外女主内。从出生之日起,男女穿着和行为就不同了,女性仅能学习管理家务的必需知识和技能。9岁之前,女孩和男孩一样学习生活知识,诸如"如何使用右手进餐""运用天干和地支记时""数字和四方名称"等等[①]。但在9岁以后,男女学习的内容就有差异,男子走出家门学习更广泛的知识,如经学、史学、哲学、文

---

① 孙诒让:《礼记集解》,754—773页。

学、乐器、算学、军事等,而女子则留在家中学习如何成为家庭主妇,如制衣、举办宗教仪式等。这为之后"妇学"的开创奠定了基础。中国第一位女学者和史学家班昭(约49—120),开创了系统的女性教育,除了文学还包括儒学伦理。依据《礼记》,她撰写了《女诫》,宣扬男尊女卑,提出以下四种"妇行":妇德、妇言、妇容、妇功。她还认为女性14岁前也应学习经学,以便将来能更好地"相夫"。①《女诫》之后,出现了郑氏(约8世纪)《女孝经》,宋若莘(约9世纪)《女论语》,以及吕坤(约17世纪)《闺范》。这些著作都对班书中的原则作了详细阐释,并与班书一起被用作女性教育的教科书。

另一方面,在整个中国历史上,一直都有在经典研习和文学写作方面均表现优异的才女。传统社会也并未因学习了不该学的内容而指责她们,反而倾向于赞扬。但在晚明妇女纷纷涌向文学殿堂时,社会却变得严苛,"女子无才便是德"②的说法开始流行,反复强调古典和文学是男子从事的领域,不适合女性。③ 清

---

① 张福清编:《女诫:女性的枷锁》,北京:中央民族大学出版社,1996,2页。
② 参陈东原《中国妇女生活史》,北京:商务印书馆,1998,2页。
③ 但宗教领域是例外,女性并未排除在外。在某些范围内,她们可能更优秀。据欧大年研究,早期道家文本面向包括女性在内的整个家庭,有时女性作为重要对象而被特别提及。在15世纪的《三皇经》中,玉皇大帝和妻子作为传统的创建者为人歌颂。在《正一法文太上外箓仪》中,有几页专门描述不同生活阶段中的女性。此外,还有一种道教传统性仪式,据说能给男女带来永生(参见欧大年《中国宗教中的妇女:屈服、抗争、超脱》(Women in Chinses Religions: Submission, Struggle, Transcendence),载筱原亨一(Koichi Shinohara)、格里高利·肖邦(Gregory Schopen)编《从贝拿勒斯到北京:佛教及中国宗教论文集——庆祝冉云华教授荣休》(From Benares to Beijing: Essays on Buddhism and Chinese Religion in Honor of Prof. Jan Yun-hua),奥克维尔:Mosaic出版社,1991)。但在中华帝国晚期,女性被禁止参与道教活动。正如黛安娜·Y·保罗(Diana Y. Paul)所言,女性代表智慧、母性、创造、温柔、同情的观念,是佛教文本的主题。女性可以是达摩的老师、一个好女儿、好朋友,甚至是菩萨或弥勒佛。在大乘佛教中,女性地位高于其他任何中国哲学家和思想家(参见黛安娜·Y·保罗:《佛教中的女性:大乘佛教中的女性形象》(Women in Buddhism: Images of the Feminine in the Mahayana Tratition),伯克利:加州大学出版社,1985)。

代女性虽然有了更多扩大学习范围的自由,但在公共学习场所,文学仍然被禁止。①

袁枚主张教育人人平等,每个人都有接受教育的权利。他用孔子"有教无类"②的思想来证明"天不择人而生,而君子亦不择人而教。昔先王忧天下之有类也,而教立焉"③。袁枚坚信,文学教育不应局限于某一性别或某一特定阶层,因此,他接受所有愿意跟随他学习诗歌的人,无论女性、道教徒、僧侣、逃犯或戏子。④

袁枚告诉同时代人,女性实际上比男性更适合学习文学,因为文学起源于女性,学习也是女性的原始活动。他认为那些反对女性习诗者是无足称道的。他公开宣称,通过对女性教育史的研究,发现诗歌一直有功于女性教育,圣人将《易经》离卦和兑卦与教化及"文"联系起来,女性作品被选入并成为《诗经》的主要部分:

> 目论者动谓诗文非闺阁所宜,不知《葛覃》《卷耳》,首冠"三百篇",谁非女子所作?兑为少女,而圣人系之以朋友讲习;离为中女,而圣人系之以文明丽乎天。诗之有功于阴教也久矣。⑤

---

① 参陈东原《中国妇女生活史》,282 页。
② 赵聪:《论语详释》,354 页。
③ 《袁枚全集》(第 5 册),《随园食单》,35 页。
④ 《袁枚全集》(第 3 册),《随园诗话补遗》,780 页。
⑤ 《骆绮兰〈听秋轩诗集〉序》,金陵:1796 年龚氏刻本。类似说法,参《袁枚全集》(第 3 册),《随园诗话》,570—571 页;《袁枚全集》(第 2 册),《小仓山房文集》,558 页;《袁枚全集》(第 5 册),《小仓山房尺牍》,108 页;《袁枚全集》(第 2 册),《小仓山房外集》,125 页。所引《诗经》诗题译文,采自闵福德、刘绍铭选译《中国古典文学选集》(第 1 卷:先秦至唐),纽约:哥伦比亚大学出版社,2002,97—98 页。

离和兑是八卦中的两个卦名。八卦中的每一卦都由三条断开和不断开的线条组成。由八卦衍生的六十四卦,是《易经》核心内容。兑卦在自然界中对应泽,在人类中对应年轻女子,还对应喜悦(性情)、羊(动物)、口(身体)、西方(方位)、秋季(季节)。离卦则对应火和阳(自然界)、中年女子(人类)、可靠(性情)、雉(动物)、眼(身体)、南方(方位)、夏季(季节)。在象辞中,兑卦意指说教,而离卦则为"文"。据说,伏羲(前2852—前2538)作八卦,他是传说中的早期统治者之一。周公(约前256)和孔子作注解。也有人说孔子编订了《诗经》。不管袁枚的解释是否正确,由于引用了权威经典,这就使其对同时代人来说更具说服力。作为一种独特的诗学,袁枚的"性灵"说,也强有力地支撑了他的观点。这将在第4章详论。

男性教育女性

女性教育被限定于女性范围,并由女性来完成,是一个长期的传统。皇族从士大夫家中挑选博学和知名的女学者教导未出阁的女孩,官员、学者、普通百姓家的女孩通常从母亲或乳母那里接受文化和道德教育。① 在明清时期,一些士人家庭,希望女儿接受更好的教育,往往从外面聘请女教师。②

李贽是第一个试图破除男教师和女弟子界限的人,曾在尼庵讲授道学。他招收的两名女弟子梅澹然和梅善因,是他朋友兵部右侍郎梅国桢的女儿。由于那时男性教育女性是社会上不能接受的,李贽和两个女弟子的关系也只是非正式的。但即便如此,

---

① 陈东原:《中国妇女生活史》,53页。有些女性可能受教于家中年长的男性成员或她的丈夫,而有些男性也可能受教于家中年长的女性成员。
② 高彦颐:《闺塾师》,123—129页。

他还是被责以"勾引士人妻女""同于禽兽而不之恤"①。这成为控告他的罪行之一,他也因此被囚禁。李贽之后,毛奇龄招收了女弟子徐昭华②。而在袁枚之前,乾隆时期著名学者和诗人沈大成(1700—1771)招收了女弟子徐映玉。③ 尚无文献证明此二人因招收女弟子而被治罪。虽然如此,但清代社会仍然反对男性教育女性。例如,清代一所私塾颁布了"良行规范":"如女已十岁,外师未过五十者,不宜教之。"④

袁枚打破了这个传统,招收了一大群女弟子,与她们保持密切联系。但是他不得不花费相当多的时间,努力说服人们他所做的事情是正确的。他试图用古例使人们相信他的这种教育形式是被传统认可的。在下面这首诗中,他反复吟咏道:

> 夏侯衰矣鬓双皤,桃李栽完到女萝。
> 从古诗流高寿少,于今闺阁读书多。
> 画眉有暇耽吟咏,问字无人共切磋。
> 莫怪温家都监女,隔窗偷觑老东坡。⑤

第二句中的"桃李"暗喻弟子,同句中"女萝"和第五句中"画眉"是指女弟子。夏侯胜(前73),西汉光禄大夫,精通《尚书》。⑥ 据《汉

---

① 张问达:《劾李贽书》,载朱维之编《李卓吾论》,1935年(出版者不详),121页。
② 毛奇龄博学多才,人称"西河先生"。其女弟子徐昭华,浙江上虞人,著《徐都讲诗集》。她在当地很有名,母亲和姐姐也都擅长写诗。其父是毛奇龄朋友。据载,有一天毛奇龄和其他朋友一起到访徐家,徐昭华出来与客人相见时,毛让她为一幅蝴蝶图题诗,徐即席作诗,四座惊叹。参施淑仪《清代闺阁诗人征略》,台北:明文书局,1985,卷1。
③ 徐映玉,昆山人,著《南楼吟稿》。据载,沈大成到访昆山时,偶然读到徐的梅花诗。沈大成情不自禁地欣赏此诗,并作了修改。徐对修改很满意,拜沈为师。参施淑仪《清代闺阁诗人征略》,卷4。
④ 陈东原:《中国妇女生活史》,282页。
⑤ 《袁枚全集》(第1册),《小仓山房诗集》,961页。
⑥ 班固:《汉书》,北京:中华书局,1962,3155页。

书》记载,汉宣帝即位后,寡居的皇太后监理朝政。为理新政,宜知经术,太后请夏侯帮助学习《尚书》。诗末两句用苏轼(1037—1101,号东坡)故事。袁枚曾于女弟子金逸(1770—1794)墓志铭中详述此事:苏轼晚年被贬惠州。一天,他正在读书,邻居温都监的女儿从窗隙中偷窥,当发现苏轼注意到她时,马上溜走了。邻家女孩可能非常崇拜苏的才华,想拜他为师。可是,不久苏轼被贬到更远的海南。当他再回惠州时,女孩已经去世。他伤恸不已,作词一首以为纪念。① 但袁枚所述与其他文献记载并不相同。《梅墩词话》说温家女孩名超超,已到当时结婚年龄16岁,但不愿出嫁。苏轼成为邻居后,女孩非常高兴,并告诉所有人非苏轼不嫁。她常常潜伏于东坡屋侧,静听东坡吟诗。苏轼远谪海南后,超超也去世了。苏轼回到惠州,听闻此事,作《卜算子·缺月挂疏桐》②怀念她。但后世学者大多怀疑此事的真实性,认为并非此词的合理解释。③

夏侯胜和苏轼的故事,作为历史例证不足以证明袁枚的观点。夏侯没有教过任何女弟子,而仅仅帮助太后阅读《尚书》。身为光禄大夫,夏侯既是近臣也是宫廷事务顾问,辅佐太后为其本职工作。袁枚将苏轼和邻家女孩的故事理解为师生关系,也使人怀疑。很显然,袁枚的意图是为自己招收女弟子进行辩护,为此他试图寻找男教女的历史依据。不过,他所指出的不断增多的文学女性亟需男性指导,也确是当时事实。而且,未能在古籍中发现可援引的"男教女"的事例,也正表明袁枚开启的"男教"式的女性文学教育属于开创之举。

---

① 《袁枚全集》(第2册),《小仓山房文集》,588页。
② 颜中其编:《苏东坡轶事汇编》,长沙:岳麓书社,1984,209—210页。
③ 曹树铭:《苏东坡词》,台北:台湾商务印书馆,1983,261—264页。

值得注意的是,袁枚对女性文学教育讨论的心理压力发生于晚年。在上诗中,夏侯胜和苏轼也都是老年人。此外,在写给女弟子孙云凤的信中,袁枚解释招收孙云凤及其他女弟子是因为他已经老了(72岁),希望他的学术与诗论都能传承下去。① 在教育过程中,袁枚反复告诉她们,在他这个年纪从事女性教育是合适的。他明显有意淡化自己与女弟子之间的性别差异。

袁枚女弟子群及其诗会

一七八三年,袁枚67岁时招收了第一个女弟子陈淑兰。在接下来的7年中,有5位女诗人陆陆续续地希望拜他为师,袁枚收下了她们。从一七九〇年开始,袁枚主动寻找女性诗人并公开与她们联系,一直延续到一七九八年去世。

56位女弟子

袁枚到底招收了多少女弟子?她们是谁?学界于此众说纷纭。蒋敦复在其刊刻于一八六四年的《随园轶事:随园女弟子姓氏谱》②中,认为袁枚有57个女弟子,但仅列出37人姓名,其中

---

① 参见《袁枚全集》(第5册),《小仓山房尺牍》,108页。袁枚说:"伏生老去,正想传经,刘尹衰颓,与谁共话?"伏生(前221,字子贱),济南人,学者。秦始皇诏令焚书,伏生将《尚书》藏于家中夹墙。西汉(前206—25)时,他在齐鲁讲授《尚书》。汉文帝听闻此事后,遣一学者前往跟随伏生学习。但当时伏生年已90,口齿不清。在女儿帮助下,伏生向学者传授《尚书》。参司马迁《史记》,北京:中华书局,1959,3124—3125页。刘尹,不详。
② 《袁枚全集》(第8册),《随园轶事》,100—104页。

只有13人被确认为袁门女弟子。① 蒋氏未将作品入选袁枚选编诗集的20位女诗人包括在内,这些人据传都是他的女弟子。② 由于诗选没有流传下来,我们无法知道这20人是谁。

　　王英志是研究袁枚的当代中国学者,他认为袁枚女弟子大约"超过40个",但他只列出了39人。③ 另一位学者钟慧玲认为袁枚招收女弟子的数量"自始至终,总数在50以上"④,但她并未列出具体人名。日本学者合山究(Goyama Kiwamu)曾对袁枚女弟子进行考察⑤,其论

---

① 蒋敦复所列37人姓名为:周月尊(字漪香)、方筠仪(字琅青)、归懋仪、汪妍(字巽为,号顺哉)、陶庆余(字善生)、葛秀英(字玉贞)、王琼(字碧云)、杨琼华(字佩英)、张玉梧(字秋云)、张珏(字玉全)、张秉彝(字性全)、叶令仪(字翼心)、周星薇(字天香)、陈淡宜(字菊人)、宋静娟(字守一)、潘素心(字佩兰)、高锟珍(字淡仙)、王姮(字槥影)、金兑(其字不详)、严静甫(其字不详)、吴荔娘(其字不详)、庄涛(字松石)、梧桐(此为小名,真名不详)、袖香(此为小名,真名不详)、月心(此为小名,真名不详)、吴蕙(字香宜)、黄桢(字雄宜)、张瑶英(其字不详)、汪玉轸(字宜秋)、袁淑方(字丽卿)、汪铭玉(字和声)、史鲍印(此为鲍印名字的误记。"史鲍印"应为"女史鲍印",是指常熟鲍尊古(名印),参《袁枚全集》(第6册),《随园八十寿言》。蒋氏误其为鲍之蕙姐姐)、狄方(字少柔)、赵同曜、张洵霄(字露城)、毕智珠(字莲汀)、马翠燕(字添香)。以上诸人中,归懋仪、汪妍、张秉彝、潘素心、金兑、庄涛、梧桐、袖香、月心、汪玉轸、袁淑方、张洵霄、毕智珠,确认为袁枚女弟子。参见附录《袁枚女弟子简表》。
② 这个选本很可能是《随园女弟子诗选》的最早版本。此版本提到20位女诗人,但被蒋敦复全部排除在外。
③ 王英志所列名单为:陶庆余、金逸、金兑、王碧珠、张洵霄、周月尊、严蕊珠、汪玉轸、吴琼仙、袁淑方、归懋仪、屈秉筠、席佩兰、毕(智珠)、廖云锦、张玉珍、张玉芜、鲍之蕙、卢元素、许德馨、钱孟钿、骆绮兰、陈淑英(淑兰。注:王英志说:"其中只有陈淑英是南京人",误"陈淑兰"为"陈淑英")、孙云凤、孙云鹤、张瑶英、汪缵祖、汪妍、汪姍、陈长生、钱林、孙廷桢、徐裕馨、张珏、叶令仪、潘素心、王倩、戴兰英、王玉如。参见王英志:《性灵派研究》,32页。
④ 钟慧玲:《清代女诗人研究》,207页。
⑤ 合山究:《袁枚女弟子研究》,《中国文学论集》(Bungaku ronshu)第31期(1985年8月),九州:川端康成学会,九州大学通识教育学院,113—154页。感谢高彦颐推荐我阅读此文。关于袁枚女弟子更多的讨论,参见刘永聪:《曲园不是随园叟,莫误金钗作写贽人——袁枚与俞樾对女弟子态度之异同》,《岭南学报》,新1期(1999年10月);雪茵:《袁枚与妇女文学》,《畅流》第55期(1977年10月);江应龙:《袁枚的女弟子》,《民主与宪政》总第60期(1988年7月第3期);简有仪:《袁枚研究》(台北:文史哲出版社,1988);陶继明:《袁枚和妇女诗歌》,《上海师范大学学报》(1989年3月)。

文《袁枚女弟子研究》(The Female Disciple of Yuan Mei)中的结论有助于解决这个问题。我曾将袁枚女弟子姓名依入门先后为序进行排列(参见附录《袁枚女弟子简表》)。以下仅对已被证实的女弟子进行归类：

　　1. 参加过袁枚举办的三次"诗会"中任意一次者。前两次分别于一七九〇年和一七九二年在西湖宝石山庄湖楼举办，第三次于一七九二年在苏州绣谷园举办。

　　2. 列入《随园十三女弟子湖楼请业图》及续图者。①

　　3. 袁枚《随园女弟子诗选》中提及者。

　　4. 与袁枚有私人联系，且被袁枚证实为女弟子者。

　　与合究山不同的是，我排除了汪姗、吴柔之、张瑶英、姚秀英、王琼、鞠静文、蒋宛仪。汪姗是汪姗的妹妹，她与袁枚唯一一次联系是袁枚请汪姗把礼物和诗稿带给她。② 吴柔之差一点就成了袁的弟子。在她的一首诗中，吴表达了一七八八年二人初识时未拜袁枚为师，以及因病未能参加一七九〇年诗会的遗憾。③ 张瑶英是袁枚外甥王建庵之妻。袁枚在诗论中两次提到张瑶英，并在《续同人集》录其诗一首。但是，尚无证据表明她是袁枚弟子。除《续同人集》选诗一首外，姚秀英和袁枚的关系亦无其他记载。④ 至于王琼，她是著名诗人王文治孙女，袁枚非常欣赏她的诗歌，并将其中几首选入诗话和《续同人集》⑤。但是，当袁枚提出要去拜

---

① 《随园十三女弟子湖楼请业图》实际有18人，参看本章关于此画的讨论。
② 《袁枚全集》(第5册)，《小仓山房尺牍》，222页。
③ 参见吴柔之：《湖楼送别简斋先生》，《袁枚全集》(第6册)，《续同人集》，224页。
④ 参见《袁枚全集》(第3册)，《随园诗话》，325—326页。《袁枚全集》(第6册)，《续同人集》，224页。
⑤ 参见《袁枚全集》(第3册)，《随园诗话》，595页。《袁枚全集》(第6册)，《续同人集》，238页。

访时,她以人伦为由婉拒了。① 鞠静文是山东女诗人,其诗由孙云凤推荐给袁,除此之外二人并无联系,或与相隔太远有关。蒋婉仪,《桐阴清话》记其为袁枚弟子,但并未列出任何证据。②

我在表中增列了钱孟钿,因为其叔钱维乔(1739—1806)提到过她曾为袁枚弟子。③ 钱孟钿也参加了一七九〇年的西湖诗会。另5位无名女性也应该记录下来,她们于一七九七年拜入袁门。虽然袁枚并未在别处进一步提到她们的身份,但确曾在诗中表达了招收她们为弟子的快乐。

三次诗会

从一七九〇至一七九二年,袁枚为女性诗人举办了三次诗会。这是袁枚为招收女弟子并作为老师所采取的最重要的行动。通过诗会他能主动发现有才华的女性,并公开教她们写诗。

一七九〇年四月十三日,袁枚在杭州西湖举办第一次诗会,召集了13位女性共同切磋诗歌④。在三月末或四月初,袁枚前往杭州为祖先扫墓⑤,借住在按察使孙嘉乐西湖边的宝石山庄。孙非常崇敬袁,他两个女儿云凤和云鹤,在一两年前都已成为袁枚弟子。袁枚请孙云凤代表他邀请当地仕女参加诗会。

据说有13位女性带着自己的诗作参加了这次诗会。已经证实的有10位,她们是孙云凤、孙云鹤、张秉彝、徐裕馨、汪妽、汪祖

---

① 施淑仪,卷6。
② 倪鸿仪称蒋婉仪"从随园老人学诗称女弟子"。《桐阴清话》,1874年申江刻本,卷5。
③ 钱维乔:《竹初全集》,卷3,冈山,133页。
④ 参见《袁枚全集》(第3册),《随园诗话》,553页。《袁枚全集》(第5册),《小仓山房尺牍》,221页。《袁枚全集》(第7册),《随园女弟子诗选》,28页、30页。
⑤ 向逝者致敬的仪式。

缵、吴淑慎、孙廷桢、冯蕙、钱孟钿。① 诗会在宝石山庄湖楼举行，位于正对西湖的湖滨山脚。袁枚主持诗会，女诗人们"环聚于老人星侧"②，专心听他讲诗。女弟子们请教读诗和写诗的各种问题，袁枚耐心解答。先生和弟子都沉浸于讨论中，正如孙云凤《随园十三女弟子湖楼请业图》诗序所言："问字樽闲，谈经席冷。"③ 也有些人即席赋诗，如袁枚形容汪姊之辞中所描述的："对客挥毫，以咏絮之才④，写簪花之格。"⑤有证据表明，袁枚和女弟子对这次诗会都很满意，随后他自豪地向朋友们宣传此事。

约两年后，袁枚又举行了两次诗会，一次在杭州，另一次在苏州。一七九二年二月下旬，他从浙江东部天台山的返程途中，停留杭州，又在西湖边孙家组织了一次诗会。15位女诗人被邀请，但只有7人到场，其中5位已确知为徐裕馨、钱林、潘素兰、以及孙家两个女儿云凤、云鹤。袁枚在《随园诗话补遗》中记录了此次诗会：

> 今年，余在湖楼招女弟子七人作诗会。太守明希哲先生（保）从清波门打桨见访，与诸女子茶话良久。知是大家闺

---

① 孙云凤在《湖楼送别》(《袁枚全集》(第7册)，《随园女弟子诗选》，30页)诗序中提到自己和妹妹参加了诗会。谈及此次诗会，袁枚曾说："女公子张秉彝、徐裕馨、汪姊等十三人以诗受业，大会于湖楼。"(《袁枚全集》(第1册)，《小仓山房诗集》，793页)而且，汪缵祖、汪姊、吴淑慎、孙廷桢、冯蕙、钱孟钿等人都在1790年诗会上作送别诗，多以《宝石山庄送简斋夫子还山》为题。这些诗均存录于《续同人集》。参《袁枚全集》(第6册)，《续同人集》，226—228页。
② 《袁枚全集》(第5册)，《小仓山房尺牍》，221页。
③ 《袁枚全集》(第7册)，《随园女弟子诗选》，29页。
④ 谢道韫(344)是晋朝(265—420)著名女诗人，据说是天才。小时候，一次叔父谢安问她《诗经》中哪句最好，她回答"吉甫作颂，穆如清风"。谢安评其雅人深致。下雪时，谢安又问："白雪纷纷何所似？"道韫兄说："散盐空中差可拟。"但谢道韫却说："未若柳絮因风起。"谢安大悦。故后人称谢道韫有"咏絮之才"。参房玄龄《晋书·列传·王凝之妻谢氏》，北京：中华书局，1974，2516页。
⑤ 《袁枚全集》(第5册)，《小仓山房尺牍》，221页。

秀,与公皆有世谊。乃留所坐玻璃画船,绣褥珠帘,为群女游山之用。而独自骑马还衙。少顷,遣人送华筵二席,玉如意①七枝,及纸笔香珠等物,分赠香闺为润笔,一时绅士艳传韵事。②

诗会持续了一整天。据相关文献记载,其活动过程大致如下:早上在湖楼相聚,袁枚和弟子们一起讨论诗歌。著名诗人王文治碰巧在杭州,因此也来参会。他同女诗人交流,并为她们题扇。接着,明希哲也来与她们交谈。中午,众人共赴筵席。筵席由明希哲提供,这点上文已提及。下午,袁枚和女子弟们沿着山北欣赏美景。傍晚时分,返回湖楼共同进餐,席上限韵赋诗。在筵席和赏景中,袁枚向弟子们传授诗歌作法,如孙云凤诗所记:"安得讲筵为弟子,名山步处执吟鞭。"③最后,袁枚将纸笔砚台分赠女弟子以备写诗之用,继续和她们讨论诗歌,并对她们带来的作品进行评点。④

杭州西湖诗会后不久,袁枚在返程途中又于苏州停留,与当地女诗人举行了第三次诗会。他让本地女诗人江珠代表他邀请其他女作家,如江珠所记:"招诸名媛,珠为使者。"⑤参与这次诗会的总人数无法知晓,但根据袁枚《续同人集》,可知张滋兰、顾琨、尤淡仙、金兑、周澧兰和何玉仙等人曾与会。金逸虽居于苏州,但因病未能参加。江珠虽为诗会信使,但也因故未参会。诗会在苏州绣谷园举行。袁枚好友司马晴崖为他们备好筵席,席上

---

① 如意是玉制"S"形饰物,象征好运。
② 《袁枚全集》(第 3 册),《随园诗话补遗》,第 5 卷,第 44 条,670 页。
③ 《袁枚全集》(第 7 册),《随园女弟子诗选》,26 页。《袁枚全集》(第 6 册),《续同人集》,226 页。
④ 《袁枚全集》(第 7 册),《随园女弟子诗选》,28—30 页。
⑤ 《袁枚全集》(第 6 册),《续同人集》,235 页。

袁枚让女子们分题赋诗。后来这些参与者都成了袁的女弟子。

袁枚诗教中的自然思想

袁枚在文学教育方面有深刻洞见。他对早期学者三种教学实践模式持否定态度,已显示其诗教思想。首先,袁枚反对在教学中论述精神和抽象问题:

> 圣人教人,总在下学,而不在上达。故所雅言者,有《诗》《书》《礼》,而无《周易》,不肯以幽深玄远之言,自夸高妙。①

其次,袁枚不同意习诗者在写诗之前应该广泛学习经学的观点。他说:"近日有巨公教人作诗,必穷经读注疏,然后落笔,诗乃可传。"②第三,袁枚反对在创作中过于强调技巧和格律形式。他认为:

> 讲韵学者,必不工诗。李杜韩苏不锉锉十反切引证也。茅鹿门讲文,专事起、承、转、合,而鹿门③之古文甚庸。……此中消息,最耐人思。④

袁枚不认为诗是抽象的,而主张诗是表达内心情感的一种方式。因此,诗歌教育者不应对学生无休止地阐述深奥的诗歌原理。诗歌创作也并非经学或语言学的学习问题。此外,诗歌创作不是技巧问题,而是诗人"性灵"的表达。如果一个诗人过于讲求技巧,就一定会伤害自发的灵感。

---

① 《袁枚全集》(第5册),《牍外余言》,4页。
② 《袁枚全集》(第3册),《随园诗话补遗》,548页。
③ 茅坤(1512—1601,字顺甫,号鹿门),是明代著名学者、散文家。
④ 《袁枚全集》(第5册),《牍外余言》,7页。

这三个"禁忌"表明,袁枚试图使诗歌创作成为平易、可感、自发的行为。他不要求学生关注深奥的经典或复杂的技巧,而告诉他们要有真性情。对弟子及其作品的个性化指导,是袁枚诗歌教学实践的主要内容,包括个人请教、指定任务及诗作评点。

(1) 个人请教

"问字",是写作中个人请教的一种方式,也是袁枚指导女弟子的常用方法。弟子们常将自己已完成或未完成的作品送至袁枚处,向他请教措辞及其他技巧。她们有时也请教有关经典或其他知识。骆绮兰(1756—?)第一次拜见袁枚时,带着作品前来"问字":

闺阁闻名二十秋,今朝才得识荆州。

匆匆问字书窗下,权把新诗当束修。①

"荆州"出自李白《与韩荆州书》②:"生不用万户侯,但愿一识韩荆州。"这是李白对荆州长史韩朝宗的颂辞,因为韩朝宗以擢拔年轻后进而闻名。骆诗描述了女弟子与袁枚初识时的典型场景。私下请教的方式,能使女弟子从经验丰富的老师那里获得某些特殊问题的明确回复。袁枚喜欢用这种方式指导弟子。因此,每当聚会时,他总是提醒她们把自己的作品带来。

但在传统中国社会,男女之间有许多隔碍。因此,袁枚与女弟子相见有时也很困难。女弟子金逸,在去世前表达了不能当面向袁枚请教的遗憾。③ 由于无法见面,袁枚经常以书信方式来解答女弟子请教的问题。例如,《答孙碧梧夫人》《寄浣青夫人》《寄

---

① 骆绮兰:《听秋轩诗集》,卷1。
② 李白:《李太白全集》,清王琦注,北京:中华书局,1977,1239页。
③ 《袁枚全集》(第2册),《小仓山房外集》,587页。

潘素心夫人》《与汪顺哉世妹》等,均为此而作。①

(2) 指定任务

袁枚有时会指定女弟子们作诗。一七九〇年诗会结束时,他给每个弟子分派了一首限韵的别诗。如孙云凤押"归"韵,孙云鹤"临"韵,钱林"山"韵。② 在苏州聚会时也是如此,所有参会女诗人都限题写作《集绣谷园送随园先生还金陵》。袁枚还经常要求女弟子们作题画诗或和他的诗。他曾要求孙云凤、屈秉筠、钱林、卢元素、吴琼仙分别为《随园十三女弟子湖楼请业图》题诗。他还让几位女弟子为画有他与男弟子们聚会的《雅集图》题诗。

袁枚给女弟子分派任务时通常单独指定要求,但他的要求简单明了,如给汪妽的信中说:"寄上书扇一柄,《湖楼即事》诗求世妹和之……随诸君兴之所到,不必拘原韵,亦不必拒诗二首之数也。"③

袁枚还鼓励女弟子们刊刻诗集,主要是为了提高诗艺而刻苦创作。他也常为诗话和诗选向她们"征诗"。他的一些女弟子,如屈秉筠、孙云鹤、王碧珠,都感激地提到袁枚向她们"征诗"。④ 孙云凤说袁枚曾委托她征集女性诗作。⑤ 由于袁枚的声望,对诗人们而言,作品被收入《随园诗话》或袁枚所编诗选,实是一种莫大荣幸。袁枚很多女弟子曾获此殊荣。他将不少女诗人的作品选入《随园诗话》《续同人集》《随园八十寿言》。此外,他还专门为女弟子编选了两部诗选。第一部已佚,亦未知集名,仅知收录了13

---

① 《袁枚全集》(第 5 册),《小仓山房尺牍》,108 页、123 页、174 页、222 页。
② 《袁枚全集》(第 5 册),《小仓山房尺牍》,26 页、82 页、94 页。
③ 《袁枚全集》(第 5 册),《小仓山房尺牍》,221—222 页。
④ 《袁枚全集》(第 6 册),《续同人集》,224 页。《袁枚全集》(第 7 册),《随园女弟子诗选》,104 页。
⑤ 《袁枚全集》(第 6 册),《续同人集》,233 页。

位女性的诗作。第二部题为《随园女弟子诗选》,收录了28位女性的作品。

(3) 书面评论

除口头评价外,袁枚还对弟子作品进行书面评论。他通常会在女弟子作品旁边写上简短评语。有时他也会写下一段文字,对诗歌作整体性评论,这些文字后来在诗歌结集刊刻时通常被用作集序。据我们所知,屈秉筠和席佩兰的诗集中都有这样的序(题识),陈淑兰、潘素兰、钱孟钿、鲍之蕙和骆绮兰的诗集中也有袁枚的序言。① 我们还可以从他与女弟子的书信了解书面评论。例如,在给汪妽的信中,袁枚告诉她:"带归诗稿都以加墨择尤佳者,梓入诗话中。"②孙云凤也十分感激袁枚对她诗作的评点:"先生曾评余会卷。"③

简言之,袁枚教学方式的本质是因材施教和尊重个性。基于此种事实,我们认为袁枚与女弟子的关系,与其说是"教师与学生",倒不如说是"导师与门徒"。在现代英语习惯中,"导师"被定义为"一个经验丰富的人,指导和帮助经验不足者",而"门徒"则是"笃信导师思想的人,类似于信徒,尽力追随导师"。"教师"是"从事教育工作的人","教"是一个"帮助个人或群体学习的普通词语","学生"是"在学校或大学学习的人"。④ 这些定义表明,"导师与门徒"关系通常存在于某一领域的成功者与追随者之间。

---

① 这些序文发现于《袁枚全集》:袁枚为陈淑兰诗集所作序文见于《袁枚全集》(第2册),《小仓山房外集》,125页;他为潘素心诗集所作之序见于《袁枚全集》(第6册),《续同人集》,231页;为鲍之蕙诗集所作之序见于《袁枚全集》(第2册),《小仓山房外集》,137页。
②《袁枚全集》(第5册),《小仓山房尺牍》,221—222页。
③《袁枚全集》(第7册),《随园女弟子诗选》,26页。
④《朗文当代英语词典》(第三版)[Longman Dictionary of Contemporary English (third edition)],爱丁堡:英国培生教育出版有限公司,1995。

导师和门徒通常在非正式的教育环境中处理实际问题。而"教师与学生"的关系介于博学者与学习者之间,他们在正式的教育环境中,以通过理论和实践考试的方式走到一起。显然,袁枚与跟随他学习的女弟子不属于这种情况。

屈秉筠与袁枚的交往

在收受礼物和呈献诗稿外,屈秉筠至少与袁枚见面两次。第一次见面时,屈呈给袁两卷诗稿以求教,袁阅读后对其中几首作了评点。袁将屈列入他编选的两种女弟子诗选及十三女弟子图。屈秉筠也积极与席佩兰、归懋仪、鲍印这些本地袁门女弟子,以及区域内外的其他男女诗人交流。屈秉筠是这些诗人中的灵魂人物。她组织了一场由12位本地女诗人参与的诗会,并请画工把她们画下来,有意媲美于当时流行的男子"雅集图"。

作为师徒,屈秉筠通过聚会、写作和其他文学活动与袁枚交流。由于女性活动范围受到限制,袁枚不得不多次旅行,通过男性朋友与女弟子会面。但屈秉筠和袁枚的会面还有更多阻碍。大多数女弟子都有一个男性亲属可以提供与袁枚的联系,但屈秉筠却没有。而且屈秉筠的肝病越来越严重,这可能阻碍了她与袁枚更多的聚会。此外,与袁枚多数女弟子住地不同,屈秉筠家乡常熟距袁枚常到访之地较远。常熟位于袁枚居住地南京东南约200千米、苏州东北约70千米处。但常熟在风景秀丽的虞山脚下,因而吸引着袁枚。一次,他去苏州旅行,曾到常熟赏景。据说在去常熟途中,他碰巧从窗户看到一个漂亮女孩在西门纺织,他盯着看了很久,直到当地人认出并嘲笑他。① 在他收下屈秉筠和席佩兰这两位女弟子后,袁枚有时就会在北归南京途中绕道虞山。屈秉筠至少在她家中见过袁枚两次,正如其诗所言:"蓬扉两度照文星。"(卷2)"蓬扉"是对"我家"的一种自我贬低的表达,"文星"暗指袁枚。据孙原湘记载,袁枚到访时,屈秉筠奉上自己用玫瑰、兰花、梅花、桂花和佛手柑制成的茶汤。袁枚非常喜欢,为其取名"五花露"。孙原湘也参加了聚会,并写诗一首以记此茶。② 屈秉筠可能还在其他地方见过袁枚,比如吴蔚光或席佩兰家中。据说,在接受屈氏为女弟子的一七九四年之后,袁枚曾三次到访虞山。③ 虽然至今尚未发现其他几次会面的资料,但他们交流的一些细节可从屈秉筠写给袁枚的5首诗勾画出来。这些诗可分三组,诗题分别为《随园先生命题十三女弟子图》(二首)(卷2),《长至前五日,蒙随园先生见过,并拜红绫之赐,赋诗呈谢》(卷2),《余与道华约为姐妹,因绘如兰图,随园先生题诗其上,依韵呈上》(二首)(卷2)。这些诗记载了袁枚和屈秉筠之间的联系。二人计划在一七九八年八月袁枚从鹿鸣返程时再次相聚,但不幸的是,袁在聚会之前去世。

袁枚为屈秉筠诗集作了不少评点,这对于研究他们师徒关系来说意义重大,将在下章讨论。袁枚对屈秉筠评价很高。在阅读初识时屈奉呈的诗稿后,他说:"批阅之余,叹中郎为有后矣。"(袁枚《题识》)中郎是指东汉著名文学家、书法家蔡邕(133—192),是女诗人蔡琰的父亲。在汉末动乱中,蔡琰被匈奴劫走,被迫嫁给了左贤王。她在匈奴生活了12年后被赎回。在《胡笳十八拍》

---

① 《袁枚全集》(第8册),《随园轶事》,28页。此书所记多不可信。
② 《天真阁集》,卷9。
③ 参见王英志:《性灵派研究》,296页。

中,她描述了自己悲惨的经历。① 蔡琰后来广受称赞。袁枚将屈秉筠比作蔡琰,以示对她的夸赞。

根据一幅画和两首诗,可知袁枚曾将屈秉筠视为他最有才华的女弟子之一。

约在一七九五年,袁枚请好友尤诏和汪恭合绘了一幅《随园十三女弟子湖楼请业图》。虽然屈秉筠并未参加诗会,但也被绘入图中。13位女弟子分别是孙云凤、孙云鹤、席佩兰、徐裕馨、汪缵祖、汪妽、严蕊珠、廖云锦、张玉珍、屈秉筠、蒋心宝、金逸、鲍之蕙,此外画中还有袁枚和他的侄妇戴兰英。② 屈秉筠和廖云锦、张玉珍坐在方桌边。不久,袁枚又请好友崔某把曹次卿、骆绮兰、钱林绘在一张小纸上,以作续图。一七九六年三月又将卢元素绘入续图。③ 因此,《随园十三女弟子湖楼请业图》及续图实际包括了18位女弟子。④ 此画的背景是一七九〇年西湖宝石山庄举行的诗会。但画中屈秉筠、席佩兰、严蕊珠、金逸、戴兰英、骆绮兰、卢元素、曹次卿,她们成为袁枚女弟子的时间均在此次诗会之后,此前她们从未参加任何诗会。廖云锦、蒋心宝、鲍之蕙是否出席也并不确定。这幅画完工时,袁枚已经有40多位女弟子。显然,他只选择了最欣赏的追随者,尤其是那些重要而又主动联系他的

---

① 箎是一种簧乐器。
② 尤诏、汪恭合绘:《随园十三女弟子湖楼请业图》,上海:神州国光社,1929。亦可参考小横香主人编《清代野史大观》,153页。
③ 参见卢元素:《丙辰三月十二日,随园夫子过访钱郎,画续湖楼请业图,以元素附焉》。载《袁枚全集》(第6册),《随园八十寿言》,247页。但据我所见版本,卢元素并未入续图。
④ 席佩兰《随园先生命题十三女弟子湖楼请业图》中,席佩兰提到画中有26位女弟子,因为她误以为续图中也有13人(席佩兰《长真阁诗集》,卷7)。但并没有证据表明确有26位女弟子。所有其他文献都证明为"13人+4人",但不包括卢元素。

女诗人入画。①

屈秉筠的作品也被选录两种女弟子诗选,但第一种已佚。袁枚在十三女弟子图跋中说:"诸人各有诗,现付梓人。"②席佩兰在其题画诗中提到选诗之事:"选刻新诗彷玉台。"③屈秉筠在题画诗序中也说:"先生选刊十三女弟子诗,余亦得与其列。"④(卷2)

一七九六年五月,袁枚完成了另一部题为《随园女弟子诗选》的编集和刊刻,其中包括28位女作家的作品。与第一部相比,这个选本未收徐裕馨、汪缵祖、汪妽、蒋心宝、曹次卿的诗,增加了陈长生、王玉茹、陈淑兰、王碧珠、朱意珠、鲍之蕙、张洵霄、毕智珠、许德馨、归懋仪、吴琼仙、袁淑方、王蕙卿、汪玉轸、鲍印的诗。以下是选诗目录⑤:

卷1:席佩兰、孙云凤

卷2:金逸

卷3:骆绮兰、张玉珍、廖云锦、孙云鹤

卷4:陈长生、严蕊珠、钱林、王玉茹、陈淑兰、王碧珠、

---

① 这幅画可看作倡导女性文学教育的方式之一。袁枚向多人展示此画,并请他们题诗。据小横香主人所编《清代野史大观》(上海:上海文艺出版社,1992,卷9,151页)及葛虚存编《清代名人轶事》(江苏:广陵古籍刻印社,1992,15页)所记此画复本,共有32首题画诗。有几首是写读画感受的,另有几首叙述此画的买卖过程。据此,我们认为:此画曾广为流传,一度成为时人交谈的热点。
② 小横香主人编:《清代野史大观》,151页。
③ 席佩兰:《长真阁诗集》,卷4。"玉台"指《玉台新咏》。
④ 但第二首诗"新刊诗本搜余草",句下自注:"先生以女弟子诗中筠诗独少,命续呈近著备选。""新刊"当指袁枚编选的第二部诗歌选本,亦即《随园女弟子诗选》。因为袁枚为女弟子编诗选总共才两次。在这个选本中,每位女弟子入选的作品,最少5首,最多82首。那些女弟子中的主要成员入选较多,席佩兰52首、金逸82首、孙云凤44首、骆绮兰43首、张玉珍33首、王倩42首。屈秉筠自注说"独少",应是指与这些主要成员入选数量相较而言。但其诗在今存版本中未见,因此,无法知道屈诗入选的具体数量。
⑤ 袁枚编:《随园女弟子诗选》,1796。现代标点本,上海:大达图书供应社,1934。

朱意珠、鲍之蕙

卷5：王倩、张洵霄、毕智珠、卢元素、戴兰英、屈秉筠、许德馨

卷6：归懋仪、吴琼仙、袁淑方、王蕙卿、汪玉轸、鲍印

但在现存版本中，屈秉筠、张洵霄、毕智珠、许德馨、归懋仪、袁淑方、王蕙卿、王玉珍、鲍印的诗都已不存①。在这个选本中，袁枚仅列入了那些在他鼓励下既出色又积极的女弟子②。这个选本是袁枚在去世前一年编集并刊刻的，因此也可以看成是他教学生涯的最高成就。书商汪谷是一位著名的书画和其他古董收藏家，也是袁枚弟子。据汪谷为此书所作序言，一七九六年五月袁枚把诗集带到苏州，请他刊刻。该选本刊刻后不久，引起社会极大关注，名声大振，甚至风行于日本。

屈秉筠与袁枚其他弟子及追随者的交往

在一七九二年绣谷园诗会后，袁枚再也没有举办过其他任何诗会，但仍积极搜访女诗人以壮大他的弟子群。在常熟，除屈秉筠和席佩兰外，袁枚还招收了两位女诗人，归懋仪和鲍印。袁枚女弟子并未形成一个大的群体，而是几个小群体。小群体或由血缘或因地域而形成。例如，孙云凤、孙云鹤、王玉如都与孙春岩有亲缘关系。而金兑、张允滋、顾琨、何玉仙都住在苏州，因地缘而

---

① 胡文楷可能看到了该选本的近乎完整的本子，因为他说只有归懋仪的作品未见，但她的名字列于目录。胡文楷《历代妇女著作考》，933页。
② 一些作品出现在诗选中，可能是出于人情考虑。例如，王碧珠和朱意珠的作品入选即属于这种情况，因为二人都是诗选刊刻者汪谷的小妾，尽管汪谷请袁枚将她们的作品删去。参见汪谷为诗选所作之序，《袁枚全集》（第7册），《随园女弟子诗选》。

成群。这些小群体中的成员与袁枚有单独交往,但同时也与群体中的其他成员相互联系。这种情况也发生在常熟,四个女弟子彼此联系密切。

屈秉筠不仅与席佩兰、归懋仪、鲍印成为诗友,也与虞山之外的其他同门交往,如松江(今上海)张玉珍、吴兴(今湖州)钱孟钿、苏州王倩等人。她与袁枚的男弟子也多有联系。

她的女同门及女性诗友

(1) 席佩兰

席佩兰与屈秉筠结拜为姐妹,半生为诗友。席是袁枚的得意弟子,著《长真阁诗集》,包括诗 7 卷、词 1 卷。大概在一七九〇年,屈秉筠 23 岁席佩兰 28 岁,二人开始交往。[①] 当时屈和丈夫赵同钰住在常熟北郊,席和丈夫孙原湘也搬到那里,两家成为邻居。两对夫妇都爱好诗歌和艺术,经常彼此互访。由于赵同钰喜宴请宾客,他们多次在赵家聚会,两位女性也经常互赠小礼物,如鲜花、橘子、扇子、茶叶、羹汤之类。

屈和席常共论诗,彼此阅读和品评。她们经常相互唱和——在屈秉筠诗集中发现 20 多首与席有关的诗作,席佩兰集中有 53 首与屈相关。因席名"佩兰",故屈自称"协兰"。两人也都喜欢在诗或画中创造兰花形象以象征她们的友谊。例如,席曾为屈所绘之兰题诗,《题宛仙画兰》:

> 玲珑妙挽写交枝,恰称同心宛转思。
> 一幅白描双影子,佩兰亲傍协兰时。[②]

[①] 此据屈秉筠诗集中有关席佩兰诗歌的写作时间。反之亦然。
[②] 席佩兰:《长真阁诗集》,卷 3。

另一个例子是她们合绘《如兰图》。袁枚曾为此画题诗,见载于屈集(卷2),但袁集未存:

> 并臭同心影亦佳,丹青写出好年华。
> 二妃采罢湘兰后,化作人间姊妹花。

"二妃"是指舜的妃子娥皇和女英,据说舜死后,她们投湘江化而为神。诗中袁枚把屈和席二人比作两位女神,指出她们有相似的品质。席、屈二人,同为虞山当地名人,如吴蔚光所说:"席夫人道华,屈夫人宛仙同邑以居,并时而出。"(吴蔚光《韫玉楼集序》)

(2) 归懋仪

归懋仪婚于李学璜(字安之,号复轩)。李为监生,居于上海,著有《枕善居诗剩》1卷①。懋仪之父归朝煦任职巡道,母亲李心敬(字一铭)也是著名诗人。归懋仪诗集有各种不同版本,其一题为《绣余诗草》②。她又将己诗与其母之诗合刻,题为《二余诗集》③。在成为袁枚弟子后,她积极与袁交往④。但归不像屈和席有稳定的经济来源,尽管身体不好,也不得不往返于浙江与江苏,以教女学生来谋生。

归与屈、席交好,偶尔也同丈夫一起回常熟探望她们。归常

---

① 该诗集藏上海图书馆。
② 《绣余草》1卷,藏上海图书馆;《绣余续草》(不分卷)、《再续草》1卷、《三续草》1卷、《四续草》1卷,藏南京图书馆;《绣余五续草》不分卷,藏上海图书馆;《绣余近草》,藏天津图书馆;《绣余续草》1卷,藏中国国家图书馆、常熟图书馆、南京图书馆、上海图书馆和中国社会科学院图书馆;《绣余续草》5卷,藏中国国家图书馆、安徽省图书馆、常熟图书馆。
③ 《二余诗集》1788年由李氏山房刊刻,包括李心敬《蠹余草》1卷和归懋仪《绣余小草》1卷,藏南京图书馆。
④ 归懋仪晚年,与著名诗人舒位(1765—1816)、龚自珍(1792—1841)联系密切。参见朱则杰:《清诗史》,南京:江苏古籍出版社,1992,362页、268页。

与席、屈交换诗稿。在屈集中发现不少与她有关的诗歌,如《即事和归佩珊韵》(二首)(卷3)、《兰皋觅句图为佩珊题》(卷3)。此外还有两首词。但是,归氏夫妇与席、孙夫妇的关系似乎要比屈、赵二人更为亲近。他们来常熟时多住席佩兰家,与席、孙二人的唱和诗也较多。

屈、归、席被看作志趣相投的好友,在当地共享诗名。孙原湘为纪念三位女性的友谊而作《三友歌》,其中有以下几句:

三花同一气,胜如百和香。
三人同一心,其言倍芬芳。①

清代著名诗人陈文述,在为屈秉筠诗集所撰序言中,也将屈、席、归三人列为虞山三位杰出的诗人。

(3) 鲍印

鲍印是屈秉筠姨母,在邵广融的原配赵同钰妹妹同曜去世后,成为邵的继室。鲍印著有《藏翰楼诗稿》4卷,词1卷。②

鲍印曾师从男性词家孟三学词。袁枚赞鲍氏博学,称其为"女翰林"。③ 屈秉筠和席佩兰常与鲍印相互唱和,屈曾作《谢鲍尊古夫人见题画扇,即次原韵》二首(卷3),席作《题鲍叔韫照,次令妹尊古韵》。④

(4) 一幅诗会图与当地女性诗友

屈秉筠召集了一次由常熟女同门和其他女性诗人参与的诗会,并请人绘成《蕊宫花史图》。这是一次很有意思的事情,因为

---

① 《天真阁集》,卷14。
② 此集见于《重修常昭合志》,3038页,但原书未见。
③ 参看屈秉筠自注,《韫玉楼诗集》,卷3。
④ 席佩兰:《长真阁诗集》,卷2。

此图有意媲美男性雅集图。

据孙原湘记载,一七九六年二月十五日,屈秉筠邀请了11位女诗人到家中庆贺"花朝",席佩兰、归懋仪、鲍印、屈婉清、叶婉仪、赵若冰、陶淩卿、李餐花、谢翠霞、言采凤、蒋淑馨赴宴。聚会中,有人提出要把她们用流行的"雅集图"画下来,以传后世。由于不想用自己的名字,于是她们决定借用古装美女并选择了12位古代美人画像。她们各自穿着不同的古典美人服饰,扮演每月不同的花神。画中她们的形象设计如下:

(1) 谢翠霞装扮成江采萍(756年去世)①,称作一月梅花神;

(2) 言采凤装扮成谢道韫,称作二月兰花神;

(3) 屈秉筠装扮成虢国夫人(756年去世)②,称作三月梨花神;

(4) 鲍印装扮成杨玉环(719—756)③,称作四月牡丹花神;

(5) 屈婉清装扮成潘夫人(502年去世)④,称作五月石榴花神;

(6) 叶婉仪装扮成西施⑤,称作六月莲花神;

(7) 李餐花装扮成苏若兰,称作七月秋海棠花神;

(8) 归懋仪装扮成嫦娥⑥,称作八月桂花神;

---

① 江采萍是唐玄宗的妃子,因喜爱梅花,被唐玄宗称为梅妃。
② 虢国夫人是杨贵妃姐姐,749年封为虢国夫人。
③ 杨玉环是唐玄宗的妃子。
④ 潘夫人(外号玉儿、玉奴),南朝齐东昏侯萧宝卷的宠妃。
⑤ 西施是东周(前770—前256)越国美人。
⑥ 月神。

(9) 赵若冰装扮成贾佩兰①,称作九月菊花神;

(10) 蒋淑馨装扮成花蕊夫人②,称作十月木芙蓉花神;

(11) 陶菱卿装扮成袁宝儿③,称作十一月山茶花神;

(12) 席佩兰装扮成凌波仙子④,称作水仙花神。

据载,袁枚对此画很感兴趣并为其题跋。⑤ 他还请了不少名人和弟子为画题诗,并使画和诗广泛传播。袁门女弟子张玉珍曾作《西子妆》一诗,赞扬了此画以及画中的女诗人们。⑥

(5) 其他地区的女同门

屈秉筠也与虞山之外的女同门联系,从其3首诗作中可见。如《张监生夫人玉珍晚香词钞》(卷3)是对张玉珍诗作的评论,此外还有题为《王梅卿女士倚竹图》(二首)(卷3)。屈秉筠另有1首和钱孟钿的题画词,是为钱氏藏画而作,题为《金缕曲·题前朝女史李金生水墨花鸟卷用卷中钱浣青夫人原韵》。

屈秉筠的男性诗友

(1) 孙原湘

孙原湘(1760—1829,字子潇、长真,号心青),是清代著名诗人,著有《天真阁集》和《外集》。他35岁时中举,十年后成为进士,担任庶吉士和协修官,但很快就辞去官职。他将一生大部分

---

① 未详。
② 花蕊夫人是五代(907—960)蜀国王妃。五代蜀国有前蜀和后蜀之分,"花蕊夫人"是指后蜀王妃徐夫人,一位才女。
③ 未详。
④ 未详。
⑤ 题跋未见。
⑥ 郭则沄:《清诗玉屑》,卷8。参见尤振中、尤以丁:《清词纪事会评》,合肥:黄山书社,1995,634页。

时光贡献于四所书院,其中之一为安徽的毓文书院。

孙原湘是袁枚的大弟子。一七八八年,袁枚第一次到访虞山时,孙原湘已是一位成熟的诗人,吴蔚光将他与另外五位虞山学者型诗人推荐给袁枚。① 孙和席佩兰是一对真正的"志同道合"型夫妻。据说,孙原湘娶了席佩兰后才开始写诗,在与席佩兰及其女性诗友交流诗作上费了不少工夫。② 所以,一七九五年孙原湘中举后,归懋仪在贺诗中嘲笑他:"欲笑秦嘉才绝世,一生低首镜台前。"③秦嘉(约147)是著名诗人徐淑的丈夫。诗中"秦嘉"是指孙原湘,"镜台"指女性。二者暗喻才子与女性——如席佩兰及包括屈秉筠、归懋仪在内的女性朋友——之间的诗歌活动。"低首镜台前"也表示孙原湘身边有很多女性。除了大量诗歌评点,孙原湘为屈秉筠写了不少有关其形象的作品。孙也经常叙写屈氏居所、家中宴会、其夫赵同钰的砚台等等。他评论屈的画作,为屈氏作传,为其夫小妾徐小淑写哀辞。最后,他还为屈秉筠写了哀辞。

(2) 吴蔚光

吴蔚光(1744—1803,字荎甫、执虚,号竹桥、湖田外史),是虞山最著名的学者型诗人、文坛领袖。在屈秉筠拜师袁枚之前,吴蔚光已是她的诗歌导师,对屈诗评点最多。

吴蔚光早年任礼部主事,但不久辞官。他是多产的作家,著

---

① 王英志《性灵派研究》,296页。孙原湘认同袁枚的诗学思想,支持"性灵"诗论。像袁枚一样,孙原湘也高度评价和强调诗人的真情实感。但他们的不同之处在于,孙原湘主张诗歌的个性化,而袁枚则将其等同于真挚。
② 孙原湘幼未工诗。1776年娶席佩兰后,才开始学诗。据载,二人"共案而读,互相师友"。孙曾作诗呈席,题为《示内》,诗中记录了他们日常生活之乐:"有赖闺房如学舍,一编横放两人看。"
③ 席佩兰:《长真阁诗集》,卷6。

有多种学术著作和诗集。① 此外,他还是藏书家,据其《梅花一卷楼》和《拥书楼》②统计,藏书数千种。另据《海虞吴氏拥书楼图史》,他还有一张藏书图。

同袁枚一样,吴蔚光也早年弃官,专事研究、写作、旅行及结交文士。他常与文人在一起,与常熟文坛中的毛琛、王岱、张燮、孙原湘、王家相等人交好。吴也是袁枚在常熟最好的朋友,二人经常互访。他的一些诗歌被袁枚选入诗话和《续同人集》。

(3) 席世昌、张燮、陈文述、汪谷

在虞山,屈秉筠也常与席世昌、张燮联系,二人都是屈诗的读者和评论者。席世昌是席佩兰之兄,著《红雪楼文稿》1卷、《诗抄》1卷、《词抄》1卷,另有《说文解字》研究著作1部,因此在当地被誉为学者。③ 席世昌为屈秉筠诗集写了题识,并对其中17首作了评点。张燮是孙原湘的妹夫,也是虞山名人。他对屈集中5首诗歌作了评点。

虞山之外,除了袁枚,屈秉筠还和钱塘陈文述,这位18世纪

---

① 《素修堂集》不分卷,藏复旦大学图书馆;《素修堂诗集》24卷、补遗1卷,1812年刻本,藏南京图书馆、厦门图书馆、台湾师范大学图书馆;《素修堂诗集》24卷、后集6卷、补遗1卷,1812年刻本,藏中国国家图书馆、上海图书馆、南京图书馆、广东省图书馆、中国人民大学图书馆;《素修堂集遗文》4卷,藏常熟图书馆;《执虚诗抄》2卷、《词抄》1卷,藏中国国家图书馆、南京图书馆、常熟图书馆、温州图书馆、清华大学图书馆、复旦大学图书馆、华中师范大学图书馆;《吴竹桥诗稿》不分卷,藏上海图书馆;《吴孙二太史香奁诗》2卷(与孙原湘合集),藏南京图书馆、常熟图书馆。吴蔚光还有其他几种文集,包括《小湖田乐府》13卷、《素修堂诗集》31卷、《杜诗义法》4卷、《唐律六长》4卷、《苏陆诗评》12卷、《诗余辨讹》2卷、《姜(夔)张(炎)词得》2卷、《方言考据》2卷、《古今石斋前后集》60卷。均见于张慧剑编《明清江苏文人年表》,上海:上海古籍出版社,1986。但这些文集原书均未见。
② 瞿鸿烈主编:《常熟县志》,上海:上海人民出版社,1990,834页。
③ 《红雪楼文稿》1卷、诗抄1卷、词抄1卷,1810年刻本,藏南京图书馆。《说文解字》研究著作,戴维·霍克思《席佩兰》一文曾提及,《亚洲专刊》第7卷,1959。但原书未见。

著名诗人、评论家交往。陈、屈互阅互评诗歌,陈为《韫玉楼集》写序,并点评了屈诗2首。屈则与赵同钰合作为陈文述《碧城仙馆吟稿》题跋。

最后,从屈秉筠所写《汪心农先生试砚斋图》3首来看,屈可能还与刊刻《随园女弟子诗选》的杭州书商汪谷熟识。

屈秉筠是袁枚女弟子之一,获其教益良多。袁枚反对抽象和神秘化的诗歌教学,也不主张过于强调对经典、技巧或声韵的研习。这使他的女弟子能够更容易地参与到诗歌创作中来。这可能也是屈秉筠在成为袁枚弟子后,仍将日常"琐事"作为诗歌题材,以及将在下章详述的其诗风特别亲切自然的部分原因。更重要的是,屈秉筠展示了袁枚教学的三个主要特点:(1)由于与袁枚多次会面,屈秉筠能以"问字"方式,当面向袁请教诗中的具体问题;(2)为编集女弟子诗选,袁枚曾向屈"征诗"两次,"逼迫"屈写出更多高质量的诗作;(3)袁枚从诗歌创作的不同层面对屈诗进行评点,这种教学方式可能对屈最有帮助。此点将于后文详述。

成为袁枚女弟子群中的一员,对屈秉筠诗歌生活来说意义重大,因此也是她诗歌生活第二个阶段的标志。加入袁枚女弟子群,激发了屈秉筠进一步寻求与他人诗歌联系的欲望。而且,通常情况下,屈秉筠在此阶段交往的袁门弟子,其诗歌水平要比屈氏家庭成员高得多。屈秉筠进入职业创作阶段后,通过与袁门其他弟子间的互动,逐渐成为一名专业诗人。群体各成员之间彼此阅读和相互回应,有助于屈秉筠成为一位有成就的诗人。此点将于下一章详述。

第4章 女性诗歌话语共同体

屈秉筠不仅创作了有关他人的诗歌,而且在其网络中传播,包括她的家族文学圈以及包括袁门女弟子在内的虞山圈。其诗歌传播已然形成女性诗歌话语共同体。

屈秉筠曾将其诗歌编辑成册,送给亲戚朋友阅读和评点。许多读者把诗歌评点写进诗卷中。最终,共有347条评语,包括对某一诗句、一联、一节或者整首诗的简单评论,以及对诗人或诗歌的整体性评价。① 由于只有一种诗集抄本在流传,这些评点也跟随诗集一起传播。事实上,诗歌与评点共同形成诗歌话语共同体,屈秉筠用诗来表现她的诗歌观念,其他成员则"将文本展开为一个生活事件"②,并作出他们的评论。当文本继续传播,更多的人读到同样的文本和评论,又添加他们自己的评论。这样一来,

---

① 所有评论和阐释都是赏识的。但也存在另一种情况,如果某首诗或诗的某一部分已有他人评价,作为读者或评论者要增加自己的看法时,往往是不大情愿的。
② 艾德里安娜·里奇(Adrienne Rich):《家中的维苏威火山:艾米莉·迪金森的力量》(Vesuvius at Home: The Power of Emily Dickinson),载《谎言、秘密和沉默:1966—1978自选集》(On Lies, Secrets and Silence: Selected Prose, 1966—1978),纽约:诺顿出版社,1979。

似乎所有人都参与了一场亲密的交谈。①

在这个话语共同体中,袁枚和他的虞山女弟子席佩兰、归懋仪、鲍印等人的评点,在已刊屈集的347条中占250条之多。更为重要的是,他们认同袁枚"性灵"理论和女性主义诗学,确立了女性诗歌话语共同体,并通过"对话式阅读"②及对屈诗的评论,探索有关女性诗歌问题。本章集中讨论袁枚及其虞山女弟子,以期探索屈秉筠与女性诗歌话语共同体的互动关系。

袁枚对屈诗的评论

如前所述,在他们第一次会面时,袁枚收到屈秉筠诗集两卷。袁枚通读后对其中10首作了评点,他也从整体上对屈诗作了评价,后来作为题识被收入刊本《韫玉楼集》中。

评价与女性主义阅读

在题识中,袁枚从整体上对屈诗进行了评价:

> 近日诗人主性灵者多,主格律者少。宛仙之诗能一空依傍,不拾古人牙慧,仍不失唐贤准绳。求之须眉中未易多得,况其为闺阁耶。(袁枚《题识》)

---

① 魏爱莲在《17世纪中国才女的书信世界》(The Epistolary World of Female Talent in Seventeenth-Century China)一文中,描述了一群17世纪的江南贵族女子如何通过信件交流和彼此努力来形成一个女性话语共同体。通过比较这些女性和袁枚女弟子群体,魏爱莲得出一个基本结论:贵族女性良好的人际网络确定无疑延续至18世纪,并助成对性别和创造力等传统思想的绝对挑战。载《晚期中华帝国》第10卷第2期(1989),1—43页。

② 此处我采用了艾德里安娜·里奇的说法。参见里奇《家中的维苏威火山:艾米莉·迪金森的力量》。

题识指出:(1)屈秉筠将"性灵"与诗歌格律置于同等重要的位置,而同时期大部分诗人过于强调"性灵",忽视了诗歌格律。因此,屈诗保持了古典诗歌的韵律,但无陈词滥调;(2)与一味模仿不同,屈诗多为原创;(3)与同时期诗人相比,屈诗质量较高。一些学者也许会认为,袁枚在评点中说屈诗"能一空依傍,不拾古人牙慧,仍不失唐贤准绳",与其"性灵说"主张不一致。然而,这句话也许表达了袁氏对同时代多数诗人的失望,他们坚持"性灵"却忽视了诗歌格律。更为重要的是,袁枚通过表彰屈秉筠把"性灵"精神与诗歌形式结合的能力,可能想要证明屈秉筠优于许多男性诗人。毕竟,诗歌格律定型于唐代,并被普遍认为是那个时代最高成就之一。

尽管袁枚题识中所说"况其为闺阁",近乎性别歧视,但本质上,这句话显示他对屈秉筠的解读属于女性主义者。因为他不仅从同时代诗坛整体格局来观察屈诗,而且认为在诗歌两个基本平衡点上,屈氏超越了多数男性诗人。

袁枚对屈秉筠的女性主义解读,可以其女性主义批评为依据,主要观点前文已提及,如"文学最初是女性的领域""相比男性而言,诗歌更适合女性"。其"性灵说"为此提供了基础。

袁枚的"性灵说",强调个人自发的情感和作品的独特性,是诗歌创作的关键点。正如王镇远和邬国平所指出的,袁的这个理论包括两个要点:性情和灵机。① 前者是指对特殊情景反应的个体本性,偏于情感生产;后者是指诗歌创作的才思。② 首先,袁枚提出诗歌允许自我表现,认为诗歌是表达内心情感和个人生活的

---

① 王镇远、邬国平:《清代文学批评史》,上海:上海古籍出版社,1995,479—491页。
② 王镇远、邬国平:《清代文学批评史》,486页。

媒介。传统诗学强调诗歌的政教功能,袁枚则打破了这个传统。他重视个体情感和私人生活,并宣称,每个人,无论阶层性别,都能创作诗歌;有时甚至不识字的乡村妇女也能创作一两个一流诗句,即便李杜再世,也须甘拜下风。① 第二,袁枚认为"诗歌是本性的自我流露",意思是诗歌应表现真情实感。如其所言:"但须有我在,不可事剽窃。"②他倡导真挚和自然,认为好诗源于诗人的直觉和自发的情感,尤其是浪漫情怀。第三,诗歌应当直抒性情。这个理论不仅努力将诗歌从儒家教化中解放出来,而且尽力避免诗歌写作过于学术化。

在中国传统诗学中,"性灵"是一个极为重要的概念。早在袁枚之前,很多重要的批评家和诗人,如钟嵘(约465—518)、刘勰(约465—532)、杨万里(1127—1206)、严羽(卒于1260左右)及袁宏道(1568—1610)等,都探讨过这个概念。袁宏道以前人理论为基础,详细阐述这个重要诗学问题,并使其通向袁枚的"性灵"说。袁宏道的"性灵"说强调自然和新奇,这在赞扬其弟袁中道的诗歌中体现出来:"(其诗)大都独抒性灵,不拘格套。非从自己胸臆流出,不肯下笔。"③袁枚也强调自然和独抒胸臆,但他把诗歌表现的"独创性"添加到"性灵"理论中来。在屈秉筠诗歌评点中,袁既强调建立在自发和真挚基础上的新奇,又强调以才思和诗歌技巧运用为基础的独创性。后者实际上是对许多遵循"性灵"理论的诗人诗歌写作粗糙的矫正。

明清时期,在男性文人中也已形成一种女性主义趋向。按照

---

① 《袁枚全集》(第3册),《随园诗话》,84—85页。
② 《袁枚全集》(第1册),《小仓山房诗集》,259页。
③ 袁宏道:《序小修诗》,郭绍虞、王文生主编:《中国历代文论选》(第3册),上海:上海古籍出版社,1980,211页。

孙康宜的说法,各种迹象业已表明明清男性确实对女性著述感兴趣。① 此外,17世纪的男性学者开始认为,女性作家能够写出更好的词。② 许多评论家声称,因为女性物质由"纯粹的宇宙中的精华"组成,所以女性在写作上优于男性。例如,明代钟惺(1574—1624)认为,女性诗歌要比男性更加纯粹,因此他主张,"女性诗歌,由于如此纯粹的精神创造,没有任何政治附属或偏见,故可作为明代混乱的文学观念和文学教育的理想补救"。③ 钟惺的女性文学观念源自其"性灵"理论,这种理论尊信从社会生活中分离出来的自然和灵感。他指出:"真诗者,精神所为也。察其幽情单绪,孤行静寄于喧杂之中;而乃以其虚怀定力,独往冥游于寥廓之外。"④源于这种诗歌观念,钟惺认为女性诗歌优于男性。他坚信诗歌是静谧的创造⑤,那是因为女性被排除在男性的公共和政治事业之外,她们具有天生的静谧——一种从男性物质世界的分离中产生的心态。⑥

然而,袁枚并不认可"静谧"的重要性。他相信大部分优秀的诗歌来自诗人的直觉和自发的情感,特别是浪漫情怀。他解释道:"夫诗者,由情生者也。有必不可解之情,而后有必不可朽之诗。情之所先,莫如男女。"⑦在此解释中,袁枚认为诗歌创作必不可少的情感,既非政治忠诚,亦非来自远离社会生活的与生俱来的宁静的情感,而是浪漫的爱。通过突出浪漫之爱,袁枚提倡

---

① 孙康宜:《柳如是与徐灿》。
② 孙康宜:《柳如是与徐灿》。
③ 孙康宜:《柳如是与徐灿》。
④ 钟惺:《诗归序》,参郭绍虞、王文生主编《中国历代文论选》。
⑤ 钟惺:《名媛诗归》,约1626年之前。
⑥ 钟惺:《名媛诗归》。
⑦ 《袁枚全集》(第2册),《小仓山房文集》,527页。

男女平等，至少女性应与男性同等。当论及女性诗歌时，袁枚和钟惺都涉及女性的内心世界。但是，钟惺认为应关注来自社会物质生活的隔离，而袁枚并不排斥社会生活。袁枚的女性主义理论适用于那些身体上不受限制的女性，这与明清时期女性游历比以往更为自由的社会环境相合。与此相反，按照钟惺的说法，为了写出好诗，女性应该被隔离起来。

就女性诗歌而言，袁枚及明清时期其他男性女权主义文人表达了与现代女权主义者，如茱莉亚·克莉斯蒂娃(Julia Kristeva)和朱迪斯·巴特勒(Judith Butler)相类似的观点。克莉斯蒂娃和巴特勒认为，"诗歌语言"特别适合女性，因为她们相信，"诗歌语言"是"在语言内部的母体恢复"。雅克·拉康(Jacques Lacan)认为，被称为"象征性的"父系法律构成所有的语言学意义，因此也成为一个普遍的文化自身组织原则。茱莉亚·克莉斯蒂娃反对"象征"，她建议把"符号"作为有效颠覆父系法律的资源。按照克莉斯蒂娃的说法，在符号模式中，语言关涉诗性的母体恢复。被"象征"压抑及"符号"非直接暗示的原始冲动，现在被理解为母性动力。这些动力不仅属于母亲，而且也是婴儿"双性"身体中偏于母亲的特征。她进一步声称，多重动力进入语言的兴起是符号学事件，属于语言意义范畴，不同于"象征"范畴。一旦"象征"被认为是对母性的否定，"符号"则通过韵律、谐音、声调、声音播放和重复，来再现或恢复诗性语言的母体。与父系语言或者"象征"相反，诗歌语言从常规的、语义明确的术语中分离出来，并且揭示了多重声音和意义的强烈的异质性。诗歌语言有其自身的意义形式，它不遵照意义明确的指称的要求。它可以运用于两性或多重性别身份。然而，诗歌语言尤其适合女性，因为它是诗歌言语中的母体呈现。① 尽管茱莉亚·克莉斯蒂娃和朱迪斯·巴特勒及其他现代女性主义者似乎更加进步,但其结论——女性能写出最好的诗歌——大体上与袁枚及其他明清女性主义男作家的看法是相同的。

屈诗评议:真挚与独创

袁枚的女性主义解读也由其对屈秉筠个人诗作的批评性评论得以阐明。

(1) 在点评《题温如(钱真)诗卷》(第 52 首)中,袁枚认为屈秉筠很自然地说到钱温如的个性、她们的友谊以及温如的诗歌特征。袁枚评点如下:

> 流丽如弹丸脱手。随园(卷 1)

(2) 袁枚评《哭陆蕙纕》(第 49 首)。此诗通过描写一位诗歌弟子的生动形象及其对屈的深情,表达了屈秉筠对这位小女孩之死的深切悲痛。袁氏评点如下:

> 情真语至,一字一泪。若在唐时,亦必压倒元白。随园(卷 2)

元稹(779—831)和白居易(772—846)在唐代领导"新乐府运动",鼓励诗人遵循汉乐府诗歌传统。这场运动的参与者用俗语创作诗歌,表达真情实感,反映社会现实。其中白居易、元稹诗歌为其

---

① 参看朱迪斯·巴特勒:《性别麻烦:女性主义与身份的颠覆》(Gender Trouble: Feminism and the Subversion of Identity),劳特利奇/纽约/伦敦:劳特利奇出版社,查普曼霍尔公司,1990,81—89 页。对诗歌语言的详细讨论,参看茱莉亚·克莉斯蒂娃:《诗歌语言革命》(Revolution in Poetic Language),纽约:哥伦比亚大学出版社,1984;《语言中的欲望:文学与艺术的符号学取向》(Desire in Language: a semiotic approach to literature and art),纽约:哥伦比亚大学出版社,1980。

典范之作。通过与元、白比较,袁枚证实了屈诗的优点。

(3) 袁枚高度评价《秋露》(第 28 首):

> 句句是秋露神理。(卷1)

袁枚此条评点的意思是,尽管诗人没有描述秋露的外观,但读者在阅读每一句诗时,都感受到了露水,因为每一句诗都能感动读者——引起读者所有感官参与,而不仅仅是视觉。

(4) 另一首袁枚点评的诗是《春日雨》(第 33 首)。此诗描写了江南春雨中悠闲而清新的景象。袁枚评此诗为:

> 一起风致嫣然。(卷1)

(5) 袁枚还特别指出技巧在《九九消寒曲》(第 34 首)中的运用:

> "却"从对面拍合。(卷1)

这是一首描写凛冽寒风的诗,从感触于听觉的景象开始,而收束于视听的通感。袁枚欣慰地指出这个技巧,并高度评价"却"字的选择。

(6) 袁枚讨论了《柳枝词》(其四)(第 1 首)末句"若临纤月更如何"。其评语如下:

> "更如何"三字灵宛。(卷1)

(7) 据说《乙卯(1759)七夕》为"随园老人所激赏"。因未发现袁枚对此诗的点评,所以为其"激赏"者到底为何尚未知。但意象奇特和对"乞巧"的暗喻为此诗显著特点,因此,这很可能是袁枚所"激赏"的对象。

从以上评论,可见袁枚欣赏的是屈秉筠平衡"性灵"理论与诗歌格律的能力。上述评论(1)(2)(3)三条,与袁枚"性灵"诗学的第一个要点"性情"相一致。例如,《题温如卷》(第 52 首)真挚地叙述了两位结拜姊妹从初识至今的友谊,对钱诗的评价也很自然地联系到她的个性。而《哭陆蕙缫》(第 49 首)则是诗人对弟子去世悲痛之情的自然流露。其余(4)(5)(6)(7)四条评论,与第二个要点"灵机"联系密切。在这些评价中,袁枚欣赏屈秉筠在意象创造和词汇选择上的独特性,此二者影响诗歌的独创和趣味。

屈诗评议:女性体验与知识能力

阅读屈诗时,袁枚也注意到诗歌的女性主体,并认同其合理表现。

(8)袁枚评论了《消夏词》(其三)(第 12 首)。此诗流露出诗人对梅雨持续多日,以致书籍受潮的忧虑。袁枚评此为:

是闺中读书人心事。随园(卷2)

(9)袁枚对《中秋无月》(叠前韵)(其三)(第 13 首)作了一个调侃式的评论,说此诗显示出屈氏努力找到尽可能多的时间用以学习:

将应女秀才试耶。(卷2)

以上两条评论,"闺中读书人心事"及"应女秀才试",清晰地表明了袁枚意识到他所面对的文本出自女性,包含了女性主体。他欣喜地发现,这是一位女性在讲述她所关注的事情和她的家庭生活。尽管这些评论很简单,但由此可知袁枚对女性自我表现的认同,因此,这些评论意义重大。当女性致力于文学创作,她们可能并不会写出女性文学著作,因为她们中的许多人整体上是从男性视角来写的。例如,在 17 世纪,那些被称为"类男性"的中国女作家们在男人的领域同他们竞争。① 19世纪英国女诗人则努力通过隐喻性的易妆或者男性角色扮演来实现父系权威。② 然而,只有女性在作品中表达她们自己的关切,并编译女性主体密码时,才存在女性文学。③

而且,从其评点可知袁枚认同女性才思。以下两例旨在说明这个问题。

(10) 袁枚对《绿珠》(第55首)一诗作了评点。在诗中,屈秉筠高度评价了这位历史女性的品质。袁枚说此诗:

> 所包者广。随园(卷1)

(11) 袁枚点评《七夕辞》(其四)(第30首)。此词嘲笑喜鹊。喜鹊每年在天上为牛郎织女会面搭造鹊桥,被认为是做好事。但此词认为,喜鹊做"好事"是为了它们自己的利益。④ 袁枚评论如下:

> 口多微词,不愧宋大夫。(卷2)

"宋大夫"是指宋玉(约前290—前223),楚国一位伟大的作家。其作品包含大量"微词",亦即对楚王的委婉批评。⑤

---

① 参看高彦颐《闺塾师》,115—142页。
② 桑德拉·吉尔伯特(Sandra Gilbert)、苏珊·古芭(Susan Gubar):《阁楼上的疯女人:女性作家与19世纪文学想象》(*The Madwoman in the Attic*: *The Woman Writer and Nineteenth-Century Literary Imagination*),纽黑文:耶鲁大学出版社,1980,66页。
③ 参看朱迪斯·巴特勒:《性别麻烦:女性主义与身份的颠覆》,第1—34页;及凯瑟琳·贝尔西(Catherine Belsey):《主题建构:文本解构》(Constructing the Subject: deconstructing the text)一文,见Robyn R. Warhol和Diane Price Herndl编《女权主义》(*Feminisms*),新泽西州新布朗斯维克市:罗格斯大学出版社,1991,593—609页。
④《袁枚全集》(第3册),《随园诗话补遗》,744页。
⑤ 司马迁(公元前145—约前87)认为宋玉"终莫敢直谏",参看《史记·屈原贾生列传》,北京:中华书局,1959,卷84,2491页。学者据此认为,宋玉批评楚王的方式是婉曲的。

以上两条点评告诉我们,袁枚欣赏屈秉筠的才识。这两首作品是屈秉筠对历史人物和传说故事的诠释,可归为"咏史诗"和"咏物诗"。这是古典诗歌的主要类型。屈秉筠的理解不同于传统观点,因为她强调文学形象的个体意义,而非传闻的集体意义(参看第5、第6章对这两首作品的讨论)。

对女性知识能力的评价,袁枚并非第一个反对性别歧视的学者。一个世纪以前,李贽提出女性被歧视的问题,并声称,女性具有与男性同样的学习能力,应当有和男性一样研究理学的机会。① 显然,李贽的女性教育观念对袁枚产生影响。② 但是,与前辈相较,袁枚对女性在学习和日常生活中的聪慧更加肯定,常常称赞女子而贬低男子。例如,他说骆绮兰——他最重要的女弟子之一——比男子更具识见:"以余观之,佩香娓娓淑慎其身,溺苦于学,其高识远见视大男子裁如婴儿而。"③袁枚对第一个女弟子陈淑兰也表达过称誉。其夫邓宗洛是一位太学生,屡试不中,最终投水自尽,陈氏极为悲痛。埋葬邓宗洛后,陈淑兰安排好邓家后事,也自缢身亡。袁枚称扬陈淑兰,并为之作传。通过对比夫妻二人,他认为丈夫在很多方面都不如妻子。袁枚断言,德行和人生远见是二人最显著的区别,"邓生为贫死,淑兰为义死,均死也,而泰山鸿毛之轻重判焉"④。

---

① 李贽认为女子与男子识见不同,是因为女子活动范围受到限制,而男子则可以去他想去的任何地方。他说:"故谓人有男女则可,谓见有男女岂可乎?谓见有长短则可,谓男子之见尽长,女人之见尽短,又岂可乎?"李贽:《焚书·续焚书》,台北:汉京文化事业有限公司,1984,59页。
② 参看王英志《袁枚全集·前言》。
③ 参看《骆绮兰〈听秋轩诗集〉序》。
④ 《袁枚全集》(第2册),《小仓山房文集》,559页。

同门女弟子对屈诗的评论

在对屈诗的评论中,席佩兰、归懋仪和鲍印以"清"作为基本标准。她们见证了屈秉筠作品中的女性自我表现,肯定了屈诗在诗歌艺术上的全面精通。

清:女性文本的基本标准

席佩兰写了两首诗歌评论,其中一首后来被收入《韫玉楼集》,题为《题宛仙诗汇次卷中自寿诗韵》①,从整体上对屈诗进行评价:

> 心是玲珑玉镜台,清光何处着尘埃。
> 直疑明月前身化,早带仙风道骨来。
> 琴能一声孤鹤回,山空四面万花开。
> 吟笺那用乌丝格,秋叶如云自剪裁。(席佩兰《题辞》)

第一句中的"玉镜台",首次出现于刘义庆(403—444)的《世说新语》,该书记录了一枚"玉镜台"。② 后来,神秀和尚(605—706)把它用于一首诗中,将佛心比作明镜:"身是菩提树,心如明镜台。时时勤拂拭,莫使有尘埃。"③席诗是对神秀诗句的暗用,比喻屈诗流露的"清心"。颈联第一句暗示了一句谚语"曲高和寡",意思是说屈诗品质上乘。席佩兰以比喻方式表达了对屈诗的评价:清

---

① 另一首评论编入席佩兰自己的诗集。参席佩兰《长真阁诗集》,卷3。
② 刘义庆撰,徐震堮校笺:《世说新语校笺》,北京:中华书局,1984,458页。
③ 中国佛教协会编:《中国佛教》,北京:知识出版社,1982,134页。赞宁:《宋高僧传》,755—756页;参《历代高僧传》,上海:上海书店,1989。

纯、自然、卓越。

归懋仪也写了一首题识,用隐喻性的语言从整体上表达了对屈诗的欣赏:

> 不著纤尘埃,天生此彩毫①。
>
> 七情含丰满,一卷配《离骚》。
>
> 兰雪微微洒,松风落落高。
>
> 思清停夜月,才富泄秋涛。(归懋仪《题识》)

在清纯、自然和卓越之外,归懋仪还指出了屈诗情感的丰富性。从这点来看,它可媲美屈原的《离骚》。

以下是鲍印为屈氏诗集所作跋语,属于一篇散文式评论文章,几乎涉及屈诗的各个方面。在席和归的评价之外,鲍印指出屈诗最显著的特点是:独创、新颖、精巧、忧郁。

> 余观宛仙之诗,骨清而思隽,戛戛乎不染脂粉②之习。固已标举性灵,无能不新矣。乃其词则又有深者焉,微独会意巧而遣辞妍,抑有以达其芬芳悱恻之怀,使人低徊而不置。其情文斐娓,则南唐之遗韵也。……自古文之工也,大抵中有所抑,而协之音律则尤足动人,今宛仙之词绵丽之中时有凄惋之致。其不得享永年,傥以是邪?余又不能不为宛仙悲也。(鲍印《韫玉楼词跋》)

三位女诗人都用"清"作为评判屈诗的基本标准。"清"的概念,见诸她们对屈诗的精神、意象及语言的比喻或白描之中:

第一,屈氏作品中的诗歌精神是纯洁无瑕的。在席佩兰的诗

---

① "彩毫"出自张衡(78—139)《思玄赋》"昭彩藻与琱琭兮"。李善注:"彩,文彩也。"参《文选》,303页。

② "脂粉"是指女性的特点。

评中,她使用了比喻式的语言来描述它,暗示佛教教义。归懋仪也指出,诗歌精神未染"尘埃",有如佛教女信徒的纯洁心灵。但是"清心"并不意味着缺乏情感。相反,归懋仪将"清心"表述为"七情含丰满",其中包含"清思"。在屈秉筠的词中,鲍印也看到了"清而隽"的"芬芳悱恻之怀"。这几位女性都清楚地认识到,诗人应当有一颗不为世俗熏染、富于情感和思想的心灵。换言之,"清心"包含纯洁的情感和思想,它们是超越的、高尚的、深远的。这些看法在她们对屈秉筠个性化诗作的评论中得到进一步阐释:

> 超然出尘之作(鲍印)①。
> 托意高远(席佩兰)②。
> 语调高远(席佩兰)③。

第二,屈秉筠的诗歌意象是澄明而透亮的。在评论中,席佩兰把屈秉筠形象比作"明镜"和"明月"。席佩兰和鲍印都把屈的作品暗喻为"仙"——一位常常穿着清亮透明的服装,翱翔于云端的仙人或者童话般的人物。这些评价表明,她们关于"清"的观念,类似于严羽(约卒于1260)在《沧浪诗话》中所描述的。严羽指出诗歌意象有如"羚羊挂角,无迹可求",既"清"而又难以捉摸,"如空中之音,相中之色,水中之月,镜中之象"④。席佩兰和鲍印以仙人或童话人物来暗喻屈诗意象,尽管与严羽以禅宗阐释诗歌意象不同,但这与严羽所描述的——明亮、澄净、超越——是相似的。

---

① 此为《仁和女士王月函天香蟾影照》一诗的评点。参《韫玉楼诗集》,卷2。
② 此为《珠兰》一诗的评点。参《韫玉楼诗集》,卷1。诗中兰花象征美德。
③ 此为《采桑子》(画兰)一词的评点。参《韫玉楼词钞》。词中兰花人格化为才女。
④ 译文转引自宇文所安《中国文学思想读本》(*Readings in Chinese Literary Thought*),剑桥:哈佛大学出版社,1992,405页。对意象的详细讨论,参看该书410—412页。

第三,屈秉筠的诗歌语言是自然的。席佩兰用自然现象来揭示屈诗的这种特质,"秋叶如云为自然剪裁"。归懋仪认为屈秉筠的创作是自然的,如同"淡雪轻洒"。鲍印评点《点绛唇》(立春)一词为"如脱于口"。总之,她们认为"清"的语言近于从修饰语中脱离出来的自然语言。

这些女诗人要么以"清"来评价屈诗的某一点,要么将之作为整首诗的特点。例如,鲍印惊异于屈秉筠《蕉扇》诗,赞其为"清绝"(卷1)。而席佩兰评论《与若冰姑夜话》(第42首),则称其为"通体清丽"(卷1)。

席、归、鲍所言诗歌之"清",显然是基于她们对诗歌理解基础之上的,主要遵循的是袁枚的诗学观念。正如《韫玉楼诗跋》所展示的,鲍印把屈诗的"清"和"新"与袁枚的"性灵"联系起来。席佩兰在思考"清"时,亦将屈氏作品归为"随园的派"(卷1)①。袁枚也许不同意席佩兰所言"抛弃物质世界"的佛教暗喻,但他坚信诗人的个性不应受世俗影响。而且,他赞同自然的表达和以"清"来评判诗歌,特别是女性诗歌。例如,他说:"女弟子席佩兰诗才清妙。"②此外,他曾评价一位14岁的女诗人为"诗笔清雅"③。评论女弟子吴琼仙及其丈夫徐山民为"二人诗天机清妙"④。

"清"的本义是"清澈",作为"浊"的反义词出现于早期文献,如"沧浪之水清兮"⑤,"河水清且涟漪"⑥。后来也用"清"来象征

---

① 此评论见《采莲曲》(其八),《韫玉楼诗集》,卷1。
② 《袁枚全集》(第3册),《随园诗话补遗》,740页。
③ 《袁枚全集》(第3册),《随园诗话补遗》,741页。
④ 《袁枚全集》(第3册),《随园诗话补遗》,904页。
⑤ 焦循:《孟子正义》,北京:中华书局,1987,498页。此语又见于《楚辞·渔父》,参《楚辞》,上海:扫叶山房,1912,98页。
⑥ 《伐檀》,参见高亨注《诗经今注》,上海:上海古籍出版社,1980,147页。

人的美德,意指"纤尘不染"或"摆落尘世"。例如,"清官"这个术语是指那些远离贪污腐败的官员,而"清白女子"意指纯洁正派的女性。孙康宜在其广博而富于洞见的论文《明清女性诗歌选本的趋向及策略》(A Guide to Ming-Ch'ing Anthologies of Female Poetry and Their Selection Strategies)中认为,以"清"来概括女性作品的特点始于钟惺。她说:"钟惺依靠一个所谓的女性的'清'来建构其论点,认为理想的诗歌必须源自女性与生俱来的清质。"①钟惺似乎仅用它概括诗歌中流露出来的女性的"清心"。但是,席佩兰、归懋仪和鲍印将"清"延伸至意象和语言。与此同时,当女性作品在许多方面别具一格时,这些人也许已经注意到,评价女性作品必须有一套特殊标准,并且她们尝试建立这样的标准。因此,用"清"来评价屈秉筠诗歌,可能正是她们为此努力的结果之一。

见证:一位女性的自我表坝

除了以题识和跋语的形式评论《韫玉楼集》,席佩兰、归懋仪和鲍印还对屈集中的诗歌作了简单评点。席佩兰评点了43首,归懋仪和鲍印各评点了14首。

施韦卡特(Pareocinio P. Schweickart)在《自我阅读》(Reading Ourselves)一文中指出,女性文学的女性读者首先证实文章内容确实是女性的真实体验:"女性读者作为见证者为女性作家辩护。"因此,女性阅读女性作品的第一个特征是"具有作者

---

① 孙康宜:《明清女性诗歌选本的趋向及策略》,载魏爱莲、孙康宜编《中华帝国晚期的女性作家》。

不在场的主观倾向性,亦即以另一个女性的声音来解释文本"①。当解读屈秉筠诗歌时,席佩兰、归懋仪和鲍印也几乎都采用了另一个女性的主观性,亦即通过比较她们自己的体验来证实屈氏的体验。作为诗人的亲密好友,她们能够看到类于现实的性格。

以下评点可看作屈秉筠家庭生活的证明:

[1]"如闻绿窗人语"(席佩兰,卷4)。这是《示女璧人》(第22首)中的评点。此诗表达了屈秉筠对春芜之女的关爱之情。她告诉小女璧人,即使心念读书,游戏时也不要太过匆匆。

[2]"闺中清景,妙笔写出"(鲍印,卷1)。

[3]"清冷之境,妙笔写出"(鲍印,卷2)。

第[2]条是对《韫玉楼坐雪》一诗的评点。诗歌描写了一个场景:在一个雪夜,一位贵妇人伴一盏孤灯读书,当婢女取水煮茶时,她听到了冰块破碎的声音,闻到了梅花绽放的芳香。第[3]条是对《听雨和子梁》一诗的评点。此诗也描绘了一个场景:一位女子为听雨声而暂停了剪裁,她发觉疏窗暗冥,幽花宜人,香炉烟熏,风吹檐铃;但对她而言,夜雨若悲而长夜如梦。

以下[4]至[9]条中的引文,表明这些女性批评家分享了屈秉筠诗歌的情感、意义和判断力。

[4]"笑仙痴者,正是痴情人也。世间能有几人乎"(鲍印,《韫玉楼词钞》)。

[5]"痴情亦是韵事"(归懋仪,卷2)。

[6]"辞致哀绝"(席佩兰,卷4)。

第[4]条是对《鹊桥仙》(闰六月七夕)一词的评点。此词表露

---

① 施韦卡特:《自我阅读》,载 Robyn R. Warhol 和 Diane Price Herndl 编《女权主义》(*Feminisms*),537—539 页。

出作者自嘲是一个痴情之人。第[5]条是对《残春杂咏》(第8首)的评点。此诗写诗人对月光的迷恋。第[6]条是对《重修河东君墓纪事四首和道华韵》(第3首)的评点。

[7]"评别允当"(归懋仪,卷2)。

[8]"妙悟可与人道"(席佩兰,卷4)。

[9]"古禅悟道须画满壁西厢,读此始解"(鲍印,卷1)。

第[7]条是对《中秋夕》(第1首)的评点。此诗认为月宫中仙女嫦娥要比天孙好。第[8]条是对《有玉藕一枝求售者》的评点。此诗主题为佛教。第[9]条是对有关"春夜"诗(第1和第2首)的评点。此诗从一个女佛教徒的角度来看"春夜"。

在第[10]至[14]条评点中,席佩兰揭示了屈诗个性特征与其本人的关联:

[10]"为荷写照即为夫人自写照"(席佩兰,卷3;评点《荷花》)。

[11]"即画见品"(席佩兰,卷4;评点《牡丹》)。

[12]"诗中有人在"(席佩兰,卷4;评点《落花双蝶》,指出以蝴蝶的拟人化来表达一己之思)。

[13]"自是君身有仙骨"(席佩兰,卷2;评点《乙卯(1795)七夕》其一,指出诗中描述的神仙是对屈氏本身的写照)。

[14]"比拟切当,亦作者自道也"(席佩兰,卷4;评点《梅》,指出诗中梅花象征婀娜的才女)。

人们普遍认为写作是作家的自映。中国传统诗学提出:"诗言志。"①叶燮(1627—1703)《原诗》对此详细解释:"作诗有性情

---

① 译文转引自宇文所安《中国文学思想读本》,26页。

必有面目""每诗以人见人,又以诗见"①。毫无疑问,当席、归、鲍将屈诗与其本人联系时,她们遵循了这个理论。但其评论并非源于传统理论,而主要来自自己的观察。例如,当鲍印谈论屈词中的忧郁之情时,将此与屈氏所遭受的疾病联系起来:"宛仙近岁多病,往往以填词自排遣。"(鲍印《韫玉楼词跋》)她们相信,屈诗源自其"性灵",是其心声的真实表达。因此,她们认为,联系作者的真实经历,以及将之与作为读者的她们自己的经历加以比较,屈诗的女性主体得以揭示。

技巧:"作者身份的焦虑"

席佩兰、归懋仪和鲍印对屈秉筠的其他评点,与源于传统诗学的诗艺有关。这些评点占已刊屈集中她们评论的大部分,亦即71条中的45条。显而易见的事实是,她们希望通过辨识屈诗运用的传统诗歌艺术,并以此来证实屈氏精于诗歌。

这些女性欣赏屈诗所用技法,其中与诗词作法有关者如下:

[15]"'渔郎去后',起四字安顿布置最为得法,下亦清逸开旷"(席佩兰,卷2;此为席对《冰壶夫人桃原春泛图》的评点。诗歌主题是愉悦、闲逸的)。

[16]"起似飞卿乐府"[席佩兰,《屈秉筠词钞》;对《菩萨蛮》(题扇)一词的评点。"飞卿"是温庭筠(812—约870)的号]。

[17]"起手超忽"(归懋仪,卷3;对《盛子昭琵琶行图》的评点。该诗首联直用唐代诗人白居易的《琵琶行》)。

[18]"(诗人)起五字写画,题神结趣"(席佩兰,卷3;对《小竹》一诗的评点)。

---

① 译文转引自宇文所安《中国文学思想读本》,576、578 页。

[19]"三四巧切"(席佩兰,卷2;对《腊梅三叠前韵》的评点)。

[20]"归结到图,奇趣横生"(归懋仪,卷3;对《兰皋觅句图为佩珊题》其四的评点)。

[21]"结句能拗转用意"(席佩兰,卷2;对《病中道华以见和送春诗书扇相寄,叠韵奉报》的评点。此诗结句有一个反转)。

上述几条评点都是有关诗歌章法的。传统诗学认为,律诗应按照"起承转合"的步骤进行。① 批评家杨载(1271—1323)曾解释每一步的具体要求:首联必须确定立意,命意"要高远";颔联应"抱而不脱";颈联"变化如疾雷破山";尾联"或就题结,或开一步,或缴前联之意,或用事,必放一句作散场"。席、归、鲍的评点与这些规则和要求是相一致的。例如,前面[15][16][17]三条评论,都是关于首联的——"开旷""似飞卿乐府"②"超忽"——均为达到"高远"的不同方式。后面[20]和[21]条评点,是关于尾联的:"归结到图"是"题结"的一种方法,"拗转用意"则符合"或开一步"的要求。

以下评点与诗歌的婉曲和含蓄有关,二者具有内在关联:

[22]"婉曲"(席佩兰,卷3;评点《王梅卿女士倚竹图》)。

[23]"寄托微婉"(席佩兰,卷4;评点《荷盆初长》,指出诗中莲花的人格化)。

[24]"(诗人明明清楚),偏说'不知'"(席佩兰,卷4;评点《夏夕同若冰》)。

---

① 译文转引自宇文所安《中国文学思想读本》,478页。
② 温庭筠词的开头往往意象高远。例如《菩萨蛮》起首两句,温庭筠把女性的头发和脸同山和云联系起来:"小山重叠金明灭,鬓云欲度香腮雪。"译文转引自梅维恒(Victor Mair)等编:《哥伦比亚中国传统文学选集》(*The Columbia Anthology of Tratitional Chinese Literature*),纽约:哥伦比亚大学出版社,1994,305页。

第 4 章 女性诗歌话语共同体

[25]"作不信之词,其真愈见"(鲍印,卷 1;评点《关盼盼》。诗中描写了一位忠诚于主人的歌妓。尾联以"不信"一词来说明歌妓令人难以置信的忠贞行为)。

[26]"不尽"(归懋仪,《词钞》;评点《双荷叶·折荷美人图归佩珊索题》)。

[27]"惜春意在言外"(归懋仪,卷 4;评点《壬戌(1802)花朝》(其二)。此诗表达了诗人"惜春"之意)。

[28]"妙意层出不穷"(席佩兰,卷 3;评点《与茗芳和写兰菊》)。

[29]"第四句隽绝"(鲍印,卷 1;评点《对雪用尖叉韵》其二。此诗第四句为"树不生香尽著花")。

中国传统诗学高度评价"婉曲"和"含蓄"。前者是指间接表达,后者则为"言有尽而意无穷"①。杨载曾把"直置不宛转"②当作其十条告诫之一。司空图在《二十四诗品》中,把"含蓄"列为第11 类。他认为"含蓄"的意思是"不着一字,尽得风流,语不涉己,若不堪忧"。因此,语言的含蓄委婉,尤其为人称道。例如,某人也许并没有表示不悦,但是不悦表露于他所说的另外一些话中。③

第[30]至[34]条评点是有关"翻""切""圆"的,是传统诗学的主要技巧和评价所在:

[30]"(诗人)善用翻笔,可谓无穷出新"(席佩兰,卷 4;评点《季秋盆梅试花》)。

---

① 参阅梅维恒,405 页。
② 译文转引自宇文所安《中国文学思想读本》,436 页。
③ 参看宇文所安《中国文学思想读本》,该书 326—329 页对司空图的"含蓄"一类有详细讨论。

[31]"工而切"(席佩兰,卷3;评点《挽再侄女曼仙》)。

[32]"(季静玉《绣余诗汇》)切《绣余》"(归懋仪,卷3;评点《题季静玉绣余诗汇》。此诗将诗艺比作刺绣艺术)。

[33]"通篇下字无不圆灵"(席佩兰,卷3;评点《苕芳与余和绘一图》。诗以兰花和苕花象征屈秉筠与叶婉仪的友谊)。

[34]"清和圆转,如落花依风、流莺绕树"(席佩兰,卷4;评点《人日》。诗歌描绘了早春的特征。依据阴历,"人日"是指正月初七)。

"翻"或"翻案",意思是推翻之前的说法。批评家魏庆之(主要活动于1240—1244)解释说:"此前辈所谓翻案法,盖反其意而用之也。"①例如,当屈秉筠写早开的梅花时,称其为"当秋放太迟",是去春"未开枝"。因梅花一般在早春盛开,故此种非常规的处理造就了诗歌兴味。"切"的意思是指描绘物体的语言必须适合物态,正如文学理论家刘勰所言:"巧言切状,如印之印泥。"②在第[31]条评点中,诗歌描绘了席佩兰儿媳的生动形象。席氏评其"工而切",意思是诗歌中的形象与她儿媳的形象很像。在最后第[33]和第[34]两条评点中,称赞诗歌之"圆"。"圆"意味着"完美",是指一种风格圆美流转的品质。在中国传统诗学中,"圆"是一个重要的评判标准。严羽说"造语贵圆",杨载也强调"(诗歌)说意要圆活"。③

桑德拉·吉尔伯特(Sandra Gilbert)和苏珊·古芭尔(Susan Gubar)认为,把钢笔、画刷和男性生殖器联系起来的创造性的隐喻,造成了19世纪英格兰有抱负的女作家"作者身份的焦虑":执

---

① 魏庆之:《诗人玉屑》,上海:上海古籍出版社,1978,148页。
② 译文转引自宇文所安《中国文学思想读本》,282页。
③ 参看宇文所安《中国文学思想读本》,415、448页。

笔写作是把女作家连同她的身体和文化一起置于抗争之中的男性化行为。换言之,女诗人必须面对她的前辈,这些人几乎全是男性,和她明显不同。这些前辈不仅体现家长式权威,而且他们也试图将女作家圈禁于女性自身,以及圈禁在可能激起她的主体、自主、创造意识的潜在范围之内。因此,女作家经历了"作者身份的焦虑",这是一个可怕的恐惧,使她不能像男性一样写作。为缓解这种焦虑,她倾向于寻找一位女性前辈,为其提供反抗家长式文学权威的可能性典范。①

席佩兰、归懋仪和鲍印有此"作者身份焦虑"吗?她们有关诗歌传统艺术的评点的主要内容隐含这种焦虑了吗?

当面对男性支配的文学史,席、归、鲍可能心生恐惧,害怕写不出好诗。然而,她们没有像 19 世纪英国女作家一样寻求一位女性前辈来释放这种焦虑。在其评点中,唯一涉及的女性前辈是李清照,目的是为了指出屈秉筠的诗句是如何超越李的。其他主动提及的那些人都和伟大的男性诗人相关,比如屈原、秦观、温庭筠、李商隐及周邦彦。这表明席佩兰、归懋仪和鲍印想用不一样的方式来克服她们的焦虑。由于席、归、鲍受到传统的文学教育,认同传统价值体系,因此她们试图以精通传统诗艺来缓释可能患有的焦虑。她们对屈秉筠的解读实际上是她们自我解读的一部分。她们把屈秉筠的作品和诗学传统结合起来,试图证明屈氏是一位优秀的作家——掌握了诗歌传统,即可证明诗人是成功的。而且,屈秉筠创作的大部分作品形式是复杂的格律诗和词,正如严羽所强调的"律诗难于古诗"②,而词的形式实际上比律诗更为

---

① 参看桑德拉·吉尔伯特、苏珊·古芭《阁楼上的疯女人》,45—59 页。
② 译文转引自宇文所安《中国文学思想读本》,418 页。

复杂。通过选择创作律诗和词,屈秉筠或许想要证明自己是一位真正的诗人。

屈秉筠个人的批评主张

拜袁枚为师,意味着屈秉筠决定忽视儒家传统。袁枚接受许多女性为徒,并公开同她们一起研习反传统的诗歌,这种行为本身极大地鼓励了女弟子们在诗歌创作和日常生活中忽视儒家教育。毫无疑问,屈秉筠受到袁枚反传统思想的影响,使她从儒教中解放出来,并使其能够无拘无束地表达所思所想。

通过诗歌作品传播,屈秉筠得以同女性诗歌话语共同体中的其他成员交流诗歌观念。也以其他方式,如谈话或写信,直接与他人交换批评意见。她以辩难形式记录的批评性意见,在写给席佩兰的一封信中被发现,曾为孙原湘《屈秉筠传》引用①,从中可见她对诗歌的基本理解和独特识见。批评性意见中的从女性诗人角度出发,如何从古典诗歌传统中选择模仿对象的想法,尤堪玩味。

诗歌品质:清、率真和独特

在认识袁枚之前,屈秉筠曾论及"性灵"(卷2),后来她声称自己"生来带性灵"(卷3),并且认为她的诗是"性灵"的产物。如前所述,鲍印也证实了屈秉筠对"性灵"理论的接受。因此,屈秉筠很可能在成为袁枚弟子之前已经研究过他的诗学和作品。

在写给席佩兰论诗之根本的信中,屈秉筠强调"情感",并溯

---

① 孙原湘:《屈秉筠传》,收录于《韫玉楼集》。

其本源。她说:"诗之为道,以不着议论,自抒情感为工。"(孙原湘《屈秉筠传》)她认为诗中的"情感"源于诗人自化的心灵,涉及两个主要因素——志和识。屈秉筠认为"志"是最根本的,并描述其自化过程:"(为唤醒其心志,诗人必须)摆落世事,抗心羲皇,濯魂咸池①,晞发银潢,诗人之志也。"②(孙原湘《屈秉筠传》)羲皇(前2852—前738)是一位传说中的圣人。据说他是第一个画八卦的人,这些卦成了《易经》六十四卦的核心要素。咸池是神话中的沐浴之所,也是圣人黄帝的乐曲名。当儒家学者提到这些圣人和神话时,他们常常强调教化。但是,屈秉筠比喻性地使用这些词语来描述一个进程,由此诗人能实现"清"和灵魂的高贵,并以此唤醒其"志"。当其灵魂变得纯洁而高贵,诗人就达到了一个高水平的"识"。屈秉筠接着说:"伪体别裁,么铉独唱,振衣霞表,安目顶上,诗人之识也。"(孙原湘《屈秉筠传》)这段话的意思是,当有"识"时,诗人才能选择真实和有价值的事物作为主题,才能创造出自己的独一无二的杰作。诗人根本的"志"和"识"自发地产生"情感"。

这些"情感"具有独特、率真以及摆落世俗的特点,正如屈秉筠以比喻方式再次阐释的:"吐弃尘芽,发露天根,碧云独往,素春无痕,诗人之情也。"(见孙原湘《屈秉筠传》)简言之,屈秉筠重视诗歌创作中的"清"、率真和独特。她用袁枚"性灵"理论来定义诗人的情感,断言情感须真挚、独特,并专门强调摆落世俗的"清"

---

① 东汉(25—220)学者王逸解释屈原《离骚》中的"咸池"为"日浴处也"。参余雪曼《离骚正义》,香港:雪曼艺文院,1955,144页。"咸池"也是黄帝时期的音乐名称。郑玄在《礼记·乐记》中说:"咸池,黄帝所作乐名也,尧增修而用之。"参孙希旦编:《礼记集解》,995—996页。
② "银潢"是指银河,亦见于苏轼《和文与可洋州园池》(三十)《天汉台》:"银潢左界上通灵。"王文诰编:《苏轼诗集》,北京:中华书局,1982,670页。

情,这与其同门席佩兰、归懋仪、鲍印的观点是一致的。

除此之外,屈秉筠对情感"自化"的阐述虽囿于传统的诗学框架,但其内容是反传统的。儒家传统要求诗人从道德上去培养其"志"和"识"。比如,儒者学者叶燮要求诗人具备"识""才""胆""力"。在其理论中,道德引导"识",是四者中的关键要素。[①] 然而,屈秉筠认为培养"志"的途径是摆落世俗,从而使灵魂纯洁和高尚。同时,她对"识"的界定侧重于求真、率性和卓越,而非道德。

李商隐:公认典范与女性语言

宇文所安(Stephen Owen)注意到,唐宋诗人常常模仿他们的前辈,明清时期则有成群的诗人范唐仿宋。[②] 尽管袁枚称赞屈秉筠写她自己,而非模仿前人,但屈氏本人则宣称喜爱唐诗,承认李商隐为其模范。以下是屈秉筠和席佩兰之间一段有趣的对话。屈秉筠解释何以选择李商隐,而非杜甫(712—770)或者李白(701—762)作为模仿对象:

> 少陵如大海回澜,鱼龙博戏,不敢学也。太白如朱霞天半,绝人梯接,亦不能学也。乃所愿则在玉溪耳。(见孙原湘《屈秉筠传》)

席佩兰听闻后与屈辩论,说李商隐所写多为神异世界和宫廷女性,类于"艳体",而且语言隐晦。屈秉筠回复说,李商隐诗歌值得模仿。他是一个天才诗人,但超出常规的行为使其被排斥于政治

[①] 王镇远、邬国平:《清代文学批评史》,296 页。
[②] 宇文所安编译:《中国文学选集:从远古至 1911》(*An Anthology of Chinese Literature: Beginnings to* 1911),纽约和伦敦:诺顿出版社,1996,684 页。

圈外,为了逃避进一步迫害,不得不以一种婉曲的方式来表达思想。其诗法源于《诗经·国风》,不应被认为是隐晦的。而且,义山诗以神话传说和爱情故事为幌子,实际上发出了政治生涯的懊丧之音,是屈原《离骚》和《诗经·小雅》的回响。因此,屈秉筠不同意席佩兰的看法,并反问道:"奈何以无稽蚩谪,跻其词于香奁玉台①之亚乎?"②(孙原湘《屈秉筠传》)

效仿某位诗人意味着主要学习诗人的主题和语言。作为一名女性,其生活主要局限于家庭事务。屈秉筠承认,于她来说最熟悉的是李商隐,而非杜甫和李白。虽然无法找到与李商隐经历的相似之处,但李诗主题引起她诗学上的共鸣,因为李主要写的是爱情、友情和女性。她学习了李诗的主题和语言,而不用考虑其政治寓意。例如,屈秉筠使用桃花传统意象作为乡村乐园的象征,这可能要归功于李商隐经常使用的传说故事形象及类似的符号。③她还从李诗中直接借用了很多语词,如"檀郎"④"瑶瑟"⑤

---

① "香奁"是指晚唐诗人韩偓(约842—923)在《香奁集》中创造的一种诗歌风格,常用于描写女性及其闺房情态。"玉台"源于徐陵编集的一部宫廷中有关爱情和机趣的诗歌总集《玉台新咏》。"玉台"风格常用于宫廷艳情诗的写作,流行于6世纪(420—589),以"宫体"之名为世人所知。后来,此两种风格都被称为含有贬义色彩的"艳体"。
② 其价值在于屈秉筠有意识地排斥杜甫和李白,而选择李商隐作为典范,即使杜甫和李白被公认为是最伟大的中国传统诗人。杜甫,被誉为"诗史",密切关注当代政治和社会环境,并创造了强烈反映这种现象的诗歌。李白,宇文所安称之为"幻想诗人"(宇文所安《中国文学选集》,398页),漫游了整个中国的东部和东南部,创造了描绘大自然神奇的精妙绝伦的诗歌意象。由于李商隐愚拙地不断变换政治阵营,被迫卷入政治纷争,因而仕途多舛。这导致他创造爱情、友情、女性、历史人物的模糊意象,以表达懊恼。
③ 屈秉筠在其作品中使用桃花意象的例子是《采桑子·桃花》这首词。
④ 屈秉筠在第17首诗中使用"檀郎"。李商隐曾在《王十二兄与畏之员外相访,见招小饮,时予因悼亡日近,不去因寄》中使用。参叶葱奇《李商隐诗集疏注》,北京:人民文学出版社,1985,151页。
⑤ 屈秉筠第56首诗中使用"瑶琴"(亦称"瑶瑟")。李商隐曾在《西溪》中使用。参看叶葱奇,105页。

"镜槛"①;从李诗中脱化了许多意象,如她的"文犀为辟埃"化自李的"犀辟尘埃玉辟寒"②,"青娥消息"化自"消息期青雀"③,"冷觉重衾薄似罗"化自"香罗薄几重"④。这些语词和意象中的一部分,出现在屈秉筠之前的其他诗人的作品中,但屈秉筠很可能是从李商隐那里学来的。

正如艾丽西亚·奥斯特里克(Alicia Ostriker)指出的,语言主要是男性化的,但是女性不断尝试从男性那里"窃取"以表达她们的体验。然而,女性作家需要修改这些男性化的语言,用她们的力量拥有它,掌控语言并用以表达她们想要表达的。也就是说,使之成为一种特殊的女性语言。⑤ 屈秉筠完美地证明了这是如何发生的。她不得不使用中国古典诗歌语言,亦即一种男性化的语言,来表达她作为一名女性的感受和体验。屈氏发现,李白怪诞意象式的语言以及杜甫社会和历史形象式的语言,都很难变为其用,但李商隐的语言更为适用。

屈秉筠没有选择从"香奁"和"玉台"中借用语言,即便这些作品与女性及女性生活联系更为直接,个中原因很可能是"香奁"和"玉台"名声不佳,也不够经典。但李商隐被认为是晚唐最杰出的诗人,即便有人将其作品比为"艳体"。屈秉筠反对这种比较,取

---

① 屈秉筠在第 10 首诗中使用"镜槛"。李商隐曾在《镜槛》中使用。参看叶葱奇,339 页。
② 参看第 8 首及李商隐《碧城》(叶葱奇,174 页)。
③ 参看第 27 首,及李商隐《圣女祠》(叶葱奇,365 页)。
④ 参看第 5 首,及李商隐《无题》(叶葱奇,396 页)。
⑤ 艾丽西亚·奥斯特里克:《语言之贼:女性诗人与神话的修正者》(The Thieves of Language: Women Poets and Revisionist Mythmaking),载伊莱恩·肖沃尔特(Elaine Showalter)编:《新女权主义批评:女性文学与理论随笔集》(*The New Feminist Criticism: Essays on Women Literature and Theory*),纽约:潘塞恩图书出版公司,1985,314—337 页。

而代之的是,她把李诗比作《诗经》和《离骚》,二者开创了中国文学传统,代表了诗歌正统。因此,屈秉筠认为她的诗作也同样属于文学正统。

正如读者所见,女性诗歌话语共同体的成员们把袁枚的"性灵"原则和女性诗歌理论作为基础,通过互动进一步发掘和女性相关的诗学概念,互动的主要模式是解读她们自己的诗歌评论。

(1) 所有成员都肯定屈秉筠是一位优秀诗人,也坚信女性体验是诗歌的主体问题。袁枚阅读屈诗的方式偏于个性和友情,而其他女性成员阅读屈诗,则倾向于集众视角,尽可能地将屈诗与传统联系起来。这种差异可能因为性别不同而造成,正如南希·乔多罗解释的:女性总是试图将自己与他人联系起来,而男性则通常寻求与他人的区别。因此,女性作家总是想要发现自己的作品与其他作品之间的联系,这样她们才感觉是合理的。但袁枚更关注诗作的个性,并以他的诗学观念断定屈秉筠是一位成功的诗人。

(2) 女性想要遵循的古典诗歌技巧和价值虽源于父权文化,但未必是男性的。同以往由男性创造的、蕴含男性思想的意象和比喻不同,形式和技巧大多独立于孕育它们的文化之外。因此,既能用于表现男性的想法,也能用于表达女性的心思。所以,为了证明屈秉筠是一位杰出的诗人,袁枚指出屈关注诗歌传统,但这绝非表明他把古典形式作为男性权威。

(3) 尽管不明显,但事实上这些女性已开始修改传统,以便使之适应她们自己的特殊需要。例如,从发展的女性文学的框架来观察,她们对评价女性作品的"清"的理解,以及屈秉筠选择李商隐作为语言模式,其意义都是重大的。因为这些事实表明她们开始探索女性文学的特点和创作的特殊方式。

作家与其话语共同体是相互作用的。她不仅接受本人作为其中一员的话语共同体的创作原则和阐释策略,而且还参与增加新理论的思想创新活动,并由此形成重塑其观念和写作行为的新思想。在阅读和评点屈诗这个特殊的互动活动过程中,女性诗歌话语共同体获得新观念,特别是关于女性诗歌创作的观念。它"预示"着屈秉筠以及形成这个新理论的其他成员,将塑造或重塑她们的诗歌。显而易见的是,这个女性话语共同体塑造或重塑屈秉筠诗歌的问题,即将在后面两章中讨论。

第 5 章　家庭诗

屈秉筠写作了有关她本人、家庭成员、家中物品以及与家庭生活相关的自然变化的诗歌。她也创作了家庭直系亲属之外的与其他女性圈子有关的诗歌。本章题为"家庭诗"①，主要内容是家庭生活范围内的诗歌以及在家居环境中观察到的自然现象的诗歌。

正如她的女性话语共同体成员所指出的，屈诗表达了她作为一名贵妇人的体验，显示了对诗歌艺术的精通，向读者展示了其个人生活的各个方面以及内心感觉、情感和思想。

疾病美学：自我形象

很多学者指出，19 世纪的欧洲女性着迷于疾病，这使疾病成

---

① 这个词语源自南希·阿姆斯特朗（Nancy Armstrong）的"家庭小说"（domestic fiction），其中涉及 18 世纪英国中产阶层女性的家庭生活和性别关系。参看南希·阿姆斯特朗：《欲望与家庭小说：小说的政治史》（*Desire and Domestic Fiction: A Political History of the Novel*），纽约/牛津：牛津大学出版社，1987，3 页。

为那时女性文学最流行的主题。① 在《阁楼上的疯女人:女性作家与19世纪文学想象》一书中,桑德拉·吉尔伯特和苏珊·古芭指出,19世纪欧洲女性的疾病是在女性柔弱化训练中产生的——女子被训练为贞洁的和优雅的。首先,年轻女性很可能经历了驯服的、柔顺的以及自我贬低等方面令人厌恶的教育。"克己之训练有损健康,因为人类动物性原始生命力来自他或她个人的生存、快乐以及被肯定。"(见该书第54页)为了看起来漂亮,女孩们被训练成纤弱的。"为了学会成为一个美丽的女性,女孩学会了忧虑——甚或是厌恶——她自己的身体。"吉尔伯特和古芭认为,女性疾病不仅仅是女性柔弱化训练的副产品,更是"这种训练的目标"。19世纪女性小说中的精神错乱的女性形象,是女性作家愤怒反抗僵化的父权传统的象征性表现。②

类似的情况也发生于明清时期(或16—19世纪的中国),那时才女被认为是命运多舛的。命运悲惨的女性死于各种原因,但疾病是死亡的主因,因此成为女性诗歌的一个流行主题,多题作

---

① 关于这个问题,参看桑德拉·吉尔伯特、苏珊·古芭:《阁楼上的疯女人:女性作家与19世纪文学想象》;伊莱恩·肖沃尔特:《女性之病:妇女、疯狂与英国文化,1830—1908》(*The Female Malady: Women, Madness, and English Culture, 1830—1908*),纽约:潘塞恩图书出版公司;Diane Price Herndl:《疯女人:美国小说和文化中的女性疾病形象,1840—1940》(*Invalid Women: Figuring Feminine Illness in American Fiction and Culture*),查珀尔希尔:北卡罗莱纳大学出版社,1993。比如,Herndl认为:"迄今为止,对女性疾病研究最有影响的学者指出,19世纪女性疾病源于'文化环境'、父权压迫以及用以规定和控制女性身体的男权。这些讨论常以两种方式出现——要么维持真正引起疾病的压迫,要么维持导致妇女被看成是有病的压迫形式。"(见该书5—6页)
② 伊莱恩·肖沃尔特也认为:对一些作家来说,疯狂是适用于女性反抗和革命的历史标签。参看氏著《女性之病:妇女、疯狂与英国文化,1830—1908》,5页。

《病起》①。和欧洲女性一样,中国男权制度也把女性训练成为贞洁的和优雅的,因而也导致了她们的疾病。不过,与欧洲女性不同的是,她们所患多为精神疾病——疯狂和歇斯底里——并用作品中的疯女形象来反抗父权文化,而中国女性遭受的是身体疾病,同时也没有借助作品中描述的疾病来发泄她们的愤怒。相反,中国妇女将她们的疾病艺术化,创作了病妇及其环境的优雅形象。袁枚女弟子金逸患有严重疾病几近死亡,曾写出她的感受:

病　起

　　碧梧移影上林扉,西院无人晓日微。
　　病起名香焚不得,花阴小立当薰衣。

在这首诗中,金逸描写了一个静谧怡人的场景:温暖的晨曦中,一位虚弱的女性,亦即诗人自己,从病床上爬起,来到空旷的西院,院中木扉上的树影如同碧玉一般。她伫立于花阴之下,似乎想用花的芬芳来薰染衣服。在这个景象中,她的虚弱变成了碧玉的颜色,甚至无力去写一首有关香气的诗歌。②

　　从幼时起,屈秉筠就与疾病相伴,严重影响生活,因而也成为诗歌最常见的主题之一。与同时代人一样,屈秉筠也将疾病艺术化,用以比喻优雅、智慧和美德,从而创造自我形象。例如,在孩童时期,屈秉筠写了一组共 14 首的《柳枝辞》,把自己比作柔美的柳

---

① 在袁枚编《随园女弟子诗选》中,19 位女性中有 8 位选择疾病作为诗歌主题:席佩兰、金逸、骆绮兰、陈长生、陈淑兰、王倩、吴琼仙、张玉珍。她们有关疾病的诗歌,诗题大都作《病起》。
② 孙康宜指出,明清女性生活的最大挑战,是在繁重的日常家务之外寻找阅读和写作时间。因此,一些女性把疾病当成享受特权的一种方式,这是给予她们用以阅读和写诗的时间特权。她们甚至用"清欢"(纯粹的快乐)一词来描述这种由短暂疾病提供的幽静独享的感觉。参看孙康宜《明清女诗人与"双性同体"文化》。

枝。以下是这组诗歌中的两首：

[诗歌 1]

柳枝辞（二）

风前瘦影弄婆娑，不绾情多即恨多。

映水自怜明镜好，若临纤月更如何？（卷1）

[诗歌 2]

柳枝辞（四）

非是身轻易动摇，生来纤弱不胜娇。

玉楼眠起浑无定，小病清寒又几朝。（卷1）

在第1首诗中，屈秉筠以修长优雅的柳枝形象指代自己。拟人化的柳枝在风中摇曳，诗人欣赏它（亦即她自己）在水中的样子。在末句，作者嘲笑柳枝，问道："当看见一轮更为纤弱的新月时，你仍然感觉如此美妙吗？"袁枚对这句的评论是"灵宛"，认为这种嘲弄增加了柳枝形象的趣味。在这首诗里，纤瘦被认为是美丽的鲜明特征。第2首诗也突出了柳枝的柔弱，将其比作一位优雅病弱的女孩。

屈秉筠的柔美形象使人联想到林黛玉——《红楼梦》的主角——她反映了中国传统观念中的美，年轻女性愈"弱不禁风"则愈美。据说，春秋时期（前770—前476）越女西施是非常纤瘦的。传说有一天西施生病了，几乎不能忍受胸口的疼痛。她走路时以手撑胸，跌跌撞撞，这使她比平时更为迷人。邻家丑女模仿西施，但只能使其更丑。

林黛玉是《红楼梦》中描写的另一种美。尽管情敌薛宝钗比她更漂亮，但是林的病态为其形象增添了几分魅力。《红楼梦》在18世纪中叶刊出后，几乎家喻户晓。据说"每个人都读过这部小说或者看过它改编的戏曲和弹词""观众为林黛玉感到悲伤而眼含泪水"。许多女性如此深爱这个人物,为之疯狂。① 那个时候正是屈秉筠的青少年时代,从《红楼梦》的流行来判断,她很可能也阅读了这部小说并深受影响。② 另外,屈和林一样,幼时就成了孤儿,和亲戚一起生活了十多年。因此,她可能对林黛玉具有强烈的身份认同感,将其美丽和才华内化于心。例如,屈认为才女命运多舛。

在下列诗歌中,屈秉筠把诗才与病颜联系起来:

[诗歌 3]

嘉庆庚午(1798)中秋宛仙子自赞

子神胡臞?集于枯也。

子颜胡愁?气在秋也。

子为谁耶?

兰之衰耶?菊之萎耶?

噫!其我祖《离骚》之遗耶?(屈秉筠《画像赞》)

这首《画像赞》充分运用了伟大诗人屈原和《离骚》中的典故。首句"集于枯"一语双关,是指病怏怏的外貌和"紧紧抓住枯枝"的行为。后者暗用《国语·晋语》所载与屈原有关的故事:正如鸟儿喜欢繁枝而不是枯枝一样,谄媚者喜欢和那些掌权的人做朋友。然而,屈原宁愿"紧紧抓住枯枝",和那些失去权力的人联系,而不愿与冷酷的官僚交朋友。③ 四、五两句中的"兰"和"菊",既指"愁气在秋",又暗用《离骚》中的"滋兰之九畹",屈原的意思是说已经培

---

① 游国恩等编:《中国文学史》(第 4 册),北京:人民文学出版社,1979,280—281 页。
② 例如,屈秉筠的一位女性同门金逸曾写过一首题为《寒夜待竹士不归,读红楼梦传奇有作》,在诗中金把自己视为才华横溢多愁善感的林黛玉。参看《袁枚全集》(第 7 册),《随园女弟子诗选》第 38 首,及孙康宜讨论此问题的论文《小说与道德》。
③ 《国语·晋语》,上海:商务印书馆,1935,101 页。

养了很多继承其文学和政治追求的年轻人。《离骚》中的"朝饮木兰之坠露兮,夕餐秋菊之落英"①,意思是说诗人通过吸收包括菊花在内的各种"香草"来陶冶自己的美德。在自赞中,屈秉筠自豪地宣称自己是屈原后裔,并创造了一系列暗喻,使其病颜成为才华的象征。②

然而,屈秉筠的疾病有时是无法忍受的,她在诗中描述了由肝病引起的身体和心理上的痛苦,展示出忍耐、刚强和坚韧品格。这些诗歌也充当了抚慰其心理疾病的工具。以下两首即此类型:

[诗歌 5]③

肝病偶遣

可奈春来病又多,镇残银叶未曾瘥。

眠常双眼清如水,冷觉重衾薄似罗。

药力不胜愁宛转,梅花新放恐蹉跎。

睡鬟络索颓云重,钗弹珠抛一月过。(卷1)

[诗歌 6]

病　怀

惊心残菊冷苍苔,几日红窗未遣开。

病里流光偏可恋,梦中得句岂关才。

雁传风信当楼过,燕掠云鬟堕枕来。

当取香焚还当药,笑佗银叶最多材。(卷2)

---

① 戴维·霍克思(David Hawkes):《楚辞·南方之歌——中国古代诗歌选》(*The Song of the South: An Ancient Chinese Anthology of Poems by Qu Yuan and Other Poets*),哈蒙兹沃思:企鹅出版社,1985,69—70页。
② 孙康宜和苏源熙在《中国传统女性作家:诗歌与诗评选集》的导论中指出,早期诗人用典故"建立源流和从属关系",并充当"跨越世纪、跨越货币流通和仪式,以保持传统活力的一种社交方式"。见该书第6页。
③ 译者按:此诗序号当为[诗歌4]。但原书如此,为不乱次序,姑从原书。

在两首诗中,"银叶"分指用于针灸的银针和草药。在第 5 首中,屈秉筠描述了长期遭受肝病的经历,疾病常引起短暂性疼痛,令人难以忍受。写此诗时,肝病发作已经持续超过一个月了,未显恢复迹象,故作诗以缓解痛苦。此诗在一定程度上显示了她真实而罕见的痛苦。正如赵贵琁所评:"非亲尝者不知。"(卷 1)在第 6 首中,"风信"指的是季节变化,据说这个消息是由南飞的大雁透露出来的。第六句中"燕"和"云鬟"暗喻屈秉筠的头发。末句中有两个双关语:在古代汉语中"佗"是第三人称代词,同时也是神医华佗(约 110—207)的名字;"材"是"才"的同音异义词。这些双关暗示了即便神医妙药也无法治愈屈秉筠的疾病。尾联表明,屈秉筠已经尝试了很久,对药物治疗已失去信心,只好选择烧香拜佛来减轻痛苦。她的老师吴蔚光评此诗为:"极写病怀,无一字怨恨。真得'三百篇'温柔敦厚之旨。"根据儒家的说法,君子应有"温柔敦厚"的品格,诗教的目的是为了培育君子。屈秉筠可能并不打算遵循儒家道德和文学传统,但是以疾病为主题的诗歌显示出传统的"君子"特征。

对屈秉筠来说,疾病不仅为其形象增添了魅力,助其展示才华和"温柔敦厚"的品格,而且还确保了她的闲逸和安宁。和金逸一样,屈享受了生病期间的闲暇和清静,尤其是当疾病并不严重的时候。以下几首类似于上述金逸的诗:

[诗歌 7]
新秋夕

偶扶小病绕回廊,荷静方知叶也香。
碧落乱移星作响,银湾斜挂水生光。
深丛宿蝶甜秋梦,暗壁虫吟耿夜凉。
心欲下阶行一遍,未胜多露故彷徨。(卷 4)

在一个秋夜,当其疾病有所减轻,屈秉筠走出了卧房。她心绪平静,想象力和创造力油然兴起。她观察静谧但富有生气的院子,创造出奇特的意象:荷叶无声,星移发响,月亮斜挂,水面泛光。然而诗人不是描写天空中真实的星辰和月亮,而是描写它们在荷塘中的倒影。因为涟漪,星星似乎在坠落,移动无序,互相撞击,发出声响。通常情况下,"银湾"是指弯斜如钩的月亮。水面泛出的月光,好似月儿倒挂于水空。这些想象既是非凡的,又是充满生气的、真实的。屈静堃(凌客)评此诗为:"亦清亦艳,结处尤得风人之遗。"(卷4)

疾病把屈秉筠从家务和纷扰中脱离出来,使她拥有对诗歌创作来说十分必要的闲暇时光和平静心境。同时,由于写诗时疾病有所缓解,屈秉筠把诗和疾病当成她的好伙伴。下面这首诗,总结了屈氏前半生中诗与疾病之关系:

[诗歌 8]

三十自寿辞

鲜艳秋色映楼台,那用文犀为辟埃?
半世闲身诗里过,十年清福病中来。
兰窗纱影和香坐,蓬鬓花枝对镜开。
未觉人间罗绮好,布裙喜是嫁时裁。(卷2)

第二句中的"文犀",是指传说中的犀牛角。任昉(460—508)曾解释如下:"却尘犀,海兽也,然其角辟尘,致(置)之于座,尘埃不入。"[1]事实上,"那用文犀为辟埃"意指屈秉筠所居一尘不染,反映她平和的心情。秋天的主题往往是忧伤的,但这首诗的秋境却

---

① 任昉:《述异记》,卷上,《汉魏丛书》本,长沙:湖南艺文书局,1894。

是愉悦的,验证了屈秉筠生命中的两个重要事物:诗歌和疾病。屈氏显然满足于这种生活,其中包含诗和病两个相互作用的要素。事实上,她能享受"清福"也与她的人生哲学有关,表征于尾联:她想要一个读书人的平凡生活,而非奢侈的生活。这使人联想到传统知识分子的价值观念,亦即孔子所说的"君子固穷"①。

日常生活美学

屈秉筠常常赞美家庭生活的细节,几乎写日常生活中经历的每一件事情:早起、晚息、读书、写诗或学画;也选择家居物件作为主题。

然而,当屈秉筠写其日常生活时,面临一个问题。也就是说,诗人和她所写对象之间没有更合适的"美学距离"——日常生活也许太过熟悉以至于不能激发创作灵感。爱德华·布洛(Edward Bullough)把美学距离解释为"物理距离",这是一种"自我"和审美观照对象之间的距离感——一种允许观察者去体验某个与他或她个人关注物相隔离的物体,以及与观察者所有的"实际需要和目的"相隔离的物体。② 一定的物理距离对文学灵感也是必要的,因为诗人需要降低和物体的熟悉程度,正如人的感官对新奇事物总是更为敏感一样。缺乏"审美距离",可能是很多屈的同伴"试图克服日常家庭物事影响"③的原因,也是写作闺房之外景物的原因之一。但是,屈秉筠选择挑战审美距离的缺乏,其

---

① 孔子:《论语》第15章。
② 爱德华·布洛:《美学:演讲与随笔》(*Aesthetics: Lectures and Essays*),斯坦福:斯坦福大学出版社,1957,93—96页。
③ 孙康宜:《明清女诗人与"双性同体"文化》。

诗歌创作证明她已经克服了这个困难。

以下三首诗歌写于屈秉筠早起之后：

[诗歌 9—11]
集芙蓉室早起
其一

盆兰花发又盆梅，闭屋幽香味百回。
毕竟小鬟非俊物，到来先把绿窗推。

其二

碧筠帘下雨潺潺，人在瑶徽镜槛间。
一带粉垣高不尽，房栊轻似坐深山。

其三

楼下桨桓楼上眠，玉梯来往日翩然。
今朝却下高楼早，未有人催染翰先。（卷4）

一天早上，诗人比平时起得更早，她体验到了盆花绽放、楼梯及室外落雨的新鲜感，这些都是家居环境中的普通事物。第一首诗描写了一个瞬间，她感觉到了花的幽香格外芬芳，但是不久失去了这种感觉。第二首诗写她坐中观雨的感觉：雨如玉绳般从空降落，在门帘附近的地面上发出潺潺的声音。远处的雨波像无尽的柱子，使房子看起来好似幽深的峡谷。这两个物体——前面的"房栊"，透过房栊可以看到远处的雨，以及后面的"镜槛"——似乎扩大了她所在的空间。席佩兰评点"房栊清似坐深山"一句为"未经人道"（卷4）。在最后一首诗中，诗人解释那天早起是为了帮一位朋友作画。在获得本地认可后，屈秉筠收到了很多向她索取诗、画和书法作品的请求。这组诗表明，一旦从新的视角观察事物，可能会发现它的差异。与此相类，屈秉筠经常选择不同的时空点,发现周边和日常路途中的新鲜事物,并由此关注日常生活的美学品质。

正如袁枚所指出的,以下两首诗显示出一些对女性来说颇有趣味的想法:

[诗歌 12]

消夏词

梅雨绵绵十日余,芸香久与博山疏。
关心风日今朝爽,预扫花阴为晒书。(卷2)

[诗歌 13]

中秋无月,叠前韵(其三)

芳筵乍散小窗虚,才是谯楼一鼓余。
画稿匆匆收拾起,挑灯犹及再看书。(卷2)

第12首表达了诗人对梅雨时节书籍发霉的担忧,第13首是关于诗人如何珍惜学习时间的。前诗中的"芸香"是一种香料。读书人往往以焚芸香来驱书虫。"博山"是一种香炉,其形似山;"博",意为"知识渊博";"博山"指的是"书山"。这位女性叙述者因芸香长久未用而且极为潮湿,感到非常忧虑。她的担心恰如其分地表现于为晒书而提前打扫花阴的趣事上。在后一首诗中,诗人表达了对学习的焦虑。两首诗中的这些细小想法,连同花阴、芸香、香炉、芳筵及挑灯等意象一起反映出女性的主体性。袁枚说这两首诗依次为"闺中读书人"和"女秀才"。

在以下诗中,屈秉筠把她的家庭事务和艺术传统联系起来。第一首摘录自题为《残春杂咏》(共12首)的组诗。组诗是关于屈秉筠晚春时节日常活动的——在院子里工作、浇室

127

内的盆莲、焙茶、改换季节性衣服、准备一个晚会、添一位丫鬟、赏月、买花、给丈夫展示刚写的诗歌、画画,等等。

[诗歌 14]
残春杂咏(其六)

洗砚熏香事不闲,随身添个小雅鬟。
呼名便借湘江草,好托柔根九畹间。(卷2)

[诗歌 15]
对镜图

懒将春恨寄丝桐,闲倚香奁托镜通。
安得圆冰深似月,妆成飞入广寒宫。(卷2)

第14首叙述了诗人新添一名帮助做家务的丫鬟。"九畹"暗用屈原的"余既滋兰之九畹兮"①,告诉读者给这位丫鬟取的名字中含有"兰"字,并且还教她写诗。这个暗用是诗的核心,丰富了形象,淡化了现实与文学、过去与现在之间的差别。第15首中的"丝桐"是指由桐木制成的古琴。"春恨"可能是暗示屈秉筠爱情上的不幸或者对落花的悲伤。不管如何,诗人通过每天面对的镜子表达了她的情愫。这首诗的关键是广寒宫美女神话故事的运用。基于这个神话,诗人把镜子和圆冰联系起来,并将之与月亮对比,想象着某一天会穿过镜子飞向月宫。吴蔚光读到这首诗时,欣赏地说:"匪夷所思。"(卷2)

《残春杂咏》组诗中的另一首也展示了屈秉筠非凡的想象,其诗如下:

---

① 译文转引自戴维·霍克思:《楚辞·南方之歌——中国古代诗歌选》,哈蒙兹沃思:企鹅出版社,1985,69页。

[诗歌 16]

残春杂咏(其五)

樱桃活火焙新茶,香出银墙栀子花。

终日绿阴清似水,微波不动浸床纱。(卷 2)

诗歌描绘了焙茶的场面。用以熏茶的栀子花像银墙一样排列在茶叶四围。"微波"一词形象地描绘了来自茶和栀子花的浓烈香气。孙原湘总结他读此诗之后的印象:"静极幽极,人在其中。"(卷 2)尽管它给读者幽静之感,但实际上这首诗充满动感。尽管叙述者在场景背后,但每一个事物都通过她的观察得以展示:她看见樱桃般的火焰生动地燃烧着,闻到了栀子花和茶叶散发的香味,想象茶叶鲜如清水,最后形成芬芳的"微波"浸泡窗纱的景象。所有这些景象都显示诗人非凡的想象力。

从以上诗歌可以看到,在屈秉筠那里,对家庭生活的熟悉不再成为艺术难题。拥有敏锐的审美能力和非凡的想象力,使她能在熟悉的环境中找到灵感。当用屈原《离骚》中的香草给丫鬟命名时,透露了她把自己当作屈原文学的继承者。此外,她渴望从镜中飞向月宫,显示真实与幻想的界限已经消融。屈秉筠活在一个为自己创造的艺术世界,恰似诗中描述的白日梦:"是身是蝶纵模糊,语出蒙庄理不诬"①"觉来世上原多幻"(卷 2)。由于屈秉筠把生活和环境幻想成艺术世界的一部分,因此没有必要为获得创

---

① 《庄子·齐物论》:"很久以前,庄周梦见自己是一只在树丛间飞动的蝴蝶,他高兴得完全没有意识到自己是庄周。突然间他清醒了,好像觉得自己有点像庄周。现在,我不知道自己是蝴蝶梦中的庄周,还是庄周梦中的蝴蝶。"参看山姆·哈米尔(Sam Hamill)和J·P·西顿(J. P. Seaton)译:《庄子》,波士顿和伦敦:香巴拉出版社,1998,18 页。依据拼音系统,把"Chuang Chou"转换成"Zhuang Zhou"。

作灵感而疏离日常生活。

同家庭成员的艺术联系

屈秉筠写作了大量有关家庭的诗歌,创造了与每位家庭成员之间密切的艺术关联:丈夫、婆婆、小姑子、丈夫的小妾、丫鬟、小妾的女儿、佣人。相较于高彦颐《闺塾师——明末清初江南的才女文化》一书提到的女作家——她们大多只是丈夫的"知识和精神上的伙伴"——屈秉筠能够把"知识和精神上的伙伴"扩大到家中每个人。

与丈夫

屈秉筠深爱她的丈夫赵同钰,但她很少像其他女性那样写作热望和多愁善感的情诗。她对赵同钰的爱表征于对他们平常互动的描述中。正如我们看到的,以下诗歌揭示了这对夫妇诗歌上的共同趣味,这是幸福的关键因素。

[诗歌17]
残春杂咏(其二)
昨宵灯下苦吟迟,背却檀郎未遣知。
脱稿今朝书一遍,教郎猜是甚人诗。(卷2)

这首诗用温柔的语气称呼她的丈夫为"檀郎",并拿他开玩笑。这则趣事说明夫妻二人常常谈论诗歌并讨论诗的写作。二人的知识伙伴关系是毋庸置疑的。与上诗不同,下面这首词是关于性的。据此可知,屈秉筠以不同方式表达对丈夫的柔情:

[诗歌 18]

减字木兰花·为子梁买姬有赠

销魂真个,梦醒师雄贪再作。

侬岂无心?愿典奁中跳脱金。

寻春须早,梅蜡含香刚正好。

一朵轻云,飞下巫峰恰伴君。(《词钞》)

这首词揭示了以下事实:她丈夫性欲强烈,对性爱的需求每晚不止一次。屈秉筠因此为他买妾,以满足他的欲望。这首词是色情的,充满了性暗示。例如,"寻春"指寻求性满足,"巫峰"指交媾。

屈秉筠非常支持丈夫。他是一位才子,倾力参加科举考试多年,但一直未能成功。尽管不愿意他离开,屈还是鼓励丈夫再试一次,如以下两首所展示的:

[诗歌 19—20]

送外省试

其一

迎秋之夕送君行,红烛生葩觉有情。

愿得破除花月兴,从今不独以诗名。(卷1)

其二

一弯眉月照倾觞,小别何嫌话太长?

莫抱焦桐生慨息,人间还有蔡中郎。(卷1)

这两首诗写于一七八八年前后,类似于袁枚写给家人直白而口语化的诗歌。第一首诗,屈秉筠从道德结构的传统角度来陈述,在诗歌和男人的事业追求之间划开一条界限。她督促丈夫追求事业,尽可能地步入仕途,而非沉溺于诗歌。这表明了她的传统价值观念。从所划界限可知,在她那里诗歌不再被视为严肃的事业,而是一种娱乐。第二首诗中"焦桐"的意思是"烧焦的桐木",代指古琴。"焦桐"和"蔡中郎"暗用《后汉书》所载故事。据说有一天,梧桐木被当作柴火用于烧饭,蔡中郎(蔡邕133—192)听到桐木发出的声音,立刻意识到这种木料适于制琴。蔡邕劈出一片有些烧焦的桐木,制成一把古琴。不出所料,这个乐器果然奏出美妙的声音。① 这则故事使人想起一个传统术语"知音",其意为"灵魂伴侣"。诗人似乎在安慰丈夫,他虽被建议放弃写诗,但如果将来以诗自娱,她一定会积极参与。孙原湘评点第 19 首为"劝勉古意"(卷 1),而吴蔚光评论第 20 首为"真风雅之遗"(卷 1)。

同她的长辈和晚辈

婆婆因感染口疾严重到无法进食,屈秉筠很担心,为此曾作《侍姑疾》。这首诗表达了诗人因自己身体不好而无力照顾婆婆的忧虑和愧疚。诗歌作为两位女性之间的一种交流工具,无疑安慰了婆媳二人。其诗如下:

[诗 21]
侍姑疾

寝门晨夕恰长留,残夏经过又入秋。
竭力岂能襄子职,孱躯转恐累姑忧!
素谙食性愁多误,苦盼医方效早收。
敢说啮疽非我事,寸心耿耿几时休?!(卷 4)

---

① 范晔:《后汉书·蔡邕传》,台北:成文出版有限公司,1971,3098 页。

屈秉筠没有生育孩子,但她甘愿为小妾的孩子付出,有时也细心照料住在她家的侄子颂满。下诗是写给小妾春芜所生女儿的,这个小孩也因此被称作"侧生"。

[诗歌 22]
示女璧人

侧生小女荔枝同,伴我愁中与病中。

辛苦不辞将汝抚,聪明颇有阿耶风。

花须趁早簪窗绿,书怕担迟课烛红。

颜貌自严心自爱,簸钱斗草莫匆匆。(卷4)

这首诗听起来像充满关切的温和交谈。席佩兰评其为"如闻绿窗人语"(卷4)。换句话说,此诗像一位慈母在卧房同孩子谈话。传统中,男性诗人写给他们的家庭成员,通常是儿子或妻子,以"示儿"或"示妻"为题,是为了表达他们不能或不想口头表达的东西。屈秉筠充分利用了这个传统来表达对女孩的怜爱。

屈秉筠在辛酉除夕所写另一首诗,显示她在家庭中的作用:

[诗歌 23]
辛酉除夕

玉栊人影坐团圞,柏子香浓好辟寒。

烛下漫调雏女笑,尊前频得老姑欢。

年华巧借鸳鸯数,节物争拈蜡燕看。

拂拭涵春供梅萼,替他檐竹报平安。(卷4)

辛酉是嘉庆六年(1801),诗歌第五句"鸳鸯"提示这是一个闰年,传统上指的是一个偶数,因为这些生物总是成双成对地待在一起。第六句中的"蜡燕",连同"丝鸡""粉荔枝"等被认为是中国传统新年的节日物品。"檐竹"出自段成式(约803—863)《酉阳杂俎续集》中的一个故事:有一丛竹子生长在童子寺的院子里,主持每日向寺院报告竹子的平安,因此,后人称呼家书为"竹报平安"。① 这首诗描写了屈秉筠在家中的地位,故吴蔚光评点说:"家庭乐事,写尽仰事俯育之能。"(卷4)

与小妾和女仆

屈秉筠与赵同钰的小妾徐小淑和春芜结为朋友。她用诗歌表达了对徐小淑的友谊,诗的前半部分如下②:

> 寒闺不字性偏贞,十载先劳识我名。
> 沧海岂无容水量?明星自有傍宵情。(卷4)

第一句暗示徐小淑拒绝了赵同钰的第一次求婚,第二句写十年前她已闻屈秉筠之名。第二联是说诗人开阔的胸襟:海纳百川、月傍九霄,她没有妒忌这位年轻的小妾。此外,屈秉筠甚至还在一首词中记录了她俩之间温馨而愉快的谈话:

[诗歌 25]
蝶恋花·寒夕与徐姬莲卿闲坐(第二阕)

> 笑语移时盅茗共。
> 竹外双钟,又把黄昏送。
> 今夜余情应入梦。
> 天高月瘦诗魂纵。(《词钞》)

---

① 段成式(约803—863):《酉阳杂俎续集》,湖北:崇文书局,1877年刊本。
② 此诗题为《子梁买姬徐氏,名以小淑,字以莲卿,并赋催妆诗,因和原韵》,见《屈秉筠诗集》,卷4。

很明显,这两位女性在谈论诗歌,这使其灵魂相依,彼此亲近,消除了妻和妾之间的界限。

屈秉筠对春芜也很友善,她是买来满足赵同钰性需求的。屈总是让春芜作伴,尤其写诗之时,春芜帮助准备墨笔纸。她喜欢以屈原《离骚》中的植物称呼春芜,也乐意为其朗读诗稿,这在以下句子中体现出来:

[诗歌26]
买婢以春芜名之(第二阕)

潇湘芳草呼名字,闺阁吟诗听主人。
风雅未尝无汝分,墨香花气染通身。

"风雅"代表文学追求,"风"指《诗经》中的《国风》,"雅"包括《大雅》和《小雅》。这首诗告诉我们,屈秉筠也同春芜谈论诗歌,并鼓励她更多地参与文学。在下面这首词中,屈秉筠利用"悲秋"①传统主题来表达对陆安和的担忧。这位学生是她家厨娘的女儿,当时正病得很严重:

[诗歌27]
满庭芳·秋意

花翦轻罗,桐敲冷翠,开帘觉道凉生。青娥消息,将次到桃笙。几遍心头忐忑,便兜来、无限凄清。闲凝伫,一绳雁影,愁字望中横。　　依稀。如听得,虚空爽籁,带着箫声。问疏丛眠蝶,小梦可曾醒?早是纤纤瘦雨。又斜阳,弄作微

---

① 中国人视秋天为一个衰落的季节,以秋来表达感伤成为诗歌传统。宋玉的"悲哉秋之为气也"开创了"悲秋"主题。参阅《楚辞·九辩》,王云五主编:《丛书集成初编》第1810册,上海:商务印书馆,1939。著名批评家陆机(261—303)的"悲落叶于劲秋"进一步发掘了这个主题。参看英译本陆机《文赋》,见宇文所安编:《中国文学思想读本》,336页。

晴。还知否,兰闺宋玉,久已暗伤情。(《词钞》)

词意显示屈非常忧虑——写这首词时,可能正在等待重病中陆安和的消息。宋玉的"悲哉秋之为气也"①,开启了中国古典诗歌"悲秋"主题。屈秉筠撇开以季节衰退为主题的诗歌惯例,而借用宋玉的诗意来表现悲伤气氛。词上片创造了由"无限凄清"主导的场景,描写了"大雁南飞"②这样一个具有代表性的秋天意象。由于大雁飞翔经常呈水平的"一"字形(有时也呈"V"字形),屈秉筠把这种飞行样式比作"忧愁"的横向展开。在体验了作为背景的秋气——触觉的清冷和视觉的"横"愁——之后,词的下片,诗人引入秋声——"虚空爽籁"——并把它比作呜咽的箫声。这种天籁之音似乎在问,蝴蝶是否已经醒来,是否意识到"女宋玉"的愁苦呢?它提示读者应把典故与诗人自身结合起来,只有这样才能真正理解词的主旨。

"基于家庭的自然"之和谐

屈秉筠写了很多与在房屋周围观察到的自然现象有关的诗歌,如天气、季节、时间、星空、树木、鸟儿,甚至虫子。《韫玉楼集》528首作品中约有85首与此主题相关。屈把个人的性情、判断、价值观念和情感等投射于诗中的自然意象,使之具有强烈的主体性。例如,当屈秉筠写一个自然物时,她趋向于描述对事物的感受,而不是描写真实外观:

---

① 参阅《楚辞》,王云五主编:《丛书集成》第1810册,卷8,91页。
② 大雁是候鸟,春季生活于中国北方,中秋之后往南方迁徙。因此,秋天也称"雁天"。

[诗歌 28]
秋 露

老鹤半空语,夜深秋更清。

泻荷圆有致,湿桂冷无声。

凉气沾衣觉,微光映月生。

不愁苔径滑,直是少人行。(卷1)

这首诗诉诸读者所有感官而不只是视觉,因此,即使诗歌没有描绘露珠的外观,读者也能在每句诗中感受到它。在屈的自然诗歌中,读者能感觉到物体的神理,即便这个物体是不可视的。因为只有探究物体的神理而非展示其外相,才能使读者获得更深层次的真实感。《韫玉楼集》中频繁出现的月亮主题,有助于进一步理解这个问题:

[诗歌 29]
十六夜月

一片银蟾影,风吹上碧天。

还疑今夜望,未减昨宵圆。

诗思清如水,花香淡作烟。

不知清露下,独自倚窗前。(卷1)

此诗大约作于一七八五年秋,屈刚结婚不久。诗歌描写阴历十六的月亮,可能正在中秋节后。月亮的朔、上弦、望、下弦四种意象经常出现在中国古典诗歌中。依据阴历,"望"是每月的第十五日。此诗"误将"十六的月亮当作"望"。通常比喻月亮的"银蟾"被风吹向夜空。在那里,作者的"诗思"像月光一样洒满大地而"清如水"(另一个传统比喻)。不仅如此,"诗思"有时还似"花香如烟"一般。反照"银蟾"之光的"清露"正悄悄地"浸透"诗人的衣襟。诗人满怀平和喜悦之心,倚窗赏月。在她的想象世界中,诗思和花香变成了可视之物,尽管"清露"也许不是真实的,但"银蟾"的光却是真实的。她自言自语,想知道既望之月是否和望月一样圆,以至于"清露"浸衣也浑然不觉。吴蔚光评此诗:"六句勾魂吸髓,结亦味长。"(卷1)

综上所述,屈秉筠把家庭生活变成一个艺术世界,她是其中不可或缺的一部分。这些诗歌表明,她融入自然不仅仅只是作为一个旁观者,而且还是一个积极的参与者。

屈秉筠还充分利用自然来表现各种不同的情绪,表达她的思想和价值观念。例如,正如袁枚所指出的,其《七夕辞》(其四)体现为对喜鹊的反讽:

[诗歌30]

七夕辞

花自轻盈露自凄,碧阑干外玉绳低。

不知何处凡鸟鹊,侥幸云霄一夜栖。(卷2)

第二句中"玉绳"是指北斗七星中的两颗。事实上,"玉绳低"表示夜已深。① 传说阴历七月初七是"七夕",彼此分离的牛郎和织女拥有他们一年一度的相会。喜鹊集于银河之上为这对夫妻搭一座相会的桥梁。人们通常美化喜鹊使这次会面成为可能,但屈秉筠并不认为喜鹊是自我牺牲的。诗人嘲讽它们只是凡鸟,不过想要一个栖息云霄的机会罢了。这样一来,颠覆了喜鹊无私的动机,使之变成世俗的喜鹊,这是很不合乎常规的。

---

① 此句出自谢朓(464—499)的"玉绳低建章",《暂使下都,夜发新林至京邑,赠西府同僚》,洪顺隆:《谢宣城集校注》,台北:中华书局,1969,216—217页。

在一组与自然物有关的题画诗中,屈秉筠展示了对于"节操"的看法,如以下两首:

[诗歌 31]

自题画册十二

竹(第二首)

握笔描君子,超然整素襟。

但能传劲节,难写到虚心。(卷 4)

[诗歌 32]

兰竹(第五首)

一腔忠爱心,化为兰九畹。

至今孤臣魂,犹绕楚泽畔。(卷 4)

这些虚拟自然物的诗歌再次证明屈秉筠珍视祖先传下来的节操传统。《竹》中的竹"节"和节操的"节"是同音异义词,"素襟"表示谦卑,描绘了一个超然而谦虚的传统人物形象。《兰竹》暗指她的祖先屈原,代表忠爱之心。"兰九畹"和至今"魂犹绕",表明屈秉筠已经继承了祖先的品格。

屈秉筠描写自然的诗歌充满独创性。袁枚评价《春日雨》(第 33 首)为"一起风致嫣然",点评《九九消寒曲》(第 34 首)以"却"作结,"从对面拍合"。

[诗歌 33]

春日雨

鹦鹉拖残梦,喃喃话晓寒。

犀帘慵未卷,玉笋佐新餐。

一片东风紧,双垂罗袖宽。

此时桃柳色,和雨艳江干。

[诗歌 34]

九九消寒曲(其三)

三九风严信暗惊,到黄昏渐作边声。

分明一片关山月,却在鸳鸯瓦上明。

第 33 首中"犀帘",字面意思是指以犀牛角制成的门帘或窗帘,但实际上大部分这样的帘子是由竹子制成的。诗歌描写春雨,雨中的一切都是悠闲、平和、充满生气的。第 34 首中"鸳鸯",传统代指成双成对,"鸳鸯瓦"在中国传统中是指成双成对的瓦片,在这里也指诗人和她丈夫所居的房子。根据中国传统习俗,冬至以后,每九天构成一个"九",直到第九个"九"。诗歌描写的"三九"寒风是最为凛冽的,突出地诉诸读者的听觉。诗的头两句先说寒风令人"暗惊",然后又暗喻为疆场"边声"。三、四两句则利用声响创造出一个混合意象:明和鸣。第三句中"关山月"的本意,是想由此造成一个视觉上的转变,但由于它同时又是边关将士所唱的曲子①,因此"关山月"也是指向听觉的。诗的末句,诗人充分利用了复合式意象,以视听结合来结束诗歌。

[诗歌 35]

乙卯(1795)七夕

月帐星帷照艳妆,回文机锦织流黄。

仙家若果年如日,夜夜临流亦太忙。(卷 2)

回文或迴文是一个往前读和往后读都一样的短语或句子。回文也指可以向前或向后、垂直或水平读的诗歌。上述诗歌也是

---

① 《关山月》本是汉乐府歌曲的名称。参阅郭茂倩:《乐府诗集》,334—339 页。魏晋之后,《关山月》演变为边关将士歌唱的曲子。

精心结撰,向读者讲述了织女这个传奇人物。"月帐"和"星帷"是传统意象,但诗人用它们为织女创造了一个巨大、鲜艳和闪亮的舞台背景。此外,诗人把织女编织的"流黄"和回文诗作对比,意味着织女不仅拥有高超的纺织技巧,而且还是一位文学天才。诗歌巧妙地暗寓了"乞巧"涵义,因为以女性纺织技能为主的家务竞赛是七夕的主要内容。下面《采莲曲》(其二)和《窗前梧桐》,为屈诗之独造提供了更多例证:

[诗歌 36]

采莲曲(其二)

洗却铅华淡淡妆,白莲花发更清香。
相怜恰是侬芳洁,浴罢含娇出洞房。(卷1)

[诗歌 37]

窗前梧桐

萧疏常弄一树阴,衬得帘栊分外深。
就使孤高人不赏,身后还得作清琴。(卷1)

第 36 首把莲花比作一位美人。尽管这一意象源自李白的"清水出芙蓉"①,尽管以莲比喻年轻女性是中国传统,但屈诗人格化的创造是巧妙的。赵贵璇(字茗香)评为"人与物俱占身份"(卷1),意指年轻女子与莲花一语双关。第 37 首把梧桐描写成一位拥有高尚心灵却不为人所知的人,就像梧桐坚其高洁,死后还能制成古琴一样。席子侃评其为"命意高远"(卷1),但读者可能会发现其中讽刺的语调,因为她似乎有些自命不凡。

屈秉筠这些有关自然的诗歌,孙原湘认为风格是雄壮的。事

---

① 参看李白《经离乱后,天恩流夜郎,忆旧游抒怀赠江夏韦太守良宰》,王琦注:《李太白全集》,574 页。

实上,由于诗歌传统属于男性传统,所以一些批评家把屈诗与那些男性诗人的诗歌联系起来也是很自然的。但是,由于屈秉筠写她自己所思所感,因此她的"雄壮"意象,与其说是风格近乎雄壮,倒不如说诗人所感知的物体是雄壮的。下面这首关于大雨的诗是一个很好的例证。

[诗歌38]

大雨(其一)

压窗如墨乱云天,屋流争飞百道泉。
只恐稻花香浸杀,呼鬟踏湿看门前。(卷3)

一开始,读者可能会把生动描写暴雨场景的前两句与李白"雄壮风格"的诗联系起来,但对滂沱大雨的感知却是非常女性化的。毕竟,诗人把雨描述为"狂暴而恐惧"的,而男性可能会认为这很轻微,没什么了不起。而且,诗歌还表现了女性对植物的同情。

以下《庆清朝》(山寺观梅)一词,孙原湘认为上片风格雄壮。

[诗歌39]

雪拂衣轻,风梳鬓薄,香来古佛龛中。
清寒一片,旃檀和气交融。
此地谁横铁笛,寻春唤醒玉虬龙?
闲凝伫,四围冷翠,裹住芳丛。(《词钞》)

"横铁笛"出自胡寅(1098—1156)《游武夷赠刘生》中的"更烦横铁笛,吹与众仙聆"①。"虬龙",传说中的小角龙,代指飞雪,出自唐代吕岩《剑画此诗于襄阳雪中》的"岘山一夜玉龙寒"②。屈词景

---

① 傅璇琮、倪其心等编:《全宋诗》(第33册),北京:中华书局,1998,20997页。
② 《全唐诗》(第24册),卷858,9698页。

象似乎是遥远、冷淡和平静的,孙原湘评其为"清雄沉郁"。他说:"未意闺阁得之。"然而,屈秉筠从"遥远、冷淡和平静"的环境中创造出这些景象,修辞手法是相当女性化的:风"梳"佛寺,雪"拂"轻衣,丛木"芬芳"。"谁横铁笛"和"唤醒玉龙"似乎是雄壮的,但这些由美丽风雪创造出的一组生动画面,似乎一点儿也不雄壮:风儿吹动,发出类似"铁笛"的声音;雪花翻卷,就像被唤飞的玉龙。

由于描写自然的诗歌传统悠久,屈秉筠可参考大量前人的优秀诗歌来丰富自己的创作。她这些基于家庭的自然诗歌,毫无疑问得益于悠久的古典传统,充分利用了一些传统主题和意象。然而,正如孙原湘指出的①,屈秉筠以其特殊方式,使这些传统主题和意象焕然一新。与家庭生活诗在主旨和语言方面的新颖性相较,屈秉筠有关自然现象的诗歌更具有技巧性,并收到更多来自女性话语共同体成员、袁枚以及女性话语共同体之外的读者和批评家的赞赏。

屈秉筠的家庭诗主要有以下两个显著特点:

第一,屈秉筠把女性生活体验作为家庭艺术和写作的自发之源。她的诗歌向读者详细展示了一位女性的私人世界,图解了个人生活、内心感受、情感和思想的各个方面。

第二,屈秉筠家庭诗歌中的许多迹象,表明她尝试创造合适的语言来描述与男性不同的体验。由于屈秉筠所用的由男性主导的古典诗歌语言,不适于处理女性主题,因而她选择李商隐作为模范,向他借鉴有关爱情、友情及女性生活的表达方式。但最终她设计出自己的语言。孙康宜指出,当讨论中国女性文学时,

---

① 孙原湘非常积极地评点屈秉筠的自然诗歌。例如,他指出《采桑子·桃花》一词"熟题而有生致"(《词钞》),《新月和子梁》(其一)"标新领异,四句托兴尤婉转玲珑"(卷3)。

143

我们必须首先询问"语言是个性化和原创性的,还是常规的和俗套的"①。她观察到"贵族女性的语言是她们自己的、真实的,而不是寓言式的、传声筒式的"②。屈秉筠就是一个很好的例子。尽管她用古典诗歌形式来创作,但读者并没有从中发现太多的古诗典故的引用。相反,读者发现屈秉筠大量混合使用口语和古典诗歌语言。例如,在"碧落乱移星作响"(第 7 首)中,古典语言"碧落"(碧空倒落)和口语"乱移"(无序移动)混合,创造出一个莲池倒映星空,奇异但又生动逼真的景象。在"老鹤半空语"(第 28 首)中,"老鹤半空"(一只老鹤在半空翱翔)和"语"(说,古语)的结合也是如此。此外,屈诗所有创新对读者来说都是不难理解的:例如,"镇残银叶未曾瘥"(第 5 首)中的"银叶"(指用以针灸的银针和药材)和"调兰犹待北堂欢"(卷 4)中的"调兰"(指烹饪)。所有这些例子都表明,屈秉筠使用古典诗歌语言具有自适性,一旦不能找到合适的词来描述个人独特体验,她就灵活运用口语来替代。

---

① 孙康宜:《柳如是与徐灿》。
② 孙康宜:《柳如是与徐灿》。

第6章　关系诗

本章"关系诗"仅限于那些以与屈秉筠关联的诗友、邻居、崇拜者以及远房亲戚为主题的诗歌，不包括与家庭成员有关的诗歌，虽然这些作品也属于"关系的"，但已归为"家庭诗"，并已在上章讨论过。

屈秉筠关系诗的数量是惊人的，约占《韫玉楼集》的40%。这表明她在利用诗歌加深与家庭成员的亲近之外，还把诗歌作为加入常熟内外各种文学和社会圈子的通行证。

不同场景的叙述

屈秉筠写作了大量的有关她和其他人在不同场合中的诗歌。这些或许可称之为"场景诗"，关系诗的概念则与此有别。M·H·阿布拉姆斯(M. H. Abrams)曾指出："场景诗是为装饰或纪念特定场合而写的，如生日、婚姻、死亡、军事冲突或胜利、公共建筑的题辞、戏剧的开场或表演。"[1]因此，场景诗不必涉及他人，而关系诗则需要一个类似于通信者或谈话人的对象。例

---

[1] M·H·阿布拉姆斯：《文学术语辞典》（第3版）[*A Glossary of Literary Terms (third edition)*]，纽约：霍尔特、莱因哈特和温斯顿出版社，1971，116页。

如,第23首诗《辛酉除夕》是一首典型的场景诗,因为它不是专门写给某人的或者与他人共同完成的,所以这首诗不能认为是一首关系诗。本章中的诗歌应归为社交场合,关系到诗人的社交网络。

屈秉筠喜欢和亲密的女伴聊天,并写作了大量有关她们夜谈的诗歌。一天晚上,屈和钱珍(温如)坐谈了很久,她们的交谈达到了如下所述的精神境地:

[诗歌 40]
冬夜同温如

谭深因坐久,相恋是深更。
袖薄知霜重,灯昏觉月明。
菊残犹画影,漏静尚吟声。
似此清闲致,人间我与卿。(卷 1)

此诗约写于一七八七年,诗人20岁,正值婚后第三个年头。一个寒冷而宁静的夜晚,诗人同结拜姐妹钱珍交谈,此时已是霜重灯昏。诗歌的要义是"深",象征两位女性的友谊。与此同时,她们身旁的残菊犹如艺术品,漏钟也好像在吟咏。植物和漏钟似乎在赞美两位好姐妹的金兰之谊。赵贵珴评其为:"心迹双清,闺中韵事。"(卷 1)

《立秋日邀洵娴(赵同曜)姑夜话》(卷1)描述了屈秉筠在赵同曜到访之前满怀愉悦地准备酒水和瓜果的场景。另一首《与若冰姑夜话》(卷1),正如诗题所示,是一首有关与赵若冰夜谈的诗歌。从这些作品可以看到,屈秉筠沉醉于交谈尤其是诗歌话题,以及安静的夜晚之中:

[诗歌 41]

立秋日邀洵娴姑夜话(其二)

酒漫将樽设,瓜先教婢浮。

好邀仙珮降,同话夜灯幽。(卷1)

[诗歌 42]

与若冰姑夜话(其二)

出口兰言多蕴藉,关心诗句最温柔。

坐来未觉黄昏过,帘外蟾光水样流。(卷1)

第41首中的第二句,暗用魏文帝曹丕《与朝歌令吴质书》中的"浮甘瓜于清泉,沉朱李于寒水"①。曹丕这两句是对预备夏日宴会的部分描述。后来,人们用"浮瓜与沉李"作为夏日宴会准备的比喻。屈秉筠嫁到赵家后,与赵同曜结拜为姐妹,二人在诗歌方面有很多意趣相投的交谈。第42首记录了屈秉筠和赵若冰的一次谈话,若冰是屈秉筠在赵家的女性挚交之一。诗歌是她们交流过程中讨论最多的话题。这首诗记录了她们在一七八五年秋夜中的雅谈,其时屈刚嫁入赵家不久。

与亲友互赠礼物是屈秉筠生活中的常事。当赠送或收到礼物时,她也常记之以诗。以下两诗即以此为主题:

[诗歌 43]

以菱花鉴荷花砚赠苕芳(叶婉仪)各副以诗(其一)

一泓铅水冷盈盈,七出雕奁铸最精。

辞却病人愁里影,别邀倾国照分明。(卷3)

---

① 萧统:《文选》,924页。

[诗歌44]

谢道华（席佩兰）饷佛手柑

果艳黄金感赠遗，佛香恰与病中宜。
宛然重对拈花影，抵得相逢握手时。
熏染固非今日始，提携惟有寸心知。
拳拳雅意惭无报，合掌妆台岂敢辞？（卷2）

第一首诗中的"病人愁影"是指屈秉筠自己的形象，"倾国"则暗指叶婉仪，此诗写于屈赠给叶铜镜和砚台之时。第二首是对席佩兰的答谢诗。其中每联至少都有一个与礼物"佛手柑"有关的游戏文字。首联中的"佛香"既指水果香味，同时也指佛教思想。颔联中的"拈花影"暗指袁枚请屈秉筠题写的席佩兰画像，画中席佩兰拈花一束。① "拈"字暗指"佛手柑"中的"手"字。后面两联中的"提携"和"拳拳"也暗指"手"。最后一句中的"合掌"是一个拜佛手势，绾合了"手"和佛，影射"佛手柑"。这些文字游戏的使用恰如其分地表达了她对席佩兰的感激之情。

屈秉筠有时也以诗作为赠礼。这些诗歌往往以感谢受赠者的方式出现。孙原湘评价屈秉筠赠送亲友之诗为"每赠一人则其人如绘，诗中顾虎头也"（卷2）。"顾虎头"是顾恺之（约345—406），外号虎头，被认为是中国唐前最具才华的画家。在赠给弟媳叶婉仪的诗中，屈秉筠把叶描写成一位德才兼备的妻子：温柔、热情、贤淑，行为是自然的、无拘无束的；通晓音律、书法和诗艺；勤于家务，精通园艺和女红。诗的结句"谢娘风度近山林"，暗用刘义庆《世说新语·贤媛篇》对谢道韫的描写："王夫人神情散朗，

---

① 屈秉筠在此诗第三句之下自注："道华曾以拈花小影见示。"（卷2）

故有林下风气。"①"林下风气"以"竹林七贤"而闻名,因为他们的生活态度是"自由创造和不墨守成规"②。其诗如下:

[诗歌 45]

赠弟媳叶苕芳

楼头吹出洞箫音,一往柔情似水深。
属草替郎题扇子,种花携婢立檐阴。
飞来玉屑清无比,蒻出香绘巧不禁。
举动天然潇洒甚,谢娘风度近山林。(卷2)

屈秉筠把自己所绘的兰花图赠给赵秉清,同时也赠送了一首诗,以兰花暗喻赵的道德品格,表达诗人对这位坚强女性友爱之情的感激:

[诗歌 46]

写兰赠若韫姑

也宜闺阁也山林,一片贞香彻素心。
曾接芳标应化我,须知相契不嫌深。(卷3)

有时屈秉筠也写她和女性朋友郊游的诗,以第47首为例。一天傍晚,屈同赵若冰一起去三桥划船游览,她写道:

[诗歌 47]

秋暮偕若冰三桥放棹

人放春游棹,侬偏爱素秋。
山凭红叶染,水与碧云流。

---

① 刘义庆:《世说新语》第十九《贤媛》,378页。
② 孙康宜:《明清妇女诗人与"才德"观念》。

> 载菊情宜澹,寻诗景得幽。
> 溪光清绝处,更为夕阳留。(卷1)

此诗大约作于一七八六年,正值屈秉筠婚后第二年。一天傍晚,她和赵若冰同去三桥,这是虞山脚下的一处风景名胜。据方志记载,孙原湘、吴蔚光和本地其他文人常去此地踏青,并写作了不少游春诗。① 诗中写道,当她们荡漾在平静的河面上,屈向若冰讲述了她平和愉悦的心情以及对诗歌的看法。诗人说更喜欢素秋,这或许反映出她对名声和财富的态度。颈联中提到对诗歌的看法,更加深了这种态度。表面上来看,诗人是在谈论诗歌,但是"菊"揭示了一个更深远的意义。因为这种植物在传统中象征秋天,在这种特殊环境中,它使读者联想到弃官归家的陶潜(365—427)及其著名诗句:"采菊东篱下,悠然见南山。"②尽管诗人称此景为"素秋",但实际上其色彩是丰富的:红叶遮山,"碧云"映水,阳光之下,溪水清亮,所有一切都被晚霞染红。末句的"夕阳"回应了诗题中的"秋暮"。吴蔚光说此诗:"起用托笔,结用透笔,具见作法。"(卷1)

情绪和感情渠道

屈秉筠是一个热情的人。诗歌为她提供了宣泄各种情绪和感情的良好渠道,尤其是哀悼因分娩死亡的女性亲友。屈秉筠年轻时曾写过8组共25首悼亡诗。在她那个时代,女性似乎生活得非常艰难。屈氏社交圈子中的很多女性死于疾病

---

① 《重修常昭合志》,62页。
② 译文转引自宇文所安编译《中国文学选集:从远古至1911》,316页。

和意外,尤其是难产。屈秉筠三位姐妹——钱珍、赵同曜及另一位不知姓名的女子——都以这种方式去世。

[诗歌 48]

哭洵娴(其一)

忆得来归四载前,才经识面荷相怜。

一言订得同心契,便许追随阿姊肩。(卷 1)

[诗歌 49]

哭陆蕙缃(安和)

去年送汝画楼前,不到楼中几一年。

自入秋来形梦寐,每逢人至问餐眠。

唾壶惊化红成玉,遗笔空余墨似烟。

早识别时无后会,宜教归计竟翩然?(卷 2)

第 48 首是哀挽赵同曜的悼亡诗,叙述了诗人和赵的友情,根据诗人末句自注,同曜是屈的小姑子,也是结拜姊妹。① 第 49 首表达了屈秉筠对弟子早逝的深悲巨痛,袁枚评点此诗:"情真语至,一字一泪。"

在那些关于期盼的诗歌中,屈秉筠有时也"直接"对爽约之人陈说,正如下面这首盼望赵若冰的词所展示的:

[诗歌 50]

洞仙歌·迟若冰不至

梅花放矣,问残年有约,底事芳心便忘却?

况辰檐鹊讯,夜阁灯占。凝伫久,不听佩环吹落。

聪明何处笛,带着春风,送我相思出城郭。

便欲折南枝,一片清寒,又封住,几重帘幕。

依熏笼,闲坐自沉吟,既梦见君来,料应非错!(《词钞》)

---

① 末句诗人自注:"与余订为姊妹。"《韫玉楼诗集》,卷 1。

此词非同寻常，陈述者的思想过程被生动地描述出来。年末之时，盆梅绽放，诗人诉说着对若冰的盼望和等待。昨夜她为验证若冰到访预卜一卦，今晨又看到鸣叫的喜鹊，这是客人要到的征兆。诗人等待时，凝视着梅花，暗问客人是否忘掉了约定。然后，她安静地站在门边，用心倾听外面所有声音，但是没有听到人声，只有近处传来的笛音。诗人希望笛声把她的盼望带给若冰。第11句"欲折南枝"，传统中也是望乡或思人的象征。尽管由于"几重帘幕"，诗人不能看得很远，但她相信客人最终一定会来。这是一首优秀的展示渴望和期待心理的诗歌。凌客（屈静堃）评其为："清老之笔，觉白石老仙去人不远。"（《词钞》）①

与上述诗歌集中于单一时间点不同，屈秉筠描写思念堂姊屈静堃的诗，提到了她们难忘的孩提时代共同生活的细节，生动地表达了诗人对堂姊的深爱。诗中首句"雁行"是以雁飞来指代年齿：

[诗歌 51]
怀婉清姐

雁行生小乐闱中，肩自相随齿却同。
宛转读书争早熟，聪明学绣让先工。
即论风度原娴雅，若较才情拜下风。
今日梦魂劳两地，往来还喜有诗筒。（卷 1）

社交作品

屈秉筠写作了不少应他人之请的诗歌。尽管应请作诗已经

---

① 白石老仙是指著名词人姜夔（约 1155—1209），号白石道人。

存在很长一段时间,但它通常被认为是劣质之类,因为它不是灵感之作,而是"应制之作"或"应景之作"。伟大批评家刘勰区分"为情造文"与"为文造情",认为前者是"吟咏情性",后者则"心非郁陶"。① 读者常常把应请作诗与"为文造情"联系起来,认为它是一种虚情假意的表达。罗溥洛指出,在中国古代,绘画"在文人圈子中被当作一种社会货币形式,一种用于确保有形和无形价值的交换媒介"②。在屈秉筠的社交网络中,诗歌也发挥了一种社会货币形式的功能。屈秉筠创作了大量以题辞、唱和、联句为形式的作品。尽管这些诗歌因不同的理由而创作,其中很多仍然表现了屈秉筠的真实情感,表达了她的社会和文学观点,也显示了她对诗歌技巧的精通。

题诗

为肖像、绘画、诗集、扇面等题诗,占了屈秉筠应朋友、邻居和亲戚之请所作诗歌的大部分。成名后,屈氏赢得了一大批仰慕者。事实上,虞山的每个人都希望得到她的诗。在一首诗中,屈提到一位崇拜她的邻居:"邻女闺中粗识字,也将扇子索题诗。"(卷2)那些和屈秉筠不熟的人,往往通过朋友、亲戚或邻居向她索诗。孙原湘曾经充当过这样的"中间人",告诉屈秉筠有一位都阃求她题画。

屈的大部分题辞都是真正的诗歌创作,其中较佳者是她为钱珍诗集的题诗,以及为方蘩妻子所作的题画诗:

---

① 周振甫:《文心雕龙注释》,北京:人民文学出版社,1981,347 页。
② 罗溥洛:《中华帝国晚期的妇女:近代英语世界学者的评论》(Women in Late Imperial China: a review of recent English Languge scholarship),《妇女历史评论》,1994 年第 3 期。

[诗歌 52]

题温如诗卷

闺房生小擅聪明,十五来归齿最轻。

相对关情惟我甚,新诗脱口爱君清。

唱酬每共然香坐,敏捷无须击钵成。

一卷自如冰雪净,玉兰花底脆吟声。(卷1)

[诗歌 53]

冰壶夫人桃源春泛图——江右方秀才燮配

渔郎去后美人来,莲叶舟轻稳似杯。

春水多情无浪起,碧桃含笑尽花开。

仙原不隔青山路,家具应携玉镜台。

从此衣香经一浣,天风吹不上纤埃。(卷2)

第52首非常自然,正如袁枚所评:"流丽如弹丸脱手。"第53首也是优美的。此诗第二句,小舟"稳似杯",暗指一位叫"杯度"的和尚,他常在一个木杯里航行。惠皎说:"杯度者不知姓名,常乘木杯度水。……凭之度河,无假风棹,轻疾如飞。"[1]第六句中的"玉镜台"是指画中之湖,一位美人正在水面上划着一叶轻舟。绘画是一种空间艺术,而诗歌是一种时间艺术。在这首诗中,屈秉筠以时间顺序再造了这个场景:美人方到时,渔郎刚离开;"春水"轻托着她的小船,河边山上的桃花向她微笑;佳人好像走向一个仙境。诗景随着这些活动鲜活起来,从过去到现在,最后走向未来。诗人友好地告诉画中人,仙境在向她敞开,回应了此画的标题"桃

---

[1]《高僧传》卷10,390页。参见高楠顺次(J. Takakusu)、郎渡边海旭(K. Watanabe)编《大正新修大藏经》[The Tripitaka in Chinese (revised, cllated, added, rearranged and edited)],第2095部,东京:大正一切经刊行会,1927。

源春",同时提醒她赴仙境时应随身携带着玉镜。

屈秉筠的一些题诗表达了她的社会观和美学观,可以看作诗歌形式的社会或文学批评。在一首关于节母寡居图的题诗中,屈秉筠赞扬了寡居者的贞节。诗歌是这样安排的:前四句集中写寡妇的声名;后四句写她的居所,"竹箭""柏舟""此楼"与诗题中的"竹柏楼"相照应:

[诗歌 54]

袁节母竹柏楼居图

一片凄凉纸上生,孀居冰操十年成。

心如初日盟无改,身比浮云念已轻。

竹箭每思霜后劲,柏舟曾逝水俱清。

此楼与节同高峙,压倒人间百尺名。(卷4)

另一首关于一位历史女性人物的诗歌也表达了屈秉筠对女性贞洁的新思考:

[诗歌 55]

绿　珠

七尺珊瑚锦帐开,季伦原自解怜才。

坠楼宜向君前死,不是明珠买得来。(卷1)

在这首诗中,屈秉筠借历史女性人物绿珠之名,创造了一个道德形象。绿珠长得很美,擅长吹笛,是石崇(249—300,字季伦)的宠妾,石崇任职于贾后的宫廷。石崇很喜欢绿珠,但不幸的是,赵王司马伦的佞臣孙秀垂涎于她。孙向石请求绿珠,但遭到拒绝。孙由此陷害石,鼓动赵王伦逮捕石崇和他的家人。当士兵到来时,绿珠跳楼自尽。屈秉筠在诗中创造的这个道德女性是一个喻象:来自"珊瑚"中的"绿珠"像一个"锦帐"。两个华丽的物体,"珊瑚"

和"锦帐",为绿珠提供了背景。与此同时,一个自然物和一个人造物的混合意味着她的双重性质——神和人,象征着她非凡的外表和才华。

在对绿珠贞洁的赞扬中——自杀是为了个人的忠诚——诗人强调了绿珠的才华,认为这对伴侣彼此相爱,并且他们的爱是基于共同的音乐爱好。因此,绿珠贞洁的新意得以展示,这与那些仅仅为了贞洁而自杀的女性大不相同。换句话说,绿珠选择自杀是为了爱,但这种爱是双向的,是以她与男子共同的知识兴趣为基础的。这反映了屈秉筠对妇女贞洁的女性看法。袁枚评此诗为"所包得者广",也许道出了诗歌的弦外之音。

许多男性诗人和官员也认可屈秉筠的声名,并以能得到她的题诗为荣。例如,大令杜梅溪、司寇王述弇、太守李松云等人,为他们的诗集、绘画、画像专门向屈秉筠索请题诗。这些题辞都收录于《韫玉楼集》中。书商汪心农请屈为他的画题诗,著名诗人陈文述和吴蔚光也请屈为他们的诗集题诗。以下是屈秉筠为吴蔚光诗集所写题辞:

[诗歌 56]

吴竹桥太史小湖田乐府题辞(其一)

乌丝传写遍词坛,多少名流抗手难。

七尺瑶琴千尺雪,仙人端坐碧云弹。(卷3)

诗题中"太史"是指清代的"国子监生",对读书人来说也是一种荣誉头衔。第一句的"乌丝",传统中指代作品,此处暗指吴蔚光的诗集。这首诗可看作对吴诗的评价。它指出:(1)吴诗较之于同时代才子诗人更为杰出;(2)吴诗具有"清"的特征。屈秉筠通过一系列意象清晰地表达出这样的看法:诗坛众名流无法与吴蔚光抗衡。"瑶琴千尺雪"暗指其诗之"清","端坐碧云弹"暗喻其诗之高,因为俗话说"曲高和寡"。

屈秉筠的名声越来越大,向她索诗的人也越来越多。因为没有发现屈出售作品的现象,所以很可能她为仰慕者所作都是免费的,当然,那些为索诗画而带给她的礼物除外。屈因不计其数的请求而劳累过度,严重影响了她的健康,因此发出这样的叹息:"身病方知名是累。"(卷3)由于不停地写诗和画画,屈秉筠的肝病变得更严重,依据赵同钰所说,她有时卧床数月不起。当她在病榻上写诗或作画时,洒落在身边的墨汁与药汁混合到一起,弄脏了床边的桌椅。最后,她不得不以诗歌的形式请赵同钰来谢绝更多的索诗画者:

[诗歌 57]
病中语子梁谢索诗画者(二首)

其一

只因遭病学涂鸦,那算诗家与画家。

今日病人心血尽,一棋误着到头差。

其二

枯砚敲残心不知,红蚕犹吐未僵丝。

翻思未饮香茗日,尽有拈毫得意时。(卷3)

尽管第一首第一句"只因遭病学涂鸦"不是实情,但此诗很好地描写了她的不安,因为病中向她索求作品者实在太多。第四句的意思是,因为在病中,写诗或绘画可能会犯错,有时甚至一个简单的错位也可能使作品不成功。第二首第三句中的"香茗",用一个双关语暗指名声:汉语中"茗"和"名"是同音异义词。

和诗与联句

屈秉筠喜欢写和诗与联句。她有时被请求唱和,或者感到有必要去和那些赠诗或与她有关的诗。屈经常与网络圈中的人酬唱,因此她写唱和诗,几乎用尽了所有传统方式,如下所示:(1)和韵,即用被和诗歌的原韵;(2)用韵或依韵、步韵,即用被和诗歌的同韵字,但是不必用同样的顺序;(3)次韵,即用被和诗歌的同韵字,而且次序相同。一般来说,最后一种在技巧上比前两种更难。以下是次韵袁枚题于席佩兰和屈秉筠合绘的《如兰图》上的诗:

[诗歌 58]
与道华约为姊妹,因绘如兰图,随园先生题诗其上,依韵呈谢
偶蒙掾笔品题佳,从此朱颜并发华。
画里幽兰高韵格,一时低首妙莲花。(卷2)

屈使用了袁枚题画诗中的同序同韵字,即"佳""华""花"。头两句中的"朱颜"在传统上是指年轻女性,"发华"是对年长者的赞美之词,此二词生动地象征了袁枚与这两位好姊妹的关系。末句中的"妙莲花"是一个双重比喻,既指袁枚的题诗也指佛陀。人格化的莲花,是说屈和席二人充满敬意地凝视着画上袁枚的题辞,就像瞻仰佛陀一样。

"联句"是对个人技巧和独创的巨大考验。屈秉筠喜欢和诗友玩这样的游戏。相比普通的诗歌创作,联句更多的是在词、调、韵匹配上的操作。然而,在共同的审美趣味和创作水平相当之外,两位诗人的亲密合作更为关键。联句展示了屈与其社交网络成员密切的知识关联。同时,屈把联句也当作一种创作形式,严肃对待,正如她所说的:"联吟也等春蚕苦。"(卷2)当屈和钱珍(温如)乘舟远足时,她们联句如下:

[诗歌 59]

舟行联句

（温如）：扁舟摇曳傍山行，
（宛仙）：暮色朦胧景未明。
　　　　　两岸荻花如雨碎，
（温如）：一滩寒月与霜清。
　　　　　天边嘹唳飞鸿远，
（宛仙）：水面萧疏落叶轻。
　　　　　为爱幽溪无限好，
（温如）：归时不觉已初更。

此诗惊人的连贯，似乎出自一人之手。在诗中，作者描写了近景和远景，以及她们难忘的舟行。荻花和薄雾的比喻是协调的。然而，因为两人轮流联句，她们完成的一首诗往往不会很长。因此，屈秉筠创作的部分联句并不能真正代表她的诗歌水平。

屈秉筠一直连续不断地写作她与他人的关系诗，这和其他诗人偶尔写作的"关系诗"是有区别的，这表明她对诗歌的理解，也在某种程度上揭示了女性文学创作的特征。其关系诗的下列两个审美特点具有代表性。

第一，屈诗具有亲和力。莫林·罗伯森（Maureen Robertson）曾问："传统文人诗是假定写给男人的，那么女作家能写给女读者什么呢？"[①]屈秉筠的诗歌是对这个问题的最好回答，因为它们大部分是写给女读者的，正因为这一点，它们显示出亲

---

① 莫林·罗伯森：《女性的声音：中世纪和中华帝国晚期女性诗人抒情诗性别主题的结构》(Voicing the Feminine: Construction of the Gendered Subject in Lyric Poetry by Women of Medieval and Late Imperial China)，《晚期中华帝国》（第 13 卷，第 1 期），1992 年 6 月。

和力。正如那些与卧谈、收送礼物有关的诗歌所展示的那样,屈秉筠常用诗歌向她的社会和文学网络中的成员倾诉心声。在许多古典诗歌中,诗人扮演一个虚构的角色,并对一个虚构的听众陈述,但屈诗却是一位真实女性向另一位真实的个人交谈,其中以女性为主。为展示其人格,当她写诗给某一个真实个人时,屈秉筠真诚地表达她的感觉和情感,语调也显得更加友善。这种亲和感类似于一些学者所说的中国诗歌的"女性气质"。孙康宜指出:"中国诗歌中的女性气质是一种美学品格,一种高雅和温情的修养——类似于大多数由男性所作的宋词的'婉约'风格。"①屈诗的亲和感在"高雅和温情的修养"方面类似于"女性气质",但又与它不同,因为屈诗中的女性人格和女性表达使得诗歌自然而然地是"女性的"、亲和的。

第二,屈诗具有"清"的品格。正如同门女弟子依照袁枚"性灵"诗学所描述的,"清"是指纯洁的诗歌思想、明亮澄澈的诗歌意象以及自然的诗歌语言。诗中的这种品格,见于她在不同场合表达的心绪,对不同的熟悉事物和自然现象的反应,对家人的呵护,对他人的爱,还有对书籍、诗歌和学习的关注。她的诗歌没有涉入公共事务和俗世纷扰,诗歌意象中也没有算计和机心。而且,屈秉筠常常幻想她的家庭生活,在写作之前使周围的一切都艺术化了。她的诗歌意象自然而然地来自于"平凡"的艺术世界,既是逼真的又是审美的,因而也是"清"的。

---

① 孙康宜:《柳如是与徐灿》。

结语　诗歌之力

屈秉筠发展成为一名职业诗人,其文学成就表明,女性天赋及写作作为社交过程的性质,驱使她不断寻求与其他女性的联系,并由此形成自己的女性网络。在与他人互动的过程中,其诗歌事业之花盛开。

作为一位柔弱的女性,屈秉筠用她令人敬畏的诗歌力量使复杂的家庭关系简单化,使周边所有人与她的联系更加紧密,使那些亲近她的人与她更加亲密,也使其本人受到本地区内外的人广泛的仰慕。屈秉筠把她每天的世俗生活,包括疾病,变成艺术作品。她的诗歌强有力地向世界展示了一位贵妇人家庭生活的每个细节,展示了她深入整个文学网络的热情,创造出几乎空前绝后的典范。从把女性的体验作为艺术生发之源来看,屈是一位女性文学的革命者,因此也成为多方拓展中国诗歌的女性作家的杰出代表。

女性诗歌之力

屈秉筠成为职业诗人的过程,可以阐明女性作家数量在晚明开始上升,并可解释这个数量在清代中期剧增的现象。中国文化和文学的研究者,通常将女作家数量增加原因归为城市化、商业化以及印刷业的出现。高彦颐认为,"17世纪江南地区妇女文化的发展,由城市化和商业化而增长的财富可能是其唯一原因"①。孙康宜坚信,妇女不断增长的写作欲望,"应部分归为女性读写能力的激增以及印刷业的快速发展"②。曼素恩进一步指出,18世纪女性作家数量的巨大增长,是因为"写作是文化人的标志,发挥了关键性作用",尤其是诗歌写作。换言之,"康乾盛世精英家庭的学习增长意味着写作增长"③。所有这些解释都似乎有理。但是,除了历史环境,是否还存在源自内在因素——比如性别行为——以及源自写作本身性质的原因呢?在接受文学教育之后,那些妇女是怎样成为有成就的诗人的呢?

妇女作家的增长:性别和文学的阐释

正如本书所言,在接受基础教育和痴迷于诗歌写作之后,屈秉筠经历了两个重要阶段:写诗并在家庭诗歌圈子内部唱和,与袁枚女弟子群互动。屈秉筠的这些经历证实了南希·乔多罗关于女性"性别认同关系"的理论,以及玛丽莲·库珀"写作是社交行为"的假说。首先,在诗歌学习和写作过程中,屈秉筠利用诗歌联系娘家和婆家对诗歌有兴趣的每个人。同时努力使那些未曾学诗的人参与进来。她鼓励小妾和女佣学诗,教导厨娘的女儿写诗。最终,屈成功地将她们引入诗中,并愉快地与她们分享诗歌。诗歌似乎成为屈秉筠与他人交流的媒介,为了让人们了解她的所思所想,屈希望每个人都学诗。其次,屈诗多数是通过与他人互动而创作出来的,同时也是被她一己体验个性化了的。通过与他

---

① 高彦颐:《闺塾师》,19页。
② 孙康宜:《明清女性诗歌选本的趋向及其策略》。
③ 曼素恩:《缀珍录:18世纪及其前后的中国妇女》,16—17页。

人交流,她变得更加热情,写作灵感也被激发出来。她与导师及其女弟子群的互动尤为真实:诗歌被阅读和评点,她由此受到巨大鼓励,诗歌观念得以形成,诗歌技巧得以改进。

在帝国晚期,女性结群来学习诗歌是一个重要现象。高彦颐把17世纪中国女性群体概括为三种类型:家庭的、社会的、大众的。诗歌阅读和写作是每个社群的主要活动。与前代不同,在晚明和清代,很难在精英家庭中找到单个女作家。女作家结社往往是家族式的或地方性的。一个典型的例子是晚明吏部尚书商祚家族。这个家族中有十多位女诗人:四个女儿,两个儿媳,另外至少有四个外孙女。据说他们"每暇日登临,则令媳女辈载笔床砚匣以随,角韵分题"①。另一个例子是南方福建的一个士人家庭,家中九个女儿都是诗人:郑镜蓉、郑云荫、郑青苹、郑金銮、郑长庚、郑咏谢、郑玉贲、郑风调、郑冰纨。除郑冰纨早逝、郑长庚的诗集没有被保留下来之外,其他人都留存了一部诗集。②此外,上层妇女结社习诗是在有声望的诗人指导下进行的,或者她们自己组织公共社群。女诗人和评论家沈善宝(1808—1862)拥有来自上层家庭的"百余名女弟子"③。妇女诗社的例子,如芭蕉诗社,成员有林亚清、顾姒、柴静仪、冯娴、钱凤纶、张昊、毛缇等人。再如清溪诗社,成员有张允滋、张芬、陆瑛、李媆、席蕙文、朱宗淑、江珠、沈纕、尤淡仙、沈持玉等人。

就上述对屈秉筠诗歌生活的考察而言,读者可以透过性别行为和文学本身的特性来看待16世纪以来女性作家剧增现

---

① 梁乙真:《清代妇女文学史》,上海:中华书局编辑所,1927,1页。
② 梁乙真:《清代妇女文学史》,58页。郑咏谢《簪花轩诗抄》是一部手抄本,藏福建省图书馆。
③ 陈香:《清代女诗人选集》,97页。

象。由于受女性禀赋以及视写作为社交行为的观念支配,妇女结群习诗。这种事实为此期女性作家激增提供了很好的解释。

才与德:同命运抗争的胜利者

中国传统认为才与德是对立的,并相信才华是有才之人早死的悲剧根源,尤其是才女。孔子为其始作俑者,他说:"有德者必有言,有言者不必有德。"①基于这种观念,产生了一种"才子无行"的说法。在《典论·论文》这部对后世产生巨大影响的著作中,曹丕提出:"文人相轻,自古而然。"②他进一步说:"观古今文人,类不护细行,鲜皆能以名节自立。"③南北朝晚期的批评家证实了曹丕的看法。杨遵彦(主要活动于555年前后)作《文德论》,"以为古今辞人皆负才遗行,浇薄险忌"④。颜之推(531—590后)详细地阐述了这个问题。他列举了中国历史上36位行为失检的文人,如屈原、宋玉、东方朔(前154—前93)、司马相如(前179—前118),并说"不能悉纪,大较如此。至于帝王,亦或未免。……唯汉武(刘彻,前156—前87)、魏太祖(曹操,155—220)、文帝(曹丕,187—226)、明帝(曹叡,203—239)、宋孝武帝(刘骏,430—464),皆负世议,非懿德之君也"。他分析这种现象,并指出由于男性诗人易受自然激发,喜欢自由表达,是以他们"果于进取"而"忽于持操"。而且,文人才子喜好自吟自赏,往往"不觉

---

① 《论语》第十四章。此处译文采自孙康宜《明清妇女诗人与"才德"观念》。
② 宇文所安:《中国文学思想读本》,8页。
③ 郭绍虞、王文生主编:《中国历代文论选》(第1册),165页。
④ 黔东南远程教育网,http://qdnjy.gov.cn/web/Artical_Show.asp?ArticalID=960&ArticalPage=1(7Jan.2006).译者按:此段文字出自《魏书·温子升传》。

更有旁人"。他最后说:"自古文人,多陷轻薄。"他们多露才扬己而轻蔑他人。① 因此,"文人无行"成为一种流行观念。

"文人无行"的意思,是指才华有损道德,无才便是德。② 虽然如此,但是男性并未被禁止去追求文学卓越,因为写作不仅被视为他们的事业,而且也被看作"三不朽"之一。《左传》载:"太上有立德,其次有立功,其次有立言。"③男性都被鼓励去追求"三不朽",但对女性来说,才华却被视为祸水。正如孙康宜和高彦颐所述,关于女性才与德的论争由来已久。④ 出于"文人无行"的流行观念,"女子无才便是德"⑤的说法在明代开始兴起。明代"才祸"演变为盛行的迷信,认为才女多早死。⑥ 人们相信女子的才华会激起上苍的嫉妒(但事实上,她们的才华引起家中其他女性的嫉妒。例如,有才华的小妾往往是正室的眼中钉,反之亦然;同丈夫互赠诗作的儿媳往往引起婆婆的嫉恨)⑦。"女子无才便是德"与"才祸"观念相互交织,杀死了女性的才华甚至她们的生命。

然而,屈秉筠,这位来自传统上层家庭的纤弱女性赢得了同命运搏斗的胜利。她的诗才有助于而非损于她的德。她的生活没有因为有才华而变得悲惨,相反,变得更加幸福。

---

① 郭绍虞、王文生主编:《中国历代文论选》(第1册),350—351页。
② 这个传统至今深远地影响着中国人。在上世纪80年代的河南省,依然流行着一种普通的誉词,"这个人老实得不知如何表达自己",意思是说表达才能有损于一个人的诚实。
③ 杨伯峻:《春秋左传注》,1088页。
④ 对中国妇女才与德的详细讨论,参看孙康宜:《明清妇女诗人与"才德"观念》;高彦颐:《才与德的追求:17—18世纪中国的教育与妇女文化》(Pursuing Talent and Virtue: Education and Women's Culture in Seventeenth-and Eighteenth-Century China),《晚期中华帝国》第13卷第1期(1992年6月),9—39页;高彦颐:《才华、道德与佳人》(Talent, Virtue, and Beauty),见《闺塾师》,143—176页。
⑤ 参看陈东原:《中国妇女生活史》,第2页。
⑥ 高彦颐:《闺塾师》,100页。
⑦ 关于妇女"才祸"的详细讨论,参看高彦颐:《闺塾师》,99—110页、209—212页。

诗才使屈秉筠更有魅力也更可爱。正如读者在第2章看到的，每次屈静壑和屈秉筠在娘家相遇，她们整日相伴，白天相依而坐，晚上相邻而卧，为的是通宵论诗。屈氏丈夫在与她诗歌唱酬过程中，获得极大乐趣，在她去世后，为失去知己而异常哀痛。小妾徐小淑如此仰慕她，以至于后来崇拜变为忠诚。在屈去世后，小淑婉拒扶为正室，并希望"终侍夫人地下"。屈的才华也使其深获尊敬，远近之人，无论长幼、男女、贵贱，都以能得到她的题辞为荣幸。

同时，屈秉筠通过诗歌很好地把她同家庭圈子及社交网络中每个人联系起来，并使这种联系产生意义。因此，她与家庭及社交网络中的其他成员发展了更为亲密的情感。屈把自己同群体维系在一起，并得到他们的支持，由此使自己更为强大。她也利用写诗来协调家庭、联络外人，从而使每个人都更为强大。例如，女佣和小妾，这些在中国传统中被认为是不幸的人，作为女主人的诗友在屈家分享生活快乐。最后，通过诗歌，屈秉筠把世俗生活改变(幻想)为令她适意的艺术世界。诗歌成为使她生活快乐的一种方式，即使在生病期间。

屈秉筠的经历反驳了"才损德"和"文人无行"的流行观念，证明了才与德能够彼此和谐，通过相互作用能使女性更为强大。屈既是"德女"，发展了与他人的和谐关系；又是才女，在诗中表达内心深处的情感。因此，在行为之外，她的德还内蕴于诗中，使其更为引人入胜。

女性的体验是艺术发生之源

中国古代妇女文学的发展经历了两个阶段：从古代至16世

纪晚期是缺少自我意识的阶段,从 16 世纪晚期至 19 世纪晚期是自我意识觉醒的阶段。

帝国晚期之前的妇女文学

正如本书开头所提到的,中国妇女文学很可能是早期中国文学的自然组成部分。在早期,妇女文学自发地表现妇女生活的各个方面。Sharon Shih-jiuan Hou 在对远古至春秋战国时期(约前 1100—前 256)诗歌的评论中说:"这些作品多为自传体。主题从婚姻忠诚、渴望伴侣、怀乡思旧发展到女性贞操、子女孝心、妇女勤俭持家,进一步发展到以忠君为主。"① 不少汉代宫廷女性藉诗以抒哀愁。卓文君(前 118)作《白头吟》,王昭君(前 33)作《怨诗》,班婕妤(前 48—6)作《怨歌行》,蔡文姬(160)作《悲愤诗》和《胡笳十八拍》。这些作品开辟了传统女性"闺怨"主题。

从南北朝至明代,不少宫廷女性、上层官员的女儿和小妾、娼女和尼姑,以诗歌闻名。她们中有左棻(300)、上官昭容(664—710)、谢道韫、绿珠、苏小小、李冶(8 世纪)、薛涛(约亡于 832)、关盼盼(785)、鱼玄机(约 844—约 871)、李清照、朱淑真(亡于 1107)。她们多写闺怨、友情和山水诗。一些宫廷女性也写边塞诗。值得注意的是,妓女文学在唐宋时期开始兴盛。娼妓诗人,如薛涛、关盼盼、温琬(1068—1077)、马琼琼、谢桂英、盼盼、盈盈等人常常同她们的情郎互赠诗作。这些妇女,像她们的情人一样,也写行旅、咏史以及山水诗。她们也写各种场景诗,如送行和留别。同时,这些歌女还写作了数量庞大的浪漫爱情诗,以表达

---

① 倪豪士(William H. Nienhauser, Jr.)编:《印第安纳中国文学手册》(*The Indiana Companion to Traditional Chinese Literature*),布卢明顿:印第安纳大学出版社,1986,182 页。

她们对爱的渴求或希望得到生意上的照顾。"浪漫爱情"因此也开辟成另一妇女文学主题。

整个宋代,幸存下来的女性文学作品,多是那些受战争迫害或婚姻不幸的妇女创作的。中国现代学者苏者聪把此期妇女文学描述为"充满血泪"①。在金元时期,许多皇室和上层贵族家庭中的女性遭受侮辱,有些人被拐骗和强奸,被迫背井离乡。流行于那时的新儒家,制造了残酷的与妇女贞节有关的社会文化环境,这使女性比之前更遭罪,尤其是当她们婚姻不幸之时。闺怨是宋代妇女文学的主调。李清照,这位被认为是中国古代最杰出的女作家,在这个时期出现了。在诗歌生活之始,李清照庆贺她的婚姻,她与一个有共同诗歌和艺术兴趣的男子结婚;在晚期,她不得不抒发失去丈夫和饱受战乱之苦的哀伤。她的"闺怨词"有助于建立词的女性(婉约)风格。在诗集《断肠集》中,另一位著名的宋代女诗人朱淑真,表达了她的孤独、悲伤以及对疾病和脆弱的哀怨。在元明时期,那些出身于低级官员、学者、文人家庭的女性也尝试文学创作,一些人也展示出诗歌才华。

谈到中国妇女文学,宇文所安指出:"在中国古代,女作家的写作通常无性别标记,或者她们假装由男性传统建构的'女性'的样子。我们很少发现为反对性别角色限制而发声的人。"②这句话的意思是,中国古代只存在男性传统,妇女作家遵循这个传统,即便她们以"女性的"方式进行写作。魏世德(John Timothy Wixted)曾表达过相似的看法,说他未曾见到独立的中国女性文学传统:"从现存材料来看,在脉络或语言上,直到帝国晚期,似乎

---

① 苏者聪:《宋代妇女文学》"绪论",武汉:武汉大学出版社,1997。
② 宇文所安:《中国文学选集:从远古至1911》,509页。

都没有证据表明中国女性文学传统的存在。"①毋庸置疑,男性不仅创造了词的文体和婉约风格,而且以"男子作闺音"的方式创作了大量"闺怨"和"爱情"佳作,这些作品曾一度风行②,由此使女性主题焕然一新。但是,"闺怨"和"爱情"主题是由妇女开创的,她们自始至终写作这些主题,为中国文学传统作出了重要贡献。而且,在唐宋时期,当男性作家开始填词时,歌伎也利用这种新文体表达她们的感受和情感,后来其他女作家如李清照和朱淑真,帮助创立了词的"婉约"风格。因此,在中国文学传统的建构过程中,男性和女性各自都发挥了作用。虽然如此,但由于男性传统的主导地位以及女性自我意识的缺失,女性文学传统以及她们对中国文学所作的贡献都被男性文学遮蔽了。

总之,在16世纪晚期,两种传统的女性文学主题已形成:"闺怨"主题,由汉代宫廷女性建立后,一直不断地被重复;"爱情"主题由唐代歌伎开创后,在16世纪晚期和17世纪更为繁盛。

中国女性文学的黄金时代

从16世纪晚期开始,中国女性文学进入黄金时代,妇女作家数量急剧上升。妇女作家自我意识觉醒,并用各种文体进行创作。莫林·罗伯森告诉我们,在17世纪,新的女性文本主体已成型,新的女性声音也开始发出来。③ 将她们自己关注的事物引入

---

① 魏世德:《李清照的诗:妇女作家与女性身份》(The Poetry of Li Qingzhao: A Woman Author and Woman's Authorship),见余宝琳编:《中国宋词之声》,145—168页。
② 金昌绪认为,唐代男性诗人创作的题为《春怨》的"闺怨"诗曾经极为流行。它表达了一位妇女对据传远征辽西的丈夫的极度思念。例如以下这首诗:"打起黄莺儿,莫教枝上啼。啼时惊妾梦,不得到辽西。"蘅塘退士:《唐诗三百首》,上海:上海古籍出版社,1999,268页。
③ 莫林·罗伯森:《女性的声音》。

诗歌,帝国晚期的妇女"重塑"传统主题,重写各种文学题材,如行旅诗、挽歌、七夕诗等等。正如罗溥洛所指出的,妇女开始发展她们自己的主题以及自我展示的形式。①

一开始,许多妇女继续写"闺怨"和"爱情",但是,要将她们同此前的女性作家区别对待。在16世纪晚期和17世纪,江南地区都市中的歌伎作家非常显眼。数量巨大的女性从艺者,从低级出卖肉体者到高级名妓,都在写作"情诗"②。其中最有天赋和受人尊敬者,包括马湘兰(1548—1604)、景翩翩(主要活跃于1570年代)、薛素素(约1564—1637)、杨玉香(16世纪晚期),以及柳如是。歌伎作家在她们的诗歌中歌颂忠贞或斥责薄情。根据孙康宜的说法,虽然由于她们把诗歌当作"妓女与顾客交流的原始工具"③,使得她们的诗歌在读者看来是庸俗的,以至于经常被认为是生意上的诱饵和广告,但是,这些妇女的作品多被出版,助其成为学者和文人眼中的理想之"情"(爱情、情感和感觉)。④贵族妇女改造了"浪漫爱情"主题,用以歌颂夫妻之间的婚姻之爱以及与其他女性之间的友爱。孙康宜指出,贵族妇女有关同性友情的作品"易为现代读者理解为同性恋的表现",因此认为"那些妇女之间的同性恋要比普通人更为显而易见"⑤。在她们的作品中,贵族妇女痛苦地抱怨性别歧视以及遭受猜忌的精神折磨,因而质疑

---

① 罗溥洛:《中华帝国晚期的妇女》。
② 这里我使用的是罗溥洛的术语。参看罗溥洛:《中华帝国晚期娼女文化的歧义意象》(Ambiguous Image of Courtesan Culture in Late Imperial China),魏爱莲、孙康宜编:《中华帝国晚期的女性作家》,22页。
③ 罗溥洛:《中华帝国晚期娼女文化的歧义意象》。
④ 孙康宜:《晚明诗人陈子龙:"情"与"忠"的绾合》(The Late Ming Poet Ch'en Tzu-lung: Crises of Love and Loyalism),纽黑文:耶鲁大学出版社,1991,119页。
⑤ 孙康宜:《柳如是与徐灿》。

文学本身的价值。①

随着妇女教育的迅速蔓延,从晚明开始,数量不断增长的妇女作家兼艺术家成为女性的流动教师,或者出售她们的作品来支持家庭。高彦颐研究这些妇女并称其为"类男性"的女性。通过做教师和出售作品来补贴家用,这些妇女承担了男性的角色。由于获得行动自由并承担了男性角色,她们并不倾向于写作传统女性主题,相反,她们努力参与公共事务并写作男性关注的内容。高彦颐认为王端淑、黄媛介、顾若璞(1592—1681)是这一类女性的代表。例如,王端淑写过六位阵亡于失败的晚明王朝的男性,歌颂过那些投水、跳河、诅咒无耻士兵的女性。这种文学取向影响到那些从未走出过家门的妇女作家。② 孙康宜评价这些妇女为"双性同体",她指出"双性同体"的妇女作家,把她们自己当作"文人文化,像男人一样追求诗歌成就和其他文化事业"的一部分。③

袁枚女弟子群出现于清中期,或者说18世纪,大多是文学的积极参与者。当她们同时代的其他女性都在坚持时,这些妇女把自己从儒家传统观念中解放出来。正如曼素恩和孙康宜所发现的,在清代中期,妇女作家更加意识到自我并把女性主体引入作品,但与此同时,她们又坚信儒家道德。曼素恩和孙康宜认为完颜恽珠是其中最突出的例子。完颜恽珠"采用'温柔敦厚'的标准来编选《国朝闺秀正始集》"④。孙康宜指出,完颜恽珠的选集展示了在清代中期之后新儒家是如何影响女性文人的:"以道德准

---

① 孙康宜:《柳如是与徐灿》。
② 高彦颐:《闺塾师》,129—142页。
③ 孙康宜:《明清女诗人与"双性同体"文化》。
④ 孙康宜:《明清女性诗歌选本的趋向及策略》。

则来编选诗集是为了制造更多的道德教化,完颜恽珠似乎在向袁枚的文学自由意志的主张挑战,因为依据袁枚的观念,自发的自我表达要早于诗歌的教化功能。"①曼素恩坚信,完颜恽珠认为那些妇女诗歌是对她们道义的最真实最完满的表达。② 然而,袁枚女弟子群,她们的文学内容并不包括儒家教化,因此,外人将她们视为以自由反对传统者。一些儒家学者,如章学诚,严厉批评她们。即使被邀请,那些在意儒教的妇女作家也不愿加入。例如,当袁枚听到汪琼的诗名后,打算去拜访她,但汪琼视此为非礼。③即便袁枚是她祖父的好友,她还是拒绝了。另外一个例子是侯芝,她的作品"自始至终坚持女性行为的保守标准"④。侯芝生活的南京,正是袁枚随园所在地,她的丈夫是袁枚的弟子,但是她没有加入袁枚女弟子群。魏爱莲解释道:"从严格的儒家立场来看,袁枚的名声不佳,这很可能是侯芝宁愿避免与他们接触的原因。"⑤

但是,袁枚的女弟子群可分为两种类型。席佩兰、骆绮兰、孙云凤及其他类似成员,她们急于挑战男性权威,所写诗歌性别不清,可归为"类男性"或"双性同体"的女性作家。⑥ 屈秉筠、陈长生、金逸、张玉珍⑦,以及其他类似成员是另一种类型。她们并没

---

① 孙康宜:《明清女性诗歌选本的趋向及策略》。
② 曼素恩:《缀珍录》,97 页。
③ 施淑仪:《清代闺阁诗人征略》,卷 6。《礼记·坊记》:"子云:夫礼,坊民所淫,章民之别,使民无嫌,以为民纪者。"译文采自理雅各所译《礼记》。
④ 魏爱莲:《才华与麻烦:1828 年的〈再造天〉》(Trouble with talent: Zai zaotian of 1828),《中国文学》(*Chinese Literature*)(1999),132 页。
⑤ 魏爱莲:《才华与麻烦》,138 页。
⑥ "类男性"在 18 世纪变得越来越多。高彦颐:《闺塾师》,126 页。
⑦ 例如,金逸创作了很多有关疾病以及与丈夫和朋友之关系的诗歌。张玉珍早寡,写作了大量有关思念丈夫、情感孤独以及和同性朋友之关系的作品。

有急于同男性竞争（屈秉筠甚至拒绝出名）①，而是专注于写她们自己的生活，创造了女性主题、风格和语言。但是，两种类型都趋向于挑战传统，并力求创造包涵女性主体的文学。不过，屈秉筠及其类似者在明清妇女作家中展现出一种新的特征。

女性生活是艺术生发之源

屈秉筠的诗歌源自清代中期妇女文学环境，但在很多方面与同时代者又有区别。从中国妇女文学传统和明清妇女文学的内容来看，屈秉筠诗歌最显著的特征可概之为女性生活是艺术生发之源：以家庭生活领域为基础的主题，并延伸到女性网络。她的诗歌详细地打开了上层妇女的私密世界，这个很少在传统的中国妇女文学中看到。屈秉筠并非唯一一个专注于家庭事务，并把家庭关系和社交网络写入文学作品的人。魏爱莲指出，在17世纪的部分上层女性中，"文学技巧与家庭生活"出现了新的关联，那些妇女能够"在家中创造一种鲜活的文学氛围"②。魏爱莲说，从17世纪中叶开始，"一种不断发展的现象是，女性生活成为妇女作家的合适主题，男性作家亦然"③。但是，依据孙康宜的观察，明清时期许多贵族女性开始"通过对诗歌写作和出版的合理追求，来拒绝对家庭生活惟命是从的沉默"④。"这些妇女把她们自

---

① 不像席佩兰和骆绮兰急于成名，屈秉筠显得非常谦虚，躲避声名。孙原湘曾造访赵同钰和屈秉筠一处名为易安阁的住所，由于李清照也号易安，孙原湘把屈与李进行了比较，意思是屈像李一样有才。屈秉筠说："名本不佳，固思所以易之"，并马上询问孙原湘这个住所该如何取其他名字（孙原湘《屈秉筠传》）。而且，当其得知被列入袁枚十三女弟子湖楼请业图时，屈秉筠写道："执业羞同列，微才愧得名。"（卷2）
② 魏爱莲：《17世纪中国才女的书信世界》。
③ 魏爱莲：《小青的文学遗产与妇女作家的地位》。
④ 孙康宜：《明清女诗人与"才德"观念》。

己真正地展示出来,试图同传统女性的私人及家庭生活模式决裂。"①因此,她们对有关家庭生活或传统妇女主题的写作不感兴趣。"像男性文人一样,这些女性诗人创造了一个自我满足的诗歌世界,试图超越家庭生活常规。她们沉浸于诗歌写作、绘画和书法,并参与到佛和道的讨论当中。"②因此,屈秉筠与那些像她一样写作妇女家庭生活经历的诗人,就显得特别有价值。

屈秉筠的独特性还可以通过与欧洲女性文学的比较得以揭示。英国女性文学传统始于 16 世纪晚期,艾米丽·蓝耶(Aemilia Lanier)的诗集《上帝和女王的宽恕》(*Salve Deus Rex Ludaeorum*)(1611)是 17 世纪开出的第一朵花。18 世纪,虽然受到嘲笑和责难,写诗成为中产阶层妇女的一种职业,是她们追求家庭财政成功的一种方式。19 世纪中叶,随着两位至关重要的女性作家的出现,妇女诗歌的时代才真正到来。③ 同帝国晚期的中国妇女相比较,欧洲写诗的妇女非常少,能与帝国晚期相媲美的欧洲妇女的诗歌,要到 20 世纪才出现。然而,在 17、18 世纪,欧洲的女性小说得到很好发展,与妇女地位的历史转变相一致。中产阶层妇女成为家务生活和家庭情感的炙手可热的中心。④ 在一部以英国女性小说家为主题的《她们自己的文学》(*A Literature of Their Own*)的著作中,伊莱恩·肖沃尔特把英格兰女性文学的发展特征归为妇女文学、女权主义文学、女性文学

---

① 孙康宜:《明清女诗人与"双性同体"文化》。
② 孙康宜:《明清女诗人与"双性同体"文化》。
③ 简·蒙蒂菲奥里(Jan Montefiore):《妇女与诗歌传统:暴君的语言》(Woman and the Poetic Tradition: The Oppressor's Language),马丁·科伊尔(Martin Coyle)、彼得·加赛德(Peter Garside)等编:《文学与批评百科全书》(*Encyclopaedia of Literature and Criticism*),底特律/纽约:盖尔研究公司,1991,208—222 页。
④ 简·斯宾塞(Jane Spencer):《女性小说》(Feminine Fiction),马丁·科伊尔、彼得·加赛德等编:《文学与批评百科全书》,518—530 页。

结语 诗歌之力

三个阶段。从1840年代到1880年代属于妇女文学阶段,女性写作是为了努力做到在文化和智力成就上与男性平衡。此期的一个显著标志是,女性作家为应对双重文学标准而化名为男性,这成为英国女性作家的国家特征,如乔治·艾略特(George Eliot)和柯勒·埃利斯(Currer Ellis)。约从1880年代到1920年代,或女性赢得投票权时期,属于女权主义文学阶段。妇女们历史性地能够拒绝女性任人摆弄的姿态,并且运用文学把受伤害妇女的屈辱戏剧化。在1880年代,为了对受苦的姐妹们负责,新一代女性重新定义了女性艺术家的作用。女性文学阶段始于1920年代。妇女们拒绝模仿和抗议——两种从属的形式——取而代之为把女性生活当作艺术生发之源。她们把女性文化分析拓展至文学技巧和形式。女性美学会议代表,如多罗西·理查森(Dorothy Richardson)和弗吉尼亚·伍尔芙(Virginia Woolf),依据男性和女性的判决书,把他们的作品区分为"男性的"新闻作品和"女性的"小说作品,重新定义和辨识生活内外的性别特征。①

帝国晚期之前的中国女性作家类似于"妇女文学"阶段的英国女性作家:二者都认可男性传统作为标准,她们的尝试也被遮蔽。但是,欧洲妇女作家像男性一样写作,因为她们内化了男性文学和社会准则,并力求模仿主流传统;而中国妇女作家则创造了她们自己的传统,尽管是无意的。帝国晚期的妇女作家重写传统女性主题,把女性主体引入作品。她们介于"妇

---

① 伊莱恩·肖沃尔特:《她们自己的文学:从勃朗特到莱辛的英国女性小说家》(*A Literature of Their Own : British Women Novelists from Brontë to Lessing*),普林斯顿:普林斯顿大学出版社,1977。还可以参看第三部分"女权主义诗歌的趋向"(Toward a Feminist Poetics)的摘要,见氏著《新女权主义批评:女性文学与理论随笔集》,纽约:潘塞恩图书出版公司,1985,137—139页。

女文学"与"女权主义文学"两个阶段之间,因为她们的自我意识虽已觉醒,但同时又保留了传统格局。"类男性"或"双性同体"的女性作家,在公共事务上同男性竞争,就像女权主义文学阶段的英国女性作家抗议盛行的传统模式,为少数(妇女)的价值和权力辩护一样。屈秉筠及同类诗人类似于第三阶段——女性文学阶段——的英国妇女作家,她们都把女性的生活阅历当作艺术生发之源。

以上比较表明,屈诗站在了女性文学发展水平的前沿,因此引发了这样一个问题:为了创作真实的女性文学作品,18世纪女性作家是否非写自传型作品不可?答案是两方面的:在某一阶段,就自我意识——女性经历作为艺术生发之源的自信——而言,女性作品呈现为自传性质是必要的;随着社会发展和女性文学发展,她们又发现了表现自我意识的其他方式。

首先,女性传记作品展示她们的自我意识。乔治·古斯多夫(Georges Gusdorf)认为自传体是每个个体生命独特的意识自觉的产物。"自传体作家乐于描绘自己的形象,认为自己的嗜好是有价值的。""自我意识"的出现使自传体有了可能。[①] 在驳斥古斯多夫主张的言论中,女权主义批评家苏珊·弗里德曼(Susan S. Friedman)指出,对女性自传写作来说,把个人主义的普遍观念当作自传体的文化前提是错误的。女性自传作品并非每个鲜活女性独一无二的个体特征的反映。它展现出来的"女性"形象,被认为是定义鲜活女性特征的一个类型。弗里德曼利用罗博特

[①] 乔治·古斯多夫:《自传的条件与限制》(Conditions and Limits of Autobiography),詹姆斯·奥尔尼(James Olney)编:《自传:理论与批评随笔》(*Autobiography: Essays Theoretical and Critical*),普林斯顿:普林斯顿大学出版社,1980。

姆(Rowbotham)关于集体意识的思想以及乔多罗有关性别认同的精神分析理论来阅读女性自传作品,强调"建构于女性自传作品中的自我,是基于,但非局限于群体意识——与女性个体命运典范有关的'女性'文化类型的意义的意识"①。尽管他们之间有分歧,但是古斯多夫和弗里德曼都确信自传作品源于自我意识的觉醒,古斯多夫称之为个体之我,而弗里德曼称之为女性集体之我。中国早期女性文学中的妇女,虽然缺乏女性的自觉意识,但她们自发地写作生活中经历的事情。但是,屈秉筠及同类诗人②创作的主题范围,拓展至女性生活的各个方面,更为重要的是,她们的作品以自我意识为基础,她们的生活经历拥有成为艺术生发之源的权力。

其次,早期女权主义批评家弗吉尼亚·伍尔芙对女性作品的自传特质很感兴趣。她认为当"英国妇女"从毫无影响的、波动的、模糊不清的人转变为选民、工薪阶层、有责任感的市民时,她的工作变得更加"非个体的"。伍尔芙指出,一旦妇女在公共领域中将她们的地位提升至完整公民主体,她们的"关系"将变成不仅是"情感的",而且更多的是"知识的"和"政治的"。她们的工作也将变得与"非个体的"关系更为密切,更多"社会批评,而较少个体

---

① 苏珊·弗里德曼:《女性自传自身的理论与实践》(Women's Autobiographical Selves Theory and Practice),莎利·本斯托克(Shari Benstock)编:《个体自身:女性自传作品的理论与实践》(The Private Self: Theory and Practice of Women's Autobiographical Writings),查珀尔希尔:北卡罗莱纳大学出版社,1988。
② 正如明清女性作品的研究者所发现的,帝国晚期有一种强烈的自我表达倾向。例如,方秀洁指出:"那些受教育女性在文本实践中的自传式渴求,以各种方式表征于前言素材、文体选择、文集的结构组织、自我表达的讨论模式之中。"方秀洁:《书写自我与书写人生:沈善宝(1808—1862)性别化自传/传记的书写实践》[Writing Self and Writing Lives: Shen Shanbao's (1808—62) Gendered Auto/Biographical Practices],《男女》(NAN NÜ)第2卷第2期,2000,259—303页。

生活分析"。①

作为个体过程以及个体思想的产物,文学创作不能是"非个体的"和"去情感化的"。然而,在中国女性文学的某一阶段(例如,汉前期和帝国晚期),妇女们有意或无意创作的许多有关她们自身的作品,极具个性和情感。但是,一旦妇女逐渐地越来越多地参与公共事务,她们将经常性地承担社会角色,写作范围也会拓宽至社会和政治问题。当今的中国和欧洲,妇女参与社会和政治事务,她们的工作是缺少"个性的"(性别的)。不过,在中国古代,屈秉筠及同类诗人正处在中国女性文学的发展阶段,关注女性自身生活的要求多于公共事务。

屈秉筠对中国文学的贡献

很多学者发现,在帝国晚期,中国古典诗歌发生了重要变化。首先,"帝国晚期的诗歌在语言、涉及的主题、历史深度等方面都要比唐诗更为丰富"②。其次,"清诗中的现实主义在上升"③。例如,晚明诗人"首次摆脱寓言式爱情观念而转向基于男女互爱之爱"④。第三,帝国晚期的诗歌"不再被当作理所当然的公共进步

---

① 弗吉尼亚·伍尔芙:《女性与小说》(Women and Fiction),见氏著《女性与写作》(Women and Writing),伦敦:妇女出版社,1979。随笔首版于1929年,后由科拉·卡普兰(Cora Kaplan)摘入《女性文学批评:新色彩和阴影》(Feminist Literary Criticism: "New Colours and Shadows"),见马丁·科伊尔、彼得·加赛德等编《文学与批评百科全书》,750页。
② 宇文所安:《打捞诗歌:清代的诗人》(Salvaging Poetry: The "Poetic" in the Qing),胡志德、王国斌、余宝琳等编:《中国历史中的文化与国家:习俗、适应与批判》,斯坦福:斯坦福大学出版社,1997。
③ 罗郁正(Irving Yucheng Lo)、威廉·舒尔茨(William Schultz)编:《等待独角兽:中国晚期的诗与歌,1644—1911》(Wating for the Unicorn: Poems and Lyrics of China's Last Dynasty, 1644—1911),布卢明顿:印第安纳大学出版社,1986,21页。
④ 孙康宜:《柳如是与徐灿》。

的过程,而已转向消遣"①。帝国晚期的女性作家为此变化起到了重要作用。

像其他女性作家一样,屈秉筠的诗歌也被广泛阅读。她在世时,其诗已在虞山内外广为传播,去世后,其诗集刻本获得更多读者。通过她们的作品传播,女性诗人广泛地参与到与文学世界中其他人的讨论中来。孙康宜指出:"事实上,中华帝国晚期的女诗人,不仅数量是空前的,而且那个时代的知识妇女与男性一起共享这个世界。她们的行为既不是男人生活的附属物,也不是平行的女人世界的常住民,而常常参与到诗歌传统,以及包涵更多文化和社会内容的诗歌表达中来。"②

屈秉筠和她类似的女诗人,通过开辟新主题、新语言及新风格,拓展了曾囿于人类生活的某些方面、并遵循单一的男性传统的中国诗歌。女性生活是人类生活的重要组成部分,应在文学中得以表现,而文学也需要通过持续不断地发展新面貌来获得重生。批评家杰姆斯·李维斯(James Reeves)把诗歌定义为"事物的表达和表达事物的方式"。他说诗歌"表现为一起印在纸上的一系列词语,使某一突发事件得以描述,或者使诗人头脑中发生的事件得以表达"。他认为一首好诗是读者能从中感受到震撼或惊奇的诗。"震撼来自于新的体验。读者的体验被无限放大。"③为了使读者震撼或惊奇,作者要么写新事物,要么发现写旧事物的新方式。屈秉筠和其他女性,使她们女性场所中的生活成为诗歌主题的一部分,向读者展示了她们的私密空间,因而带给读者

---

① 宇文所安:《打捞诗歌:清代的诗人》。
② 孙康宜:《明清女性诗歌选本的趋向及策略》。
③ 杰姆斯·李维斯(James Reeves):《诗歌释义》(*Understanding Poetry*),伦敦:海涅曼教育图书有限公司,1965,29—32页。

"震撼或惊奇"。

屈秉筠及同类诗人也给中国古典诗歌带来亲和与实用的风格,因此也带来一种促使诗歌进入人们日常生活的动力。

《尚书》所说的"诗言志",被视为中国传统诗歌的"开山纲领"。① 它主张诗歌是自我表达。然而,从早期开始,儒家就避免把"志"解释为"个体之我";相反,他们从政教目的出发,把"志"解释为"道德",使其变成"公众之我"。②《诗大序》说:"诗者,志之所之也。"③但是,令人惊奇的是,它依据道德意义来阐释《诗经》中的所有诗歌,因此把诗歌解释为"经夫妇,成孝敬,厚人伦,美教化,移风俗"。④ 传统中的文章,包括诗歌,被视为"大业"。曹丕说:"盖文章,经国之大业,不朽之盛事。"⑤中国文人将诗歌写作当作社会事业并为此奉献一生。

然而,倡导个人主义和诗歌本义的倾向也得到发展。宇文所安在详述中国古典文学时说,魏晋南北朝时期的文人对个人幸福的关注要比国家事务更多。在唐代,很多诗人写普通社会事件,并把诗歌当作人际交流的一种方式。在宋代,更多作家写私人生活和休闲,远离国家服务性需求以及修身自省的新儒家始终不懈的道德严肃。从晚明开始,作为对维护规则和"道德严肃"的复古者的回应,大量文人提倡自由并在诗歌创作中遵循本真。李贽和袁宏道是晚明文学运动的代表,清代袁枚、陈文述、孙原湘,继续

---

① 朱自清:《"诗言志"辨》"前言",上海:华东师范大学出版社,1996。
② "公众之我"和"个人之我"意思近于两个现代术语:"大我"和"小我"。
③ 译文采自宇文所安《中国文学读本》,40 页。
④ 译文采自吴福生(Fusheng Wu):《颓废的诗学:南朝和晚唐时期的中国诗》(*The Poetics of Decadence: Chinese Poetry of the Southern Dynasties and Late Tang Periods*),奥尔巴尼:纽约州立大学出版社,1998,11 页。
⑤ 郭绍虞、王文生主编:《中国历代文论选》(第 1 册),159 页。

推行晚明以来直观性和真实性的表达趣向,倡导完全自发性的诗歌,以达到内心本真的自由表达。①

主张个人主义和诗歌本义的趣向,可视为摆脱儒家"诗言志""公众之我"而转向"个体之我"的结果。伴随着文学在精英家庭中盛行以及诗歌在所有精英阶层中传播,这种摆脱最终在明清时期得以完成。虽然清代中晚期的一些知识分子,如龚自珍和黄遵宪,仍然坚持把诗歌当作宣扬政教的工具,但诗歌最终还是从"大业"的地位降落为一种自我表达和消遣的方式。

毋庸置疑,女性作家帮助完成了这个摆脱。当屈秉筠及同类诗人给家庭成员和朋友写诗,饮酒或远足中以诗为戏,以及鼓励大量家庭主妇、女孩、女仆参与诗歌之时,诗歌已不再是"大业"了。在一首写给她丈夫的诗中,屈秉筠说:"愿得破除花月兴,从此不独以诗名。"(第 19 首)这两句清楚地表明,诗歌已不再是严肃的使命,只不过是消遣罢了。

---

① 宇文所安选译:《中国文学选集:从远古至 1911》,225、365—378、478、637、807—812、1128—1129 页。

附录　袁枚女弟子简表

姓名	居住地	时间	成为女弟子的方式	交往	参考资料
陈淑兰	金陵	1783	自荐	三次或以上①	入选《随园女弟子诗选》
钱孟钿(1739—1806)	吴江	1787之后②	通过她叔父介绍,其叔父为袁枚朋友	三次或以上	参加西湖诗会(1790)③
孙云凤(1764—1814)	杭州	1788	通过她父亲介绍,其父为袁枚朋友	三次或以上	入选《随园女弟子诗选》;入选《随园十三女弟子湖楼请业图》;参加西湖诗会(1790,1792)④
陈长生	杭州	1788之后	通过她继母介绍,其继母之父系袁枚进士同年	1788年与袁枚见面,据知还有一次受邀参观随园⑤	入选《随园女弟子诗选》

① 三次或三次以上会面,以及/或者与袁枚通信。
② 参见《袁枚全集》(第3册),《随园诗话》,151页。
③ 同袁枚一起参加1790年的西湖诗会。
④ 同袁枚一起参加1790年和1792年的西湖诗会。
⑤ 参见陈长生《金陵阻风侍太夫人游随园作》,《袁枚全集》(第6册),《续同人集》,229页。

续表

姓名	居住地	时间	成为女弟子的方式	交往	参考资料
孙云鹤	杭州	1789	通过她父亲介绍,其父为袁枚好友	三次或以上	入选《随园女弟子诗选》;入选《随园十三女弟子湖楼请业图》;参加西湖诗会(1790,1792)
汪缵祖	钱塘	1790	同袁枚一起参加诗会	未知	入选《随园十三女弟子湖楼请业图》;参加西湖诗会(1790)
徐裕鑫	钱塘	1790	两次同袁枚一起参加诗会	三次或以上	入选《随园十三女弟子湖楼请业图》;参加西湖诗会(1790①,1792②)
张秉彝	钱塘?③	1790	同袁枚一起参加诗会,同时她父亲也是袁枚朋友	除已知诗会外,她还写过一首同袁枚一起聚会的诗歌④	参加西湖诗会(1790)
孙廷桢	杭州	1790	同袁枚一起参加诗会	除已知诗会外,她还写过一首同袁枚一起聚会的诗歌⑤	参加西湖诗会(1790)
汪妽	钱塘	1790	同袁枚一起参加诗会	三次或以上	入选《随园十三女弟子湖楼请业图》;参加西湖诗会(1790)

---

① 参见徐裕鑫:《宝石山庄送简斋夫子还山》,《袁枚全集》(第6册),《续同人集》,228页。
② 袁枚《寄怀前杭州太守明希哲先生》"自注"中提到徐裕鑫参加诗会,参见《袁枚全集》(第1册),《小仓山房诗集》,865页。
③ 袁枚曾说:"余与柴行之同庚,十八岁时,柴与其表兄张静山见访。"因张静山是张秉彝的父亲,故张秉彝很可能同袁枚一样是钱塘人。参见《袁枚全集》(第3册),《随园诗话补遗》,594页。
④ 参见张秉彝:《湖楼送别简斋先生》,《袁枚全集》(第6册),《续同人集》,226页。
⑤ 参见孙廷桢:《湖楼送别简斋先生》,《袁枚全集》(第6册),《续同人集》,228页。

续表

姓名	居住地	时间	成为女弟子的方式	交往	参考资料
吴淑慎	杭州	1790	同袁枚一起参与诗会	除已知诗会外,她还写过一首同袁枚一起聚会的诗歌①	参加西湖诗会(1790)
冯蕙	未知	1790	同袁枚一起参与诗会	除已知诗会外,她还写过一首同袁枚一起聚会的诗歌②	参加西湖诗会(1790)
蒋心宝③	未知	1790/1792	未知	未知	入选《随园十三女弟子湖楼请业图》
王玉如	杭州	1790之后④	通过她丈夫介绍,其夫是袁枚朋友	三次或以上	入选《随园女弟子诗选》
骆绮兰	句容	1791	自荐	三次或以上⑤	入选《随园女弟子诗选》;入选《随园十三女弟子湖楼请业图》
金逸(1770—1794)	常州	1792	通过她丈夫介绍,其夫为袁枚弟子	1794年会面一次;她去世后,袁枚为其作悼词和碑文	入选《随园女弟子诗选》;入选《随园十三女弟子湖楼请业图》;袁枚"三知己"之一

---

① 参见吴淑慎:《湖楼送别简斋先生》,《袁枚全集》(第6册),《续同人集》,227页。
② 参见冯蕙:《湖楼送别简斋先生》,《袁枚全集》(第6册),《续同人集》,228页。
③ 唯一提到蒋心宝的文献见于袁枚为《随园十三女弟子湖楼请业图》所作跋文。参见小横香主人《清代野史大观》,151页。
④ 王玉如是孙云凤父亲的小妾。王遇见袁枚的时间,可能是1790年袁在西湖边上孙家举办的诗会上。
⑤ 这个判断是基于罗宾·汉密尔顿(Robyn Hamilton)的论述:"骆绮兰是金陵随园的常客。"参见《名誉追求:骆绮兰(1775—约1813)与18世纪江南妇女及才女的讨论》(The Pursuit of Fame: Luo Qilan [1775-ca. 1813] and the Debates about Women and Talent in Eighteen-Century Jiangnan),《晚期中华帝国》第18卷第1期(1997年6月),17页。

续表

姓名	居住地	时间	成为女弟子的方式	交往	参考资料
廖云锦	松江	1792	通过袁枚第五个女儿介绍①	三次或以上	入选《随园女弟子诗选》；入选《随园十三女弟子湖楼请业图》
钱林	杭州	1792	同袁枚一起参与诗会，同时其父为袁枚朋友	三次或以上	入选《随园女弟子诗选》；入选《随园十三女弟子湖楼请业图》；参加西湖诗会(1792)②
潘素兰(1764—?)	杭州	1792	同袁枚一起参与诗会；另外，其父为袁枚朋友	三次或以上	参加西湖诗会(1792)
袖香③	杭州	1792	通过她丈夫介绍，其夫为袁枚朋友④	未知	参加西湖诗会(1792)?
梧桐⑤	杭州	1792	通过她丈夫介绍，其夫为袁枚朋友⑥	未知	参加西湖诗会(1792)?
月心⑦	杭州	1792	通过她丈夫介绍，其夫为袁枚朋友⑧	未知	参加西湖诗会(1792)?
金兑	常州	1792	同袁枚一起参加诗会	1791年会面一次⑨，并同袁枚一起参加聚会	参加绣谷园诗会⑩

---

① 参见《袁枚全集》(第3册)，《随园诗话补遗》，667页。
② 参见《袁枚全集》(第1册)，《小仓山房诗集》，865页。
③ 袖香是明希哲的妾。"袖香"很可能是小名，姓和字不详。
④ 在1792年诗会的前一天，袁枚与明希哲相见，"(明希哲)即命梧桐、袖香二姬受业门下"。《袁枚全集》(第1册)，《小仓山房诗集》，卷35，865页。
⑤ 梧桐是明希哲的妾，"梧桐"很可能是小名，姓和字不详。
⑥ 《袁枚全集》(第1册)，《小仓山房诗集》，卷35，865页。
⑦ 月心，明希哲的妾，"月心"很可能是小名，姓和字不详。
⑧ 袁枚在1792年西湖诗会的记述中，曾提到月心和她的同伴梧桐、袖香，这些人都是他的女弟子："太守有十二金钗，能琴者名梧桐；能诗者袖香，最小者名月心，会前一日皆执贽余门。"《袁枚全集》(第3册)，《随园诗话补遗》，卷5，第44条，671页。
⑨ 在1792年所作《集绣谷园送随园先生还金陵》一诗中，金兑说："荆州乍识遗相别，后会期来又一年。"《袁枚全集》(第6册)，《续同人集》，236页。
⑩ 1792年参加绣谷园诗会。

续表

姓名	居住地	时间	成为女弟子的方式	交往	参考资料
张允滋	吴江	1792	同袁枚一起参加诗会	与袁枚聚会一次①	参加绣谷园诗会
顾琨	苏州	1792	同袁枚一起参加诗会	与袁枚聚会一次②	参加绣谷园诗会
尤澹仙	常州	1792	同袁枚一起参加诗会	与袁枚聚会一次③	参加绣谷园诗会
周澧兰	常州	1792	同袁枚一起参加诗会	与袁枚聚会一次④	参加绣谷园诗会
何玉仙	苏州⑤	1792	同袁枚一起参加诗会	与袁枚聚会一次	参加绣谷园诗会
江珠	苏州	1792	同袁枚一起参加诗会⑥	未知	参加绣谷园诗会
鲍之蕙（？—1810）	丹徒	1792?⑦	通过她丈夫介绍，其夫为袁枚朋友	三次或以上	入选《随园女弟子诗选》；入选《随园十三女弟子湖楼请业图》

---

① 参看张滋兰(允滋):《集绣谷园送随园先生还金陵》,《袁枚全集》(第 6 册),《续同人集》,235 页。

② 参看顾琨:《集绣谷园送随园先生还金陵》,《袁枚全集》(第 6 册),《续同人集》,235 页。

③ 参看尤澹仙:《集绣谷园送随园先生还金陵》,《袁枚全集》(第 6 册),《续同人集》,236 页。

④ 参看周澧兰:《集绣谷园送随园先生还金陵》,《袁枚全集》(第 6 册),《续同人集》,236—237 页。

⑤ 何玉仙,苏州人,但婚后离开此地,她回乡时碰巧遇上诗会。她在《集绣谷园送随园先生还金陵》中说:"故乡住几日,已快湖山游。"《袁枚全集》(第 6 册),《续同人集》,237 页。

⑥ 江珠因病未参会。但她被认为是参会人员,因为她代表袁枚召集了其他女弟子参与集会。她也写了题为《集绣谷园送随园先生还金陵》的诗。《袁枚全集》(第 6 册),《续同人集》,235 页。

⑦ 参看鲍之蕙丈夫与她为庆祝袁枚八十大寿合作《同内子联句七排律》中的自注:"壬子秋,蒙赐清娱阁合刻诗序。"《袁枚全集》(第 6 册),《随园八十寿言》,卷 6,111 页。鲍之蕙加入袁枚门下可能在 1792 年。

续表

姓名	居住地	时间	成为女弟子的方式	交往	参考资料
庄涛	松江	1792①	通过她堂亲介绍,其为袁枚弟子	未知	袁枚称其为"女弟子"②
席佩兰(1762—1826)	常熟	1793③	通过她丈夫介绍,其夫为袁枚弟子	三次或以上	入选《随园女弟子诗选》;入选《随园十三女弟子湖楼请业图》;袁枚最得意的弟子;袁枚"三知己"之一
屈秉筠	常熟	1794	未知	三次或以上	入选《随园女弟子诗选》;入选《随园十三女弟子湖楼请业图》
张玉珍(1759—1796之后)	松江	1794	通过她父亲介绍,其父为袁枚朋友	三次或以上	入选《随园女弟子诗选》;入选《随园十三女弟子湖楼请业图》
朱意珠	苏州	1794④	通过她丈夫介绍,其夫为袁枚朋友	未知	入选《随园女弟子诗选》

---

① 在1792年加入袁枚门下之后,廖织云在一封写给袁枚的信中提到她的表姊庄涛。庄涛也是一位优秀诗人,由于十分喜爱袁枚的诗,她已把自己当成袁枚的私淑弟子。参见《袁枚全集》(第3册),《随园诗话补遗》,卷5,第37条,690页。庄涛可能与廖织云同年成为袁枚女弟子。
② 袁枚认可庄涛为女弟子,参见《袁枚全集》(第6册),《随园八十寿言》,卷6,110页。
③ 席佩兰在1793年与袁枚会面,并非如合山究在其论文中所说的1794年。袁枚叙述他第一次与席佩兰见面的场景:"女弟子席佩兰,诗才清妙,余尝疑是郎君孙子满代作,今春到虞山访之。"据袁枚回忆,读了席佩兰在这次见面期间写的三首诗之后,他认识到席的诗才(参考《袁枚全集》(第3册),《随园诗话补遗》,卷8,第11条,767页)。我们知道,1794年春,屈秉筠正式拜袁枚为师,席佩兰已经是袁枚弟子。袁枚在虞山期间,席佩兰为袁写了两首诗,并不是合山究所说的三首。席诗题为《上已日随园先生来虞,敬呈二律》(席佩兰《长真阁诗集》,卷3)。袁诗题为《二闺秀诗》,作于癸丑(1793),表明了席的女弟子身份:"扫眉才子少,吾得二贤难。鹫岭孙云凤,虞山席佩兰。"参见《袁枚全集》(第1册),《小仓山房诗集》,847页。
④ 朱意珠《简斋先生八十寿》:"湔裙只谒二年余。"参见《袁枚全集》(第6册),《随园八十寿言》,卷6,111页。袁枚1796年庆祝八十大寿,据此诗,朱意珠应在1794年已成为袁门女弟子。

续表

姓名	居住地	时间	成为女弟子的方式	交往	参考资料
王碧珠	苏州	1794?①	通过她丈夫介绍,其夫为袁枚朋友	未知	入选《随园女弟子诗选》
王倩(1761—1826)	苏州	1794之后②	袁枚的养女	三次或以上	入选《随园女弟子诗选》
戴兰英	苏州	1795③	袁枚的侄媳	三次或以上	入选《随园女弟子诗选》;入选《随园十三女弟子湖楼请业图》
曹次卿	未知	约1795④	通过她丈夫介绍,其夫为袁枚弟子	未知	入选《随园十三女弟子湖楼请业图》
严蕊珠	苏州	1795/1796	通过她母亲介绍,其外祖父为袁枚朋友	已知会面一次⑤	入选《随园女弟子诗选》;入选《随园十三女弟子湖楼请业图》;袁枚"三知己"之一
许德馨	未知	1796之前	未知	未知	入选《随园女弟子诗选》(无诗)
袁淑方	吴江	1796之前⑥	袁枚侄女	未知	入选《随园女弟子诗选》(无诗)
王蕙卿	未知	1796之前	未知	未知	入选《随园女弟子诗选》(无诗)
汪玉轸	吴江	1796之前	未知	未知	入选《随园女弟子诗选》(无诗)
鲍印	常熟	1796之前	未知	未知	入选《随园女弟子诗选》(无诗)

① 因朱意珠和王碧珠都是汪谷的妾,王成为袁枚女弟子很可能与朱在同一年。
② 金逸死后,由袁枚做媒,王倩嫁给金逸的丈夫成为继室。金逸死于1794年,袁枚收王倩为养女,应与他做媒同时。此后,王把袁当成自己的养父和老师。
③ 袁枚《题侄媳戴兰英秋灯课子图》自注:"戴兰英近来亦自称女弟子。"《袁枚全集》(第1册),《小仓山房诗集》,卷36,877页。
④ 尚未发现相关文献记载她成为袁枚女弟子的时间。但很有可能,袁枚收其为女弟子在将她列入《随园十三女弟子湖楼请业图》之时。
⑤⑥ 参见《袁枚全集》(第3册),《随园诗话补遗》,卷10,第41条,808页。

续表

姓名	居住地	时间	成为女弟子的方式	交往	参考资料
归懋仪(约1762—约1832)	常熟/上海	1796	未知	三次或以上	入选《随园女弟子诗选》(无诗)
吴琼仙(1768—1804)	吴江	1796	通过她丈夫介绍,其夫为袁枚弟子①	三次或以上	三次或以上②
卢元素	钱塘	1796	通过她丈夫介绍,其公公为袁枚朋友	已知会面一次③	入选《随园女弟子诗选》;入选《随园十三女弟子湖楼请业图续图》
张洵霄	太仓	1797之前④	通过她丈夫介绍,其夫为袁枚朋友	书信交往	入选《随园女弟子诗选》(无诗)
毕智珠(1764—?)	松江	1797之前⑤	通过她父亲介绍,其父为袁枚朋友	书信交往	入选《随园女弟子诗选》(无诗)
五位无名女性	未知	1797	未知	未知	袁枚一首诗中提到她们的接待⑥
王静宜	满洲	未知	未知	未知	袁枚将她看作自己的弟子⑦

---

① 参见《袁枚全集》(第3册),《随园诗话补遗》,卷10,第34条,804页。

② 译者按:原文如此。当有漏误。

③ 参看卢元素:《丙辰(1796)三月十二日,随园夫子过访钱郎》。《袁枚全集》(第6册),《续同人集》,卷6,247页。此诗自注说钱屿沙为其"先伯翁",那么,卢元素应是钱林的嫂子。

④ 参看袁枚1797年所作《哭两湖制府毕秋帆先生》中的自注:"公侧室张霞城、智珠女公子,俱通书执贽受业随园。"《袁枚全集》(第1册),《小仓山房诗集》,卷37,933页。

⑤ 《袁枚全集》(第1册),《小仓山房诗集》,卷37,933页。

⑥ 参见袁枚:《昨冬下苏松喜又得女弟子五人》。此诗作于1797年。《袁枚全集》(第1册),《小仓山房诗集》,卷37,916页。

⑦ 参见《袁枚全集》(第6册),《随园八十寿言》,卷6,111页。

参考文献

1. 基本文献

屈秉筠:《韫玉楼集》(《韫玉楼诗》及《韫玉楼词钞》),集芙蓉室刻本,1811。

袁枚:《袁枚全集》(8册),王英志编,南京:江苏古籍出版社,1993。

郑钟祥、庞鸿文等:《重修常昭合志》(9卷),台北:成文出版社有限公司,1974。

2. 中文及日文文献

班固:《汉书》,北京:中华书局,1962。

常熟文化网:http://www.cswh.net/(2005年9月9日)。

陈伯海:《近四百年中国文学思潮史》,上海:东方出版中心,1997。

陈东原:《中国妇女生活史》,北京:商务印书馆,1998年重印本。

陈香编:《清代女诗人选集》,台北:商务印书馆,1977。

中国佛教协会编:《中国佛教》,北京:知识出版社,1982。

褚斌杰编:《中国文学史纲要(先秦秦汉文学)》,北京:北京大学出版社,1986。

高亨:《诗经今注》,上海:上海古籍出版社,1980。

严可均编:《全上古三代秦汉三国六朝文》,北京:中华书局,1965。

傅璇琮、倪其心等编:《全宋诗》,北京:北京大学出版社,1998。

彭定求等编:《全唐诗》,北京:中华书局,1960。

隋树森编:《全元散曲》,北京:中华书局,1964。

赵聪:《论语详释》,台北:华联出版社,1960。

黔东南远程教育网:http://qdnjy.gov.cn/web/Artical_Show.asp?

ArticalID=960&ArticalPage=1(2006年1月7日)。

段成式:《酉阳杂俎续集》,湖北:崇文书局,1877年刻本。

范晔:《后汉书·蔡邕传》,台北:成文出版有限公司,1971。

房玄龄:《晋书·列传·王凝之妻谢氏》,北京:中华书局,1974。

葛虚存编:《清代名人轶事》,扬州:广陵古籍刻印社,1992。

合山究:《袁枚女弟子研究》,《中国文学论集》第31期,1985年8月,九州:川端康成学会,九州大学通识教育学院。

郭茂倩:《乐府诗集》,北京:中华书局,1979。

郭绍虞、王文生编:《中国历代文论选》,上海:上海古籍出版社,1980。

蘅塘退士:《唐诗三百首》,上海:上海古籍出版社,1999。

刘咏聪:《曲园不是随园叟,莫误金钗作赘人——袁枚与俞樾对女弟子态度之异同》,《岭南学报》新1期,1999年10月。

小横香主人:《清代野史大观》,上海:上海文艺出版社,1992。

胡文楷:《历代妇女著作考》,上海:上海古籍出版社,1985。

华玮:《明清妇女之戏曲创作与批评》,台北:"中央研究院"中国文哲研究所,2003。

——《明清妇女戏曲集》,台北:"中央研究院"中国文哲研究所,2003。

简有仪:《袁枚研究》,台北:文史哲出版社,1988。

江应龙:《袁枚的女弟子》,《民主与宪政》第60卷,第3期,1988年7月。

焦循:《孟子正义》,北京:中华书局,1987。

康正果:《风骚与艳情》,郑州:河南人民出版社,1988。

雷瑨:《闺秀词话》,上海:扫叶山房,1915。

李白:《李太白全集》,王琦注,北京:中华书局,1977。

李灵年、杨忠等:《清人别集总目》,合肥:安徽教育出版社,1985。

李商隐:《李商隐诗集疏注》,叶葱奇疏注,北京:人民文学出版社,1985。

李贽:《焚书·续焚书》,台北:汉京文化事业有限公司,1984。

梁乙真:《清代妇女文学史》,上海:中华书局上海刊本,1927。

刘大櫆:《汪烈女传》,《刘大櫆集》,上海:上海古籍出版社,1990。

周振甫:《文心雕龙注释》,北京:人民文学出版社,1981。

刘义庆:《世说新语校笺》,徐震堮校笺,北京:中华书局,1984。

陆草:《论清代女诗人的群体性特征》,《中州学刊》,1993年第3期,77—81页。

骆绮兰:《听秋轩诗集》,金陵龚氏刊本,1796。

《楚辞》,上海:扫叶山房,1912。

《国语》,上海:商务印书馆,1935。

徐陵编，吴兆宜注：《玉台新咏》，北京：中华书局，1985。
倪鸿：《桐阴清话》，申江刊本，1874。
瞿鸿烈编：《常熟县志》，上海：上海人民出版社，1990。
余雪曼：《离骚正义》，香港：雪曼艺文院，1955。
任昉：《述异记》，《汉魏丛书》本，长沙：湖南艺文书局，1894。
施淑仪：《清代闺阁诗人征略》，台北：明文书局，1985。
司马迁：《史记》，北京：中华书局，1959。
苏轼：《苏轼诗集》，王文诰编，北京：中华书局，1982。
苏轼：《苏东坡词》，曹树铭编，台北：商务印书馆，1983。
苏者聪：《宋代妇女文学》，武汉：武汉大学出版社，1997。
孙希旦：《礼记集解》，北京：中华书局，1989。
孙原湘：《天真阁集》，1801年刊本。
高楠顺次、郎渡边海旭：《高僧传》，《大正新修大藏经》本，东京：大正一切经刊行会，1927。
陶文鹏、吴定坤等译：《唐诗三百首》，北京：北京出版社，1993。
陶继明：《袁枚和妇女诗歌》，《上海师范大学学报》，1989年3月。
王先谦：《诗三家义集疏》，北京：中华书局，1987。
王英志：《性灵派研究》，沈阳：辽宁大学出版社，1998。
王英志：《袁枚全集·前言》，南京：江苏古籍出版社，1993。
王云五编：《丛书集成》，上海：商务印书馆，1939。
王镇远、邬国平：《清代文学批评史》，上海：上海古籍出版社，1995。
汪中：《女子许嫁而婿死从死及守志议》，《述学·内篇》，版本未详，1815。
完颜恽珠：《国朝闺秀正始集》，红香馆本，1831。
韦庆远、叶显恩：《清代全史》，沈阳：辽宁人民出版社，1991。
魏庆之：《诗人玉屑》，上海：上海古籍出版社，1978。
席佩兰：《长真阁诗集》，上海：扫叶山房，1920。
萧萐父、许苏民：《明清启蒙学术流变》，沈阳：辽宁教育出版社，1995。
萧统编：《文选》，香港：商务印书馆，1936。
谢晋青：《诗经之女性的研究》，上海：商务印书馆，1925。
谢朓：《谢宣城集校注》，洪顺隆校注，台北：中华书局，1969。
雪茵：《袁枚与妇女文学》，《畅流》第55期，1977年10月。
颜中其：《苏东坡轶事汇编》，长沙：岳麓书社，1984.
杨伯峻：《春秋左传注》，北京：中华书局，1981。
姚鼐：《惜抱轩诗文集》，上海：上海古籍出版社，1992。

叶瑛：《文史通义校注》，北京：中华书局，1983。
游国恩等编《中国文学史》，北京：人民文学出版社，1979。
尤诏、汪恭：《随园十三女弟子湖楼请业图》，上海：神州国光社，1929。
尤振中、尤以丁：《清词纪事会评》，合肥：黄山书社，1995。
俞樾：《春在堂全书》，台北：中国文献出版社，1968。
俞正燮：《妒非女子恶德论》，《癸巳类稿》卷 13，上海：商务印书馆，重印本，1957。
袁枚编：《随园女弟子诗选》，1796 刻本；现代标点本，上海：大达图书供应社，1934。
赞宁：《宋高僧传》，《历代高僧传》本，上海：上海书店，1989。
张福清等：《女诫：女性的枷锁》，北京：中央民族大学出版社，1996。
张慧剑等：《明清江苏文人年表》，上海：上海古籍出版社，1986。
张问达：《劾李贽书》，朱维之编《李卓吾论》，出版社不详。
郑板桥：《板桥自叙》，卞孝萱编《郑板桥全集》，济南：齐鲁书社，1985。
郑振铎：《中国俗文学史》，北京：商务印书馆，1939。
钟慧玲：《清代女诗人研究》，台北：里仁书局，2000。
钟惺：《名媛诗归》，约 1626 前。
朱则杰：《清诗史》，南京：江苏古籍出版社，1992。
朱自清：《"诗言志"辨》，上海：华东师范大学出版社，1996。

3. 英文文献

Abrams, M. H.. *A glossary of Literary Terms* (third edition). New York: Holt, Rinehart and Winston, Inc., 1971.

Armstrong, Nancy. *Desire and Domestic Fiction: A political History of the Novel*. New York/Oxford: Oxford University Press, 1987

Belsey, Catherine. "Constructing the Subject: deconstructing the text," in *Feminisms*, edited by Robyn R. Warhol and Diane Price Herndl. New Brunswick: Rutgers University Press, 1991.

Bossler, Beverly. "A Daughter All Her Life:" Affinal Relations and Women's Networks in Song and Late Imperial China." *Late Imperial China* Vol. 21, No. 1 (June 2000).

Bullough, Edward. *Aesthetics: Lectures and Essays*. Stanford: Stanford University Press, 1957.

Butler, Judith. *Gender Trouble: Feminism and the Subversion of Identity*. Routledge/New York/London: Routledge, Chapman & Hall,

Inc. , 1990.

Chodorow, Nancy. *The Reproduction of Mothering: Psychoanalysis and the Sociology of Gender*. California: Berkeley and Los Angeles, University of California Press, 1978.

Cooper, Marilyn M. , and Michael Holzman. *Writing as Social Action*. Boynton: Cook, 1989.

Fong, Grace. "Writing Self and Writing Lives: Shen Shanbao's (1808 - 1862) Gendered Auto/Biographical Practices. " *NAN NÜ* 2. 2 (2000).

——. "De/Constructing a Female Ideal in the Eighteenth Century: 'Random Records of West-Green' and the Story of Shuangqing," in *Writing Women in Late imperial China*, edited by Ellen Widmer and Kang-i Sun Chang. Stanford: Stanford University Press, 1997.

Friedman, Susan S. . "Women's Autobiographical Selves Theory and Practice" in *The Private Self: Theory and Practice of Women's Autobiographical Writings*, edited by Shari Benstock. Chapel Hill: The University of North Carolina Press, 1988.

Fusek, Lois, and Victor Mair ed. *The Columbia Anthology of Traditional Chinese Literature*. New York: Columbia University Press, 1994.

Gilbert, Sandra, and Susan Gubar. *The Madwoman in the Attic: The Woman Writer and Nineteenth-Century Literary Imagination*. New Haven: Yale University Press, 1980.

Gusdorf, Georges. "Conditions and Limits of Autobiography" in *Autobiography: Essays Theoretical and Critical*, edited by James Olney. Princeton: Princeton University Press, 1980.

Hawkes, David. "Hsi P'ei-lan. " *Asia Major*, 1959, V. 7.

——. tr. , *The Songs of the South: An Ancient Chinese Anthology of Poems by Qu Yuan and Other Poets*. Harmondsworth: Penguin Book Ltd. , 1985.

Hamilton, Robyn. "The Pursuit of Fame: Luo Qilan (1775 - ca. 1813) and the Debates about Women and Talent in Eighteen-Century Jiangnan. " *Late Imperial China* v 18, No. 1 (June 1997).

Hamill, Sam, and J. P. Seaton tr. *The Essential: Chuang Tzu*. Boston & London: Shambhala, 1998.

Herndl, Diane Price. *Invalid women: figuring feminine illness in*

American fiction and culture, 1840 – 1940. Chapel Hill: University of North Carolina Press, 1993.

Hucker, Charles. *A Dictionary of Official Titles in Imperial China*. Stanford: Stanford University Press, 1985.

Ko, Dorothy. *Teachers of the Inner Chambers: Women and Culture in Seventeenth-Century China*, Stanford. California: Stanford University Press, 1994.

——. "Pursuing Talent and Virtue: Education and Women's Culture in Seventeenth and Eighteenth-Century China." *Late Imperial China*, 13. 1 (June 1992): 9 – 39.

Kristeva, Julia. *Revolution in Poetic Language*. New York: Columbia University Press, 1984.

——. *Desire in Language: a semiotic approach to literature and art*. New York: Columbia University Press, 1980.

Legge, James tr. *Li Chi: Book of Rites*. New Hyde Park & New York: Univerrsity Books, 1967.

Lo, Irving Yucheng and William Schultz ed. , *Waiting for the Unicorn: Poems and Lyrics of China's Last Dynasty*, 1644—1911, Bloomington: Indiana University Press, 1986.

Longman Dictionary of Contemporary English (third edition). Edinburgh Gate: Person Education Limited, 1995.

Mann, Susan. *Precious Records: Women in China's Long Eighteenth Century*. Stanford: Stanford University Press, 1997.

——. "'Fuxue' (Women's Learning) by Zhang Xuecheng (1738 – 1801): China's First History of Women's Culture." *Late Imperial China*, 3. 1 (June).

Minford, John, and Joseph S. M. Lau ed. *An Anthology of Translations: Classical Chinese Literature* (Volume I: From Antiquity to the Tang Dynasty). New York: Columbia University Press, 2002.

"Ming Qing Women's Writings." McGill: Harvard-Yenching Library of the Harvard College Library.
<http://digital.library.mcgill.ca/mingqing/english> (30 Sept. 2005).

Montefiore, Jan. "Women and the Poetic Tradition: The Oppressor's Language," in *Encyclopaedia of Literature and Criticism*, edited by Martin Coyle, Peter Garside, et al. Detroit/New York: Gale Research

Inc., 1991.

Nienhauser, William H. Jr. comp. *The Indiana Companion to Traditional Chinese Literature*. Bloomington: Indiana University Press, 1986.

Ostriker, Alicia. "The Thieves of Language: Women Poets and Revisionist Mythmaking" in *The New Feminist Criticism: Essays on Women Literature, and Theory*, edited by Elaine Showalter. New York: Pantheon Books, 1985.

Overmyer, Daniel L., "Women in Chinese Religions: Submission, Struggle, Transcendence," in Koichi Shinohara and Gregory Schopen ed., *From Benares to Beijing: Essays on Buddhism and Chinese Religion in Honor of Prof. Jan Yun-hua*, Oakville: Mosaic Press, 1991.

Owen, Stephen ed., & trans., *An Anthology of Chinese Literature: Beginnings to 1911*, New York and London: W. W. Norton & Company, 1996.

———. *Readings in Chinese Literary Thought*, Cambridge, Massachusetts, and Lo donpp: Harvard University Press, 1992.

———. "Salvaging Poetry: The 'Poetic' in the Qing," *Culture & State in Chinese History: Conventions, Accommodations, and Critiques*, ed by Theodore Huters, R. Bin Wong, and Pauline Yu, Stanford: Stanford University Press, 1997.

Paul, Diana, Y. *Women in Buddhism: Images of the Feminine in the Mahayana Tradition*, Berkeley: University of California Press, 1985.

Reeves, James, *Understanding Poetry*, London: Heinemann Educational Books Ltd, 1965.

Rich, Adrienne "Vesuvius at Home: The Power of Emily Dickinson," in Adrienne Rich's *On Lies, Secrets and Silence: Selected Prose*, 1966 - 1978, New York: W. W. Norton, 1979.

Robertson, Maureen, "Voicing the Feminine: Construction of the Gendered Subject in Lyric Poetry by Women of Medieval and Late Imperial China," in *Late Imperial China* Vol. 13, No. 1 (June 1992).

Ropp, Paul, "Love, Literacy, and Laments: themes of women writers in late imperial China," in *Women's History Review*, No. 2, 1993.

———. "Women in Late Imperial China: a review of recent English-language scholarship," in *Women's History Review*, No. 3, 1994.

Schweickart, Patrocinio P. , "Reading Ourselves" in Robyn R. Warhol and Diane Price Herndl ed. , *Feminisms*, New Brunswick: Rutgers University Press, 1991.

Showalter, Elaine, *A Literature of Their Own: British Women Novelists from Brontë to Lessing*, Princeton: Princeton University Press, 1977.

——. *The Female Malady: Women, Madness, and English Culture*, 1830–1908, New York: Pantheon Books, 1985.

——. "Toward a Feminist Poetics" in Elaine Showalter, *The New Feminist Criticism: essays on women, literature and theory*, New York: Pantheon Books, 1985.

Spencer, Jane, "Feminine Fictions" in Martin Coyle, Peter Garside, et al ed. *Encyclopaedia of Literature and Criticism*, Detroit / New York: Gale Research Inc. , 1991.

Sun Chang, Kang-i, "A Guide to Ming-Ch'ing Anthologies of Female Poetry and Their Selection Strategies," in Ellen Widmer and Kang-i Sun Chang ed. , *Writing Women in Late Imperial China*, Stanford: Stanford University Press, 1997.

——. "Liu Shih and Hsü Ts'an: Feminine or Feminist?" in *Voices of the Song Lyric in China*, Pauline Yu ed. Berkeley: Univ. of California Press, 1994.

——. "Ming-Qing Women Poets and Cultural Androgyny," in Penghsiang Chen ed, *Feminism/Femininity in Chinese Literature*, Amsterdam, Netherlands: Rodopi, 2002.

——. "Ming-Qing Women Poets and the Notion of 'Talent' and 'Morality,'" Culture & State in Chinese History: Conventions, Accommodations, and Critiques, ed by Theodore Huters, R. Bin Wong, and Pauline Yu, Stanford: Stanford University Press, 1997.

Sun Chang, Kang-i and Haun Saussy comp. , *Women Writers of Traditional China: An Anthology of Poetry and Criticism*, Stanford: Stanford University Press, 1999.

Widmer, Ellen, "The Epistolary World of Female Talent in Seventeenth-Century China," in *Late Imperial China* Vol. 10, No. 2 (June 1989).

——. "Trouble with talent: Zai zaotian of 1828," in *Chinese*

Literature, 1999.

——. "Xiaoqing's Literary Legacy and the Place of the Woman Writer,"in *Late Imperial China* Vol. 13, No,1 (June 1992).

Wixted, John Timothy, "The Poetry of Li Qingzhao: A Woman Author and Women's Authorship" in Pauline Yu ed., *Voices of the Song Lyric in China*, California: California University Press, 1994.

Woolf, Virginia, "Women and Fiction," in Virginia Woolf, *Women and Writing*, London: The Women's Press, 1979 [essay first published 1929].

Wu, Fusheng, *The Poetics of Decadence: Chinese Poetry of the Southern Dynasties and Late Tang Periods*, Albany: State University of New York Press, 1998.

译后记

2016年，在接到翻译任务后，我利用暑假到国家图书馆查阅相关文献。国图所藏《韫玉楼集》有两种本子，一是清刻本，一是中华书局整理本。由于国图对古籍保护非常严格，清刻本不能拍照，于是只好利用整理本过录。所以，实际上工作的底本是清刻本。在通读和比较清刻本与整理本的基础上，撰成《袁枚女弟子屈秉筠及其〈韫玉楼集〉考论》（发表于《中国典籍与文化》2019年第3期），本书以此文代为译序。

我本人主要从事唐代文学与文化的研究，对清代文学涉猎未深，因此在翻译时感到压力很大。不过，在唐代文学研究中，也曾关注西方学者的研究理论和方法，特别是文学社会学的研究方法，故而在阅读《诗歌之力》时，有一种似曾相识之感。此书为孟留喜先生的博士毕业论文，我在反复阅读后，受益良多，概括地讲，即作为研究方法的文学社会学，如何从文学外围研究向文学内部研究突破？

文学社会学渊源于西方社会学理论，是建立在对资本主义社会批判基础之上的。例如，卢梭在《论科学和艺术》（1750）及《论人类不平等的起源和基础》（1755）中，提出没有奢侈哪来艺术、科学与艺术稳固了皇冠等著名论断。他还进一步指出，即使是非功利性的审美活动,也同样受审美者所接受的教育和生活环境影响。① 德国哲学家黑格尔在《美学》一书中提出"时代精神"问题,认为艺术家无可避免地都受到时代精神的影响。② 西方文学社会学代表学者主要有斯达尔夫人、孔德、丹纳、埃斯卡皮等人。斯达尔夫人先后发表了《从文学与社会制度的关系论文学》(1800)及《论德意志与德意志风俗》(1810),从历史和社会环境来系统探讨文学现象。在孔德看来,文学首先是社会现象,文艺研究必须从这个角度出发,才能真正揭示作品的价值和意义。斯达尔夫人和孔德的理论,直接通向丹纳的《艺术哲学》。可以说,丹纳的文艺理论是19世纪文学社会学理论的系统总结。埃斯卡皮先后发表《文学社会学》(1958)、《书籍的革命》(1965)、《文学性和社会性》(1970)等著作,并在法国波尔各大学建立"文学事实社会学研究中心"(1959),由此构建了一个系统的文学社会学学科。

我国学者运用文学社会学方法进行文学研究已有近百年历史,产生了一大批研究成果。当然,这种利用是复合式的,亦即将中国传统学术方法,如"兴观群怨""知人论世""诗史互证"等方法与西方文艺思想相互结合的新方法。在古典文学研究领域,此方面具有典范意义的研究著作是傅璇琮先生的《唐代科举与文学》及程千帆先生的《唐代进士行卷与文学》。毋庸置疑,文学社会学方法成为古代文学研究现代化转向的重要工具和实践路径。③但是,在此过程中,也产生了一直为学界诟病的现象,亦即文学社会学确实有利于文学外部的研究,但对文学内部的研究似乎无能

---

① 卢梭:《爱弥儿》,李平沤译,北京:商务印书馆,1999,501页。
② 黑格尔:《美学》(第1卷),朱光潜译,北京:商务印书馆,1996,14页。
③ 参看拙文"制度与文学"研究的成就、困境及出路》,《北京大学学报》,2019年第5期。

为力。因此,此种方法还有待进一步改进和完善。这种研究焦虑是可以理解的,但迄今尚未发现系统有效的改进方法。西方汉学家的研究论著或可为此提供一种新思路。从这个角度看,孟留喜先生的《诗歌之力》一书,在一定程度上揭开了改进路径,并提供了文学社会学与文学内部研究相结合的范例。

如作者《引论》所述,本书基于两种研究理论,一是南希·乔多罗有关女性性别认同的理论,一是玛丽莲·库珀"写作是一种社会行为"的理论。二者其实有相通之处,其核心要义都指向作者与读者的关系。乔多罗的女性性别认同理论,指引从女性角度思考女性作家与女性读者的关系。而库珀的写作理论,则可用于重新发现文本生产和阅读的过程,并由此深入理解"话语共同体"的产生和运行。运用这些理论,孟留喜先生着重论述了以下两方面问题:

一是屈秉筠作为女性诗人,其诗歌创作具有女性特质。屈诗所述内容、词语使用、情感基调,乃至阅读者多是女性的。作者从女性与男性的比较视角切入,特别指出屈秉筠通过选择格律诗和词这两种较难的文学形式进行创作,有意识地同男性作家竞争,以证明自己是一位专业诗人。同时又强调,屈氏选择李商隐而非李白和杜甫等人为模仿对象,并对中国古典文学中的语词进行改造,创造了适合于"女性的"诗歌语言。这种选择是有意识的、自觉的,因而在一个侧面反映了明清女作家对男性文学传统的接受。这些事例,无疑都属于文学内部问题。

二是从"写作是一种社会行为"来理解文本的生产和阅读。文学创作是一个对话过程,作者与想象中的预设读者对话。在文本生产出来之后,读者的阅读也是一个对话过程,读者与作者对话。由此在创作和阅读过程中,产生了两种不同的作者和读者,即真实的作者和读者想象中的作者,以及作品的潜在读者和事实上的读者。显然,真实与想象、潜在与事实之间存在差异。如何弥缝这些差异,对话该如何进行?这就是"话语共同体"产生的背景。在屈秉筠那里,依靠诗歌文本及点评、题辞、序跋等形式,作者与读者展开对话。而这种对话又通过文本传播,使后来的读者与作者和之前的读者继续对话,由此形成回环往复式的传承。其内在机制则是相通的诗学观念和诗歌语言。他们以"性灵"诗学为基础,发展出一套共同的诗歌话语,诸如"清""自然""自发"等等,使诗歌思想在创作与解释过程中得以交流。本书于此问题的洞见,也使读者对以袁枚为代表的"性灵"诗学有了更深入的理解。很明显,这也属于文学内部的发展演变问题。

从上述两点对我的启发来看,虽然本书也从文化背景、家族渊源、家庭关系、社交网络等方面来论述屈秉筠的诗歌,类似于学界所说的文学外部研究,但更为重要的是,本书提供了一种借鉴文学社会学方法,从文学内部进行研究的新思路。通过这种方法得出的研究结论,在一种更为宏阔的视野中使读者对明清女性作家及其文学创作有了更清晰的认识。因此,该书也在一定程度上为运用文学社会学来研究中国文学,以及为发掘研究对象更广泛的文学史和文化史意义等提供了范例。

能够有幸翻译本书,实在是一种缘分。经好友韦永琼博士介绍,得以结识江苏人民出版社,并接受如此荣幸的任务。在翻译过程中,得到出版社卞清波主任、康海源、洪扬编辑的指导和帮助,也得到研究生费习宽、张东哲、李佳、李忠洋等人的协助。在此一并致谢!虽然试图尽力将翻译工作做好,但限于学识和能力,译文一定还存在很多不足甚至错误,敬祈专家和读者不吝指正!

"海外中国研究丛书"书目

1. 中国的现代化　[美]吉尔伯特·罗兹曼 主编　国家社会科学基金"比较现代化"课题组 译　沈宗美 校
2. 寻求富强:严复与西方　[美]本杰明·史华兹 著　叶凤美 译
3. 中国现代思想中的唯科学主义(1900—1950)　[美]郭颖颐 著　雷颐 译
4. 台湾:走向工业化社会　[美]吴元黎 著
5. 中国思想传统的现代诠释　余英时 著
6. 胡适与中国的文艺复兴:中国革命中的自由主义,1917—1937　[美]格里德 著　鲁奇 译
7. 德国思想家论中国　[德]夏瑞春 编　陈爱政 等译
8. 摆脱困境:新儒学与中国政治文化的演进　[美]墨子刻 著　颜世安 高华 黄东兰 译
9. 儒家思想新论:创造性转换的自我　[美]杜维明 著　曹幼华 单丁 译　周文彰 等校
10. 洪业:清朝开国史　[美]魏斐德 著　陈苏镇 薄小莹 包伟民 陈晓燕 牛朴 谭天星 译　阎步克 等校
11. 走向21世纪:中国经济的现状、问题和前景　[美]D. H. 帕金斯 著　陈志标 编译
12. 中国:传统与变革　[美]费正清 赖肖尔 主编　陈仲丹 潘兴明 庞朝阳 译　吴世民 张子清 洪邮生 校
13. 中华帝国的法律　[美]D. 布朗 C. 莫里斯 著　朱勇 译　梁治平 校
14. 梁启超与中国思想的过渡(1890—1907)　[美]张灏 著　崔志海 葛夫平 译
15. 儒教与道教　[德]马克斯·韦伯 著　洪天富 译
16. 中国政治　[美]詹姆斯·R. 汤森 布兰特利·沃马克 著　顾速 董方 译
17. 文化、权力与国家:1900—1942年的华北农村　[美]杜赞奇 著　王福明 译
18. 义和团运动的起源　[美]周锡瑞 著　张俊义 王栋 译
19. 在传统与现代性之间:王韬与晚清革命　[美]柯文 著　雷颐 罗检秋 译
20. 最后的儒家:梁漱溟与中国现代化的两难　[美]艾恺 著　王宗昱 冀建中 译
21. 蒙元入侵前夜的中国日常生活　[法]谢和耐 著　刘东 译
22. 东亚之锋　[美]小R. 霍夫亨兹 K. E. 柯德尔 著　黎鸣 译
23. 中国社会史　[法]谢和耐 著　黄建华 黄迅余 译
24. 从理学到朴学:中华帝国晚期思想与社会变化面面观　[美]艾尔曼 著　赵刚 译
25. 孔子哲学思微　[美]郝大维 安乐哲 著　蒋弋为 李志林 译
26. 北美中国古典文学研究名家十年文选　乐黛云 陈珏 编选
27. 东亚文明:五个阶段的对话　[美]狄百瑞 著　何兆武 何冰 译
28. 五四运动:现代中国的思想革命　[美]周策纵 著　周子平 等译
29. 近代中国与新世界:康有为变法与大同思想研究　[美]萧公权 著　汪荣祖 译
30. 功利主义儒家:陈亮对朱熹的挑战　[美]田浩 著　姜长苏 译
31. 莱布尼兹和儒学　[美]孟德卫 著　张学智 译
32. 佛教征服中国:佛教在中国中古早期的传播与适应　[荷兰]许理和 著　李四龙 裴勇 等译
33. 新政革命与日本:中国,1898—1912　[美]任达 著　李仲贤 译
34. 经学、政治和宗族:中华帝国晚期常州今文学派研究　[美]艾尔曼 著　赵刚 译
35. 中国制度史研究　[美]杨联陞 著　彭刚 程钢 译

36. 汉代农业:早期中国农业经济的形成　[美]许倬云 著　程农 张鸣 译　邓正来 校
37. 转变的中国:历史变迁与欧洲经验的局限　[美]王国斌 著　李伯重 连玲玲 译
38. 欧洲中国古典文学研究名家十年文选　乐黛云 陈珏 龚刚 编选
39. 中国农民经济:河北和山东的农民发展,1890—1949　[美]马若孟 著　史建云 译
40. 汉哲学思维的文化探源　[美]郝大维 安乐哲 著　施忠连 译
41. 近代中国之种族观念　[英]冯客 著　杨立华 译
42. 血路:革命中国中的沈定一(玄庐)传奇　[美]萧邦奇 著　周武彪 译
43. 历史三调:作为事件、经历和神话的义和团　[美]柯文 著　杜继东 译
44. 斯文:唐宋思想的转型　[美]包弼德 著　刘宁 译
45. 宋代江南经济史研究　[日]斯波义信 著　方健 何忠礼 译
46. 一个中国村庄:山东台头　杨懋春 著　张雄 沈炜 秦美珠 译
47. 现实主义的限制:革命时代的中国小说　[美]安敏成 著　姜涛 译
48. 上海罢工:中国工人政治研究　[美]裴宜理 著　刘平 译
49. 中国转向内在:两宋之际的文化转向　[美]刘子健 著　赵冬梅 译
50. 孔子:即凡而圣　[美]赫伯特·芬格莱特 著　彭国翔 张华 译
51. 18世纪中国的官僚制度与荒政　[法]魏丕信 著　徐建青 译
52. 他山的石头记:宇文所安自选集　[美]宇文所安 著　田晓菲 编译
53. 危险的愉悦:20世纪上海的娼妓问题与现代性　[美]贺萧 著　韩敏中 盛宁 译
54. 中国食物　[美]尤金·N.安德森 著　马嬿 刘东 译　刘东 审校
55. 大分流:欧洲、中国及现代世界经济的发展　[美]彭慕兰 著　史建云 译
56. 古代中国的思想世界　[美]本杰明·史华兹 著　程钢 译　刘东 校
57. 内闱:宋代的婚姻和妇女生活　[美]伊沛霞 著　胡志宏 译
58. 中国北方村落的社会性别与权力　[加]朱爱岚 著　胡玉坤 译
59. 先贤的民主:杜威、孔子与中国民主之希望　[美]郝大维 安乐哲 著　何刚强 译
60. 向往心灵转化的庄子:内篇分析　[美]爱莲心 著　周炽成 译
61. 中国人的幸福观　[德]鲍吾刚 著　严蓓雯 韩雪临 吴德祖 译
62. 闺塾师:明末清初江南的才女文化　[美]高彦颐 著　李志生 译
63. 缀珍录:十八世纪及其前后的中国妇女　[美]曼素恩 著　定宜庄 颜宜葳 译
64. 革命与历史:中国马克思主义历史学的起源,1919—1937　[美]德里克 著　翁贺凯 译
65. 竞争的话语:明清小说中的正统性、本真性及所生成之意义　[美]艾梅兰 著　罗琳 译
66. 中国妇女与农村发展:云南禄村六十年的变迁　[加]宝森 著　胡玉坤 译
67. 中国近代思维的挫折　[日]岛田虔次 著　甘万萍 译
68. 中国的亚洲内陆边疆　[美]拉铁摩尔 著　唐晓峰 译
69. 为权力祈祷:佛教与晚明中国士绅社会的形成　[加]卜正民 著　张华 译
70. 天潢贵胄:宋代宗室史　[美]贾志扬 著　赵冬梅 译
71. 儒家之道:中国哲学之探讨　[美]倪德卫 著　[美]万白安 编　周炽成 译
72. 都市里的农家女:性别、流动与社会变迁　[澳]杰华 著　吴小英 译
73. 另类的现代性:改革开放时代中国性别化的渴望　[美]罗丽莎 著　黄新 译
74. 近代中国的知识分子与文明　[日]佐藤慎一 著　刘岳兵 译
75. 繁盛之阴:中国医学史中的性(960—1665)　[美]费侠莉 著　甄橙 主译　吴朝霞 主校
76. 中国大众宗教　[美]韦思谛 编　陈仲丹 译
77. 中国诗画语言研究　[法]程抱一 著　涂卫群 译
78. 中国的思维世界　[日]沟口雄三 小岛毅 著　孙歌 等译

79. 德国与中华民国　[美]柯伟林 著　陈谦平 陈红民 武菁 申晓云 译　钱乘旦 校
80. 中国近代经济史研究:清末海关财政与通商口岸市场圈　[日]滨下武志 著　高淑娟 孙彬 译
81. 回应革命与改革:皖北李村的社会变迁与延续　韩敏 著　陆益龙 徐新玉 译
82. 中国现代文学与电影中的城市:空间、时间与性别构形　[美]张英进 著　秦立彦 译
83. 现代的诱惑:书写半殖民地中国的现代主义(1917—1937)　[美]史书美 著　何恬 译
84. 开放的帝国:1600 年前的中国历史　[美]芮乐伟·韩森 著　梁侃 邹劲风 译
85. 改良与革命:辛亥革命在两湖　[美]周锡瑞 著　杨慎之 译
86. 章学诚的生平与思想　[美]倪德卫 著　杨立华 译
87. 卫生的现代性:中国通商口岸健康与疾病的意义　[美]罗芙芸 著　向磊 译
88. 道与庶道:宋代以来的道教、民间信仰和神灵模式　[美]韩明士 著　皮庆生 译
89. 间谍王:戴笠与中国特工　[美]魏斐德 著　梁禾 译
90. 中国的女性与性相:1949 以来的性别话语　[英]艾华 著　施施 译
91. 近代中国的犯罪、惩罚与监狱　[荷]冯客 著　徐有威 等译　潘兴明 校
92. 帝国的隐喻:中国民间宗教　[英]王斯福 著　赵旭东 译
93. 王弼《老子注》研究　[德]瓦格纳 著　杨立华 译
94. 寻求正义:1905—1906 年的抵制美货运动　[美]王冠华 著　刘甜甜 译
95. 传统中国日常生活中的协商:中古契约研究　[美]韩森 著　鲁西奇 译
96. 从民族国家拯救历史:民族主义话语与中国现代史研究　[美]杜赞奇 著　王宪明 高继美 李海燕 李点 译
97. 欧几里得在中国:汉译《几何原本》的源流与影响　[荷]安国风 著　纪志刚 郑诚 郑方磊 译
98. 十八世纪中国社会　[美]韩书瑞 罗友枝 著　陈仲丹 译
99. 中国与达尔文　[美]浦嘉珉 著　钟永强 译
100. 私人领域的变形:唐宋诗词中的园林与玩好　[美]杨晓山 著　文韬 译
101. 理解农民中国:社会科学哲学的案例研究　[美]李丹 著　张天虹 张洪云 张胜波 译
102. 山东叛乱:1774 年的王伦起义　[美]韩书瑞 著　刘平 唐雁超 译
103. 毁灭的种子:战争与革命中的国民党中国(1937—1949)　[美]易劳逸 著　王建朗 王贤知 贾维 译
104. 缠足:"金莲崇拜"盛极而衰的演变　[美]高彦颐 著　苗延威 译
105. 饕餮之欲:当代中国的食与色　[美]冯珠娣 著　郭乙瑶 马磊 江素侠 译
106. 翻译的传说:中国新女性的形成(1898—1918)　胡缨 著　龙瑜宬 彭珊珊 译
107. 中国的经济革命:20 世纪的乡村工业　[日]顾琳 著　王玉茹 张玮 李进霞 译
108. 礼物、关系学与国家:中国人际关系与主体性建构　杨美惠 著　赵旭东 孙珉 译　张跃宏 译校
109. 朱熹的思维世界　[美]田浩 著
110. 皇帝和祖宗:华南的国家与宗族　[英]科大卫 著　卜永坚 译
111. 明清时代东亚海域的文化交流　[日]松浦章 著　郑洁西 等译
112. 中国美学问题　[美]苏源熙 著　卞东波 译　张强强 朱霞欢 校
113. 清代内河水运史研究　[日]松浦章 著　董科 译
114. 大萧条时期的中国:市场、国家与世界经济　[日]城山智子 著　孟凡礼 尚国敏 译　唐磊 校
115. 美国的中国形象(1931—1949)　[美]T. 克里斯托弗·杰斯普森 著　姜智芹 译
116. 技术与性别:晚期帝制中国的权力经纬　[英]白馥兰 著　江湄 邓京力 译

117. 中国善书研究 [日]酒井忠夫 著 刘岳兵 何英莺 孙雪梅 译
118. 千年末世之乱:1813年八卦教起义 [美]韩书瑞 著 陈仲丹 译
119. 西学东渐与中国事情 [日]增田涉 著 由其民 周启乾 译
120. 六朝精神史研究 [日]吉川忠夫 著 王启发 译
121. 矢志不渝:明清时期的贞女现象 [美]卢苇菁 著 秦立彦 译
122. 明代乡村纠纷与秩序:以徽州文书为中心 [日]中岛乐章 著 郭万平 高飞 译
123. 中华帝国晚期的欲望与小说叙述 [美]黄卫总 著 张蕴爽 译
124. 虎、米、丝、泥:帝制晚期华南的环境与经济 [美]马立博 著 王玉茹 关永强 译
125. 一江黑水:中国未来的环境挑战 [美]易明 著 姜智芹 译
126. 《诗经》原意研究 [日]家井真 著 陆越 译
127. 施剑翘复仇案:民国时期公众同情的兴起与影响 [美]林郁沁 著 陈湘静 译
128. 华北的暴力和恐慌:义和团运动前夕基督教传播和社会冲突 [德]狄德满 著 崔华杰 译
129. 铁泪图:19世纪中国对于饥馑的文化反应 [美]艾志端 著 曹曦 译
130. 饶家驹安全区:战时上海的难民 [美]阮玛霞 著 白华山 译
131. 危险的边疆:游牧帝国与中国 [美]巴菲尔德 著 袁剑 译
132. 工程国家:民国时期(1927—1937)的淮河治理及国家建设 [美]戴维·艾伦·佩兹 著 姜智芹 译
133. 历史宝筏:过去、西方与中国妇女问题 [美]季家珍 著 杨可 译
134. 姐妹们与陌生人:上海棉纱厂女工,1919—1949 [美]韩起澜 著 韩慈 译
135. 银线:19世纪的世界与中国 林满红 著 詹庆华 林满红 译
136. 寻求中国民主 [澳]冯兆基 著 刘悦斌 徐硙 译
137. 墨梅 [美]毕嘉珍 著 陆敏珍 译
138. 清代上海沙船航运业史研究 [日]松浦章 著 杨蕾 王亦铮 董科 译
139. 男性特质论·中国的社会与性别 [澳]雷金庆 著 [澳]刘婷 译
140. 重读中国女性生命故事 游鉴明 胡缨 季家珍 主编
141. 跨太平洋位移:20世纪美国文学中的民族志、翻译和文本间旅行 黄运特 著 陈倩 译
142. 认知诸形式:反思人类精神的统一性与多样性 [英]G.E.R.劳埃德 著 池志培 译
143. 中国乡村的基督教:1860—1900江西省的冲突与适应 [美]史维东 著 吴薇 译
144. 假想的"满大人":同情、现代性与中国疼痛 [美]韩瑞 著 袁剑 译
145. 中国的捐纳制度与社会 伍跃 著
146. 文书行政的汉帝国 [日]富谷至 著 刘恒武 孔李波 译
147. 城市里的陌生人:中国流动人口的空间、权力与社会网络的重构 [美]张骊 著 袁长庚 译
148. 性别、政治与民主:近代中国的妇女参政 [澳]李木兰 著 方小平 译
149. 近代日本的中国认识 [日]野村浩一 著 张学锋 译
150. 狮龙共舞:一个英国人笔下的威海卫与中国传统文化 [英]庄士敦 著 刘本森 译 威海市博物馆 郭大松 校
151. 人物、角色与心灵:《牡丹亭》与《桃花扇》中的身份认同 [美]吕立亭 著 白华山 译
152. 中国社会中的宗教与仪式 [美]武雅士 著 彭泽安 邵铁峰 译 郭潇威 校
153. 自贡商人:近代早期中国的企业家 [美]曾小萍 著 董建中 译
154. 大象的退却:一部中国环境史 [英]伊懋可 著 梅雪芹 毛利霞 王玉山 译
155. 明代江南土地制度研究 [日]森正夫 著 伍跃 张学锋 等译 范金民 夏维中 审校
156. 儒学与女性 [美]罗莎莉 著 丁佳伟 曹秀娟 译

157. 行善的艺术:晚明中国的慈善事业(新译本)　[美]韩德玲 著　曹晔 译
158. 近代中国的渔业战争和环境变化　[美]穆盛博 著　胡文亮 译
159. 权力关系:宋代中国的家族、地位与国家　[美]柏文莉 著　刘云军 译
160. 权力源自地位:北京大学、知识分子与中国政治文化,1898—1929　[美]魏定熙 著　张蒙 译
161. 工开万物:17世纪中国的知识与技术　[德]薛凤 著　吴秀杰 白岚玲 译
162. 忠贞不贰:辽代的越境之举　[英]史怀梅 著　曹流 译
163. 内藤湖南:政治与汉学(1866—1934)　[美]傅佛果 著　陶德民 何英莺 译
164. 他者中的华人:中国近现代移民史　[美]孔飞力 著　李明欢 译　黄鸣奋 校
165. 古代中国的动物与灵异　[英]胡司德 著　蓝旭 译
166. 两访中国茶乡　[英]罗伯特·福琼 著　敖雪岗 译
167. 缔造选本:《花间集》的文化语境与诗学实践　[美]田安 著　马强才 译
168. 扬州评话探讨　[丹麦]易德波 著　米锋 易德波 译　李今芸 校译
169. 《左传》的书写与解读　李惠仪 著　文韬 许明德 译
170. 以竹为生:一个四川手工造纸村的20世纪社会史　[德]艾约博 著　韩巍 译　吴秀杰 校
171. 东方之旅:1579—1724耶稣会传教团在中国　[美]柏理安 著　毛瑞方 译
172. "地域社会"视野下的明清史研究:以江南和福建为中心　[日]森正夫 著　于志嘉 马一虹 黄东兰 阿风 等译
173. 技术、性别、历史:重新审视帝制中国的大转型　[英]白馥兰 著　吴秀杰 白岚玲 译
174. 中国小说戏曲史　[日]狩野直喜 张真 译
175. 历史上的黑暗一页:英国外交文件与英美海军档案中的南京大屠杀　[美]陆束屏 编著/翻译
176. 罗马与中国:比较视野下的古代世界帝国　[奥]沃尔特·施德尔 主编　李平 译
177. 矛与盾的共存:明清时期江西社会研究　[韩]吴金成 著　崔荣根 译　薛戈 校译
178. 唯一的希望:在中国独生子女政策下成年　[美]冯文 著　常姝 译
179. 国之枭雄:曹操传　[澳]张磊夫 著　方笑天 译
180. 汉帝国的日常生活　[英]鲁惟一 著　刘洁 余霄 译
181. 大分流之外:中国和欧洲经济变迁的政治　[美]王国斌 罗森塔尔 著　周琳 译　王国斌 张萌 审校
182. 中正之笔:颜真卿书法与宋代文人政治　[美]倪雅梅 著　杨简茹 译　祝帅 校译
183. 江南三角洲市镇研究　[日]森正夫 编　丁韵 胡婧 等译　范金民 审校
184. 忍辱负重的使命:美国外交官记载的南京大屠杀与劫后的社会状况　[美]陆束屏 编著/翻译
185. 修仙:古代中国的修行与社会记忆　[美]康儒博 著　顾漩 译
186. 烧钱:中国人生活世界中的物质精神　[美]柏桦 著　袁剑 刘玺鸿 译
187. 话语的长城:文化中国历险记　[美]苏源熙 著　盛珂 译
188. 诸葛武侯　[日]内藤湖南 著　张真 译
189. 盟友背信:一战中的中国　[英]吴芳思 克里斯托弗·阿南德尔 著　张宇扬 译
190. 亚里士多德在中国:语言、范畴和翻译　[英]罗伯特·沃迪 著　韩小强 译
191. 马背上的朝廷:巡幸与清朝统治的建构,1680—1785　[美]张勉治 著　董建中 译
192. 申不害:公元前四世纪中国的政治哲学家　[美]顾立雅 著　马腾 译
193. 晋武帝司马炎　[日]福原启郎 著　陆帅 译
194. 唐人如何吟诗:带你走进汉语音韵学　[日]大岛正二 著　柳悦 译

195. 古代中国的宇宙论　[日]浅野裕一 著　吴昊阳 译
196. 中国思想的道家之论:一种哲学解释　[美]陈汉生 著　周景松 谢尔逊 等译　张丰乾 校译
197. 诗歌之力:袁枚女弟子屈秉筠(1767—1810)　[加]孟留喜 著　吴夏平 译
198. 中国逻辑的发现　[德]顾有信 著　陈志伟 译
199. 高丽时代宋商往来研究　[韩]李镇汉 著　李廷青 戴琳剑 译　楼正豪 校
200. 中国近世财政史研究　[日]岩井茂树 著　付勇 译　范金民 审校
201. 魏晋政治社会史研究　[日]福原启郎 著　陆帅 刘萃峰 张紫毫 译
202. 宋帝国的危机与维系:信息、领土与人际网络　[比利时]魏希德 著　刘云军 译
203. 中国精英与政治变迁:20世纪初的浙江　[美]萧邦奇 著　徐立望 杨涛羽 译　李齐 校
204. 北京的人力车夫:1920年代的市民与政治　[美]史谦德 著　周书垚 袁剑 译　周育民 校
205. 1901—1909年的门户开放政策:西奥多·罗斯福与中国　[美]格雷戈里·摩尔 著　赵嘉玉 译
206. 清帝国之乱:义和团运动与八国联军之役　[美]明恩溥 著　郭大松 刘本森 译